suhrkamp taschenbuch

Vom Kosmodrom, nahe dem kasachischen Ort Baikanur, startet am 12. April 1961 die erste bemannte Raumkapsel ins All. In 108 Minuten umkreist die Wostok 1 einmal die Erde. An Bord: Juri Gagarin, Held der Sowjetunion. Einfühlsam und sehr poetisch verknüpft Lotta Lotass Mythen und Fakten zu einer Geschichte über den großen Pionier der Raumfahrt. Sie erzählt von seiner Kindheit in der Kälte Sibiriens, von der Besessenheit des jungen Kosmonauten, von den Sehnsüchten und Träumen, von Schrekken und Angst des Auserwählten. Aber auch die Männer an Gagarins Seite läßt Lotta Lotass zur Sprache kommen und schafft auf diese Weise eine vielstimmige Erzählung über Triumphe, Niederlagen und menschliche Tragödien.

Dritte Fluggeschwindigkeit ist ein fesselnder Roman über den Beginn der Raumfahrt, über Entdeckungsreisende, die in ihrer Sehnsucht nach der Erforschung anderer Welten an ihre Grenzen stoßen.

»Aus präzisen Details preßt Lotta Lotass eine Schönheit, die beinahe weh tut … ein einzigartig schönes sprachliches Werk. Als Leser will ich in die nächste Raumfahrtbibliothek stürzen und mehr von diesen seltsamen Märchen lesen.«

Eva Ström, Dagens Nyheter

Lotta Lotass, 1964 geboren, lebt in Göteborg. Die Literaturwissenschaftlerin hat sechs Romane und zwei Theaterstücke publiziert und wurde mit zahlreichen Preisen ausgezeichnet.

Lotta Lotass
Dritte Fluggeschwindigkeit

Roman

Aus dem Schwedischen von
Sabine Neumann

Suhrkamp

Die Originalausgabe erschien 2004 unter dem Titel
Tredje flykthastigheten
bei Albert Bonniers Förlag, Schweden

Dieses Buch erscheint mit Unterstützung
des Programms Kultur 2000 der Europäischen Union

Bildung und Kultur

Kultur 2000

Umschlagfoto: ullstein bild / Nowosti

suhrkamp taschenbuch 3809
Erste Auflage 2006
Deutsche Erstausgabe

Druck: Ebner & Spiegel, Ulm
Printed in Germany
Umschlag: Göllner, Michels, Zegarzewski
ISBN 3-518-45809-4
ISBN 978-3-518-45809-9

1 2 3 4 5 6 – 11 10 09 08 07 06

Dritte Fluggeschwindigkeit

Prolog

Nun hört er wieder die Grille zirpen tief unterm Schnee. In der dünnen Schicht zwischen Erdboden und Eiskristallen hockt sie und reibt die Deckflügel gegeneinander. Hockt mit gesenktem Kopf und mit schmerzenden Schultern, die kaum das Gewicht der Flügel zu tragen vermögen. Nun singt sie den uralten Gesang, auch hier, auf diesem Himmelskörper, unter einem anderen Stern. Das eisblaue Licht rinnt direkt in seine geschlossenen Augen hinein. Er liegt auf dem Bauch, das Gesicht im Schnee vergraben. Wenn er fünfzehn Sekunden lang die Flügelstriche im Gesang der Grille zählt, kann er mit Hilfe dieser Zahl die Kältegrade errechnen. Eine Hand liegt ausgestreckt da. Der Handschuh abgerissen. Er greift danach und ruft. Die Grille singt jetzt so laut, daß es in der Erde dröhnt. Ihr Gesang durchdringt ihn und bringt seine Zähne zum Klappern. Der alte Gesang. So wie man ihn zu Hause auf der Kasachensteppe gesungen hat. So laut, daß die Erde vibriert. So laut, daß ihre Stimmen übertönt werden und sie einander anschreien müssen, obwohl sie Schulter an Schulter stehen. Er blickt in die Ferne, wo die riesige Rakete hängt, als hätte man sie mit unsichtbaren Schnüren irgendwo am Spielkreuz des Universums aufgehängt. Stahlglänzend und gewaltig, ohne das stützende Skelett der Tragbalken, wirkt sie wie von fremder Hand in das Panorama der Steppe gezeichnet. Fast völlig vom Himmel verschluckt, ausgebleicht von der schonungslosen Sonne, zitternd in einer vom Morgennebel verursachten Luftspiegelung, so als könnte sie es nicht erwarten, sich von der Erde loszureißen und sich blindlings in die Tiefe des Weltalls zu stürzen. Juri macht sich los und läßt die anderen zurück. Juri kann Kiefer und Eiche, Ahorn und Birke mit verbundenen Augen unterscheiden, allein indem er am Holz riecht und es betastet. Sie stehen drei Kilometer von der Startplattform entfernt. Die Spannung hüllt sie ein wie der Staub, der vom Boden hochwirbelt. Da hebt er eine Hand und winkt. Ein seltsames Gewicht senkt sich auf die Gruppe. Die Geschichte macht hinter ihnen zwei Schritte vorwärts und heftet ihren Blick auffordernd gegen ihren Rücken. Faustkeil, denkt er, Faustkeil und kurz danach Satellit. Millionen namenloser Sklaven verloren beim Bau der ägyptischen Pyramiden ihr Leben. Daran denkt er jetzt. Der Wille und die Gedanken großer, oft gottloser Männer aus der Vergangenheit. Vor ihnen wird er bald Rechenschaft ablegen müssen. Vor Theoretikern und Konstrukteuren. Archimedes und Kopernikus, Galileo und Bruno, Lomonosow und Newton, Kibaltschitsch und Ziolkowski. Was sollen sie später der Zeit als Gegenleistung für diese Sekunden geben? Zehn ... sieben ... drei ... zwei ... eins ... Die für den Start beim Kosmodrom Verantwortlichen zählen jetzt rückwärts. Ein Brüllen. Ich höre die Stimme meines Freundes ganz deutlich im Kopfhörer. Und ich spüre stärker als er, wie hart all die Pferdestärken des Raketenmotors arbeiten, um die Bande zu zerreißen, die ihn auf der Erde festhalten. Wenn du zurückkehrst, werde ich mich auf die Reise begeben. Wenn du nicht zurückkehrst, werde ich mich auf die Reise begeben. Wenn du weit fliegst, werde ich weiter fliegen. Wenn das Universum dich verschlingt oder dich ausspuckt, werde ich dich zunächst vergessen und mich erst dann wieder an dich erinnern, wenn ich an Bord gehe. Ein unerhörtes und maßloses Gebrüll rollt über die Steppe. Die Flammen suchen sich einen Weg hinaus, hinauf. Die Rakete reißt sich unerträglich langsam von der Startplattform los und steigt widerwillig zum Himmel auf. Dann beginnt ihre Geschwindigkeit zuzunehmen, und schon ist sie ein strahlender Komet, nun aus dem Blick entschwunden. Und als das Brüllen des Motors verstummt ist, hört er wieder das eintönige Zirpen der Grille. Die leichte Brise führt wieder den Duft von Waldsalbei mit sich und den würzigen Duft von Frühlingswiese. Alles ist und bleibt unverändert auf der vernarbten Steppe. So, wie es seit Ewigkeiten gewesen ist. Nur weit dort oben bewegt sich die Zeit. Irgendwo hoch oben blinkt Wostok, der künstliche Stern, in der Aurora der kosmischen Morgendämmerung. Zedernholz, ruft Juri, Zedernholz an Morgendämmerung. Als sie in ihren Raumanzügen mit Juri zur Rampe gegangen waren, hatte einer der Wissenschaftler ihn angeblickt, umarmt und zu weinen begonnen. Na, na, hatte Juri zu ihm gesagt, wie man zu einem Kind spricht, und dabei den Kopf geschüttelt. Einhundertacht Minuten sind der Erde verlorengegangen. Nach der Landung umarmt der Wissenschaftler Juri erneut. Dieser ist doch nicht weniger irdisch als vor dem Flug und jetzt dennoch ein anderer, ein Rückkehrer aus dem Kosmos. Wieder bricht der Wissenschaftler in Tränen aus. Mit einem Mal fällt das Atmen leichter. Das Gewicht, das auf uns gelastet hat, ist verschwunden, und die sonnige Steppe wälzt sich über den Horizont und weiter, so als hätte sie das unerbittliche Gebrüll der Raketenmotoren für alle Ewigkeit in sich aufgesogen und sich einverleibt. Wir hatten die Prüfung bestanden. So erinnere ich den Beginn des Raumzeitalters.

Kindheit

Ich wurde am 25. November 1933 geboren.

Eines Tages war er verschwunden.
Ihr erster Gedanke ist der Brunnen. Zum Schuppen rasen und dahinter, wo das Holz für den Zaun liegt. Eine Stange schnappen und damit zum Brunnen. Die Stange bis auf den Grund stoßen und ihn abtasten, vor und zurück, aber nichts finden. Vier Männer werden mit dem Trockenlegen beauftragt. Wechseln sich ab. Zwei ruhen sich aus, während die anderen zwei schöpfen. Das Wasser in Eimern hochziehen und ausschütten, so daß der Boden morastig wird. Aber nichts.

Da fällt ihnen der Fluß ein. Fast hätten sie ihn vergessen. Seine Breite. Die Tiefe. Den können sie nicht trockenlegen. Die Strömung. Zwischen Steinen und auf dem Grund suchen. Die Stiefel ausziehen und mit nackten Füßen gehen. Die Füße vorsichtig aufsetzen und mit den Fußsohlen tasten. Wo das Ufer über das Wasser ragt, fassen sie mit den Händen darunter. Kreuz und quer suchen sie den Boden neben dem Fluß ab. Überprüfen jeden Meter des abschüssigen Ufers. Aber nichts.

Dann gehen sie zum See und lassen das Boot ins Wasser. Einer rudert, und einer beugt sich achtern über die Bootswand und sucht den Grund mit dem Wasserfernglas ab. In einem Radius von zehn Metern kann er ihn deutlich erkennen. Wassertiere, deren Namen er nicht weiß. Muscheln mit schwarzer Schale. Seegras, das sich in die Strömung legt. Würmer sieht er, der Grund ist voller Wurmhaufen. Wenn er das Kind sieht, soll er einen Stein in die Hände nehmen und sich in den See werfen. Wenn der Stein ihn auf den Grund gezogen hat, soll er ihn loslassen, das Kind packen und es mit sich nach oben holen.

Derjenige, der den Teich vom Land aus absucht, geht dicht am Ufer entlang und hält Ausschau. Hin und wieder steckt er die Hände in den Schlamm.

Sich am Fluß unten sammeln. Eine Reihe bilden. In einem Abstand von zehn Metern gehen, so daß die Reihe achthundert Meter breit wird. Es ist vollkommen still, als sich die Kette in Bewegung setzt. Die tiefen Senken werden kreuz und quer abgesucht. Bäche und Tümpel werden genau überprüft. Wo die Wurzeln umstürzender Bäume Löcher in den Erdboden gerissen haben, die sich wieder schlossen, werden diese erneut geöffnet.

Die Bergwand ist steiler, als sie aus der Entfernung aussah. Sie können nicht aufrecht gehen. Sie müssen sich nach vorne lehnen, mit einer Hand am Hang. Die Steine werden von ihren Schritten gelöst und rollen nach unten.

Sie gehen bergauf. Sich am Hang halten, an großen Steinen vorbei. Hochklettern und dabei nach kleinen Büschen greifen. Sich an starken Ästen festklammern. Den Halt verlieren und Steine und Moos lostreten.

Eine Weile folgen sie einem ausgetrockneten Bachbett. Die reingewaschenen Steine leuchten. Oberhalb davon befinden sich schmale, schwer erreichbare Vorsprünge. Darunter ist ein Erdrutsch liegengeblieben. Hoch ragen die Bergspitzen in den Himmel. Das Kind kann in einer Felsenschlucht liegen. Es kann auf dem Grund von einem dieser Gewässer liegen. Es kann im Norden liegen oder im Süden.

Schließlich fürchteten sie sich davor, weiterzugehen. Sie wagten auch nicht, umzukehren und wieder hinabzusteigen. Einer von ihnen richtete sich halb auf. Blickte nach oben und nach hinten. Der Bergvorsprung ist vier Meter lang, einen Meter breit und fällt steil nach unten ab. Das Moos ist dick und weich, und das Gras wächst in Büscheln. An der äußersten Kante steht eine verkrüppelte Birke mit abgespreizten Ästen.

Er lehnte sich gegen die Bergwand, um keinen Schwindel zu bekommen. Plötzlich fiel sein Blick auf etwas. Beinahe ganz verborgen von Moos und Gras lag da ein kleines Bündel. Bebend machte er einen Schritt darauf zu. Es war das Kind. Den Kopf nur zwanzig Zentimeter vom Rand des Abgrunds entfernt, lag es ganz still da. Lächelt es ihn an, oder ist das nur ein Schatten auf seinem Gesicht?

Ich wurde am 25. November 1933 geboren. Polkownikowo heißt das Dorf, in dem ich zur Welt kam. Eine Ansammlung von Holzhäusern, zusammengehalten von geflochtenen Zäunen, die bei Schneesturm als Leitstangen und Orientierungslinien dienen.

Unser Fluß heißt Bobrowka. Sein Wasser ist sauber und ganz durchsichtig. Seine abschüssigen Ufer sind von Weiden überwachsen, so daß das Wasser sich an manchen Stellen in grünen Tunneln verbirgt. Wo diese sich öffnen, rinnt der sandige Boden in den Fluß. Da ist er seicht und der Boden fest, und in der Mitte des Flußbetts sind alte, vergessene Felsbrocken zur Ruhe gekommen.

An Sommertagen wurden die Felsbrocken von der Sonne erwärmt. Wenn diese hinter einer Wolke verschwand oder wenn Wind aufkam, wärmten sie sich an den Steinen, wenn sie vom langen Schwimmen eine Gänsehaut bekommen hatten. Sie schmiegten ihre Körper an den Stein, und als wäre er ein Heizkörper, begannen sie sich daran aufzuwärmen. Schauer fuhren ihnen über den Rücken, während die Sonne sich zwischen den Wolken verbarg. Dann drehen sie sich auf die andere Seite und drücken sich erneut an den Stein, bis sie genug haben, bis ihnen warm geworden ist und sie wieder ins Wasser hechten können. Dann tauchen sie und scheuchen erneut die Gründlinge auf, die vergeblich zu fliehen versuchen, als all diese grölenden Körper im selben Moment und auf einen Schlag das Wasser zurückerobern.

Polkownikowo, Altai, Sibirien, Union der sowjetischen sozialistischen Republiken, die Welt, die Erde, das Universum.

Die Wälder, ewig grün, erstreckten sich Kilometer um Kilometer. Die Flüsse, silbrig, fischreich, schnitten durch das Land. Rund um das Dorf lagen Wiesen, die während des Sommers einen riesigen Reichtum an Blumen besaßen. Die Berge, die goldenen, erhoben sich mächtig am Horizont. Die Luft war klar. Der Himmel war tiefblau, schwarz in der Nacht, mit Myriaden von Sternen, die in allen Nuancen des Diamanten funkelten. Er glaubt in den nördlichen Provinzen des Paradieses zu leben.

Während der langen Winterperioden ist das Quecksilber gefroren. Die Kälte verleiht der Luft eine durchdringende, eisige Schärfe, so als wäre alles Leben erstarrt. Weder die Sonne, die sich nur einige wenige Stunden am Horizont zeigt, noch die Erde, die bis in eine Tiefe von einhundert Fuß gefroren ist und im Sommer nie auftaut, vermag Widerstand zu leisten. Die Kälte verdichtet die Luft, bis diese unter ihrem eisigen Gewicht alles Leben zu ersticken, alles zusammenzupressen droht zu einer einzigen einheitlichen Eismasse. Selbst die stärksten Luftströmungen vom Meer oder von der riesigen Weite des Festlands vermögen die verdichtete Luftmasse nicht zu erschüttern. Die rasenden Stürme prallen kraftlos an dem von Milliarden von Eiskristallen glitzernden Ungeheuer ab, werden zu seinen Füßen gefesselt, abgekühlt und dem gigantischen Kältebecken einverleibt, dessen Inhalt ausreicht und dessen Eingeweide ausreichend gefroren sind, um das Land das ganze Jahr über abzukühlen. Und das Ungeheuer liegt unbeweglich da. Die Kälte preßt alle Feuchtigkeit aus der Luft. Sie wird kristallisiert und bildet einen dichten Rauhreifnebel in Form von feinem Schneestaub, und der Mond ist umgeben von einem großen Silberreif. Eine Grabesstille herrscht hier. Die wilden Tiere graben sich tief in den Schnee hinein, um dort Schutz zu suchen. Funkelnde, schillernde Sterne leuchten still am Himmel. Lautlos legt der Vogel seinen Flügel an den gefrorenen Stamm. Doch die Stille trügt. Der Schnee knirscht nicht, er knarrt unter den Füßen und klingt wie Metall. Der Atem erstarrt und fällt in weißen Eiskristallen zu Boden, die klirrend zersplittern. Die tiefe Stille wird durchbrochen von entsetzlichen Lauten, von langgezogenem Stöhnen, Heulen und Seufzen, gefolgt von Schüssen wie von einer Kanonade der Eismassen, die zerspringen, und dem Krachen des gefrorenen Bodens, der unter dem Druck der Kälte aufreißt. Bisweilen geschieht es, daß Seen teilweise oder ganz verschwinden, wenn die Erde in der Kälte aufreißt und das Wasser verschlingt. In den Seen, die nicht bis zum Grund gefrieren, erreicht das Eis eine Dicke von drei Metern, in den Flüssen noch mehr. Das Eis wird hart wie Stein, seine Scherben zerschneiden die Hände wie ein scharfes Schneideeisen. Und schwingt man die Klinge der Axt gegen einen Baumstamm, so zerbricht sie beim ersten Hieb.

Die Strenge der Winter machte ihn froh. Die Silberbirkengehölze und die schneebedeckten Fichten widerstanden der Kälte und dem Wind. Darin, darunter läßt er sich vom Schnee umarmen. Dort bleibt er liegen.

Es gibt einen Ort, wo weiße Kraniche über den ständig gefrorenen Boden tanzen, wo eine Stadt verloren zwischen den Eisschollen schwimmt.

Die Winde sammeln über der arktischen Steppe Kraft. Fegen Kälte und Schnee zu einer atmosphärischen Lawine zusammen, die kreischend über die Landschaft jagt; eine Gezeitenwelle aus beißend kalter Luft und wirbelnden Schneemassen. Wenn diese Welle über sie hinwegschlägt, ist der Lärm betäubend, so als donnerte eine Lokomotive ganz nah an seinem Ohr vorbei; eine hämmernde, dröhnende Welle aus Wind. Die verwischt jede Sicht. Die Sonne, die Bäume und die Berge werden ausgelöscht und unter einer blendend weißen Decke verborgen, die so dick ist, daß er manchmal nicht einmal die Hand vor Augen sehen kann.

Sieben Kinder gehen einen Weg entlang, der sich durch den Wald windet, als sich ihnen ohne Vorwarnung der Sturm entgegenwirft. Sie werden sofort blind. Sie können den Weg nicht länger sehen und auch nicht die hohen Bäume, die ihn säumen. Die Kinder bilden einen engen Kreis, die Arme fest ineinander verflochten. Unbeweglich warten sie darauf, daß der Angriff schwächer wird, warten darauf, das Augenlicht zurückzugewinnen. Bald beginnen sie zu erfrieren. Bald werden sie weiß und kalt. Arme und Beine werden steif und schwer. Die Augen schließen sich. Die Sonne ist ein Feuerball. Die Erde ist von Hitze verbrannt. Wenn sie nur ihre Köpfe heben wollten, würden sie den Hafen sehen. Menschen flanieren im Schatten der hohen Mauern. Die Türen der Geschäfte stehen weit offen. Das Aroma tropischer Früchte erfüllt die Luft mit Wohlgeruch. Pfirsiche, Apfelsinen, Aprikosen, Rosinen, Gewürznelken, Pfeffer verbreiten ihre wunderbaren Düfte. Der Asphalt dampft, nachdem er mit Wasser überspült wurde. Die Verkäufer übertönen einander, als sie ihre Waren anbieten. Sehen Sie hier! Riechen Sie, wie wunderbar das duftet! Fühlen Sie, wie wunderbar sie ist, die tropische Luft! Er schreit auf. So stehenzubleiben, mit gesenkten Köpfen, kommt einer Einladung an den Kältetod gleich. Hören sie ihn? Sie müssen jetzt Schutz vor dem Sturm suchen, oder sie sterben. Sie sind im Weiß eingeschlossen. Atmen Worte aus, die in der Luft gefrieren. Einfach nur losgehen, in eine beliebige Richtung, ist Irrsinn. Sie sind blind und stumm. Der Junge schreit auf sie ein. Er wendet sich langsam um, bis der eisige Wind in sein Gesicht schneidet. Der kommt von Norden, das weiß er. Dort liegt Norden. Er sagt ihnen, daß sie einander fest an den Händen halten sollen und nicht loslassen dürfen. Sie gehen in einer Reihe, gegen den Wind ankämpfend. Hin und wieder bleiben sie stehen und reiben sich gegenseitig die Wangen. Die sind jetzt weiß und scheinen nicht mehr zu ihren Gesichtern zu gehören. Die Haut ist erfroren. Sie nehmen Schnee in ihre Hände und reiben sie damit ein. Mühsam gehen sie weiter und weiter und folgen ihm, der dem anhaltenden Wind entgegengeht

Da stolperte ich plötzlich gegen einen Weidenzaun. Taub und steif gefroren drängte ich mich einen Augenblick lang an ihn. Ich nahm die Hände der anderen und legte sie dagegen. Hier ist er. Der geflochtene Zaun. Gleich bewegten sich alle am Zaun entlang auf die Hütte zu, die, wie sie wußten, dort sein mußte, wo er endete. Ich kam zuerst an und fiel auf der Treppe auf die Knie und hämmerte mit meinen Fäusten an die Tür. Die wurde endlich vorsichtig geöffnet, und ein Bauer und seine Frau sahen auf uns herab. Zweifelnd. Unschlüssig. Nein, jene Kinder konnten wir nicht sein. Die waren verloren und wurden nicht länger gesucht. Selbst große und erfahrene Waldarbeiter hatten in Stürmen wie diesem ihr Leben verloren. Daß sechs Kinder einem solchen Sturm lebend entkommen waren, davon hatte man noch nie gehört. Die Geschichte verbreitet sich im Dorf und dann in der ganzen Gegend. Sich selbst und fünf weitere Kinder hat der Junge gerettet. Aber wer war der siebte, der uns immer zur Seite stand?

Von dem Tag an sagen sie, daß er die Kälte besser als andere erträgt. Er denkt, daß sie das so oft wiederholen, bis es Wahrheit wird. Spät eines Nachts fährt Dimitri Stepanowitsch mit seinem Lastwagen nach Hause. Im Licht der Scheinwerfer sieht er plötzlich ein merkwürdiges Ding, das wie hingeworfen auf der Straße liegt. Er fährt langsamer und bremst jäh, als er sieht, daß das Ding ein Körper ist. Er stürzt hinaus auf die Straße, dreht den Körper um und sieht, daß das Kind, der Junge, noch am Leben ist. Er ist so stark unterkühlt, daß er nicht sprechen kann. Als Dimitri ihn hochhebt, weigert er sich, ein Bündel loszulassen, das er krampfhaft mit den Fingern festhält. Der alte Sack wiegt mehr als der Junge. Schließlich beginnt er zu sprechen. Kälte und Müdigkeit hatten ihn auf dem Heimweg übermannt. Er war am Straßenrand stehengeblieben, in der Hoffnung, daß jemand ihn in seinem Wagen mitnehmen würde. Als die Dunkelheit hereingebrochen war, ohne daß jemand vorbeikam, hatte er seinen Weg wiederaufgenommen. Aber der Sack war jetzt viel zu schwer. Er kämpft damit, bis er ihn nicht mehr hochheben kann. Er legt ihn in den Schnee und beginnt, ihn hinter sich herzuschleppen. Schließlich vermag er nicht einmal mehr das. Die Müdigkeit hält seine Arme fest. Er erwacht am Straßenrand und beginnt nach Hause zu kriechen. Da wird es schwarz um ihn. Im Sack ist Mehl, welches der Vater ihm zu holen aufgetragen hat.

Am selben Abend träume ich. Im Traum sehe ich uns alle mit unseren Schlitten über das endlose Packeis gehen. Meine Schwester und meine Mutter, Vater und Großvater. In der Ferne erkenne ich eine große Ansammlung von Menschen, die unablässig auf einen Punkt schauen und eifrig miteinander sprechen. Sie scheinen zu warten und schenken uns Neuangekommenen keine Aufmerksamkeit. Als wir näher kommen, fragen wir sie, worauf sie warten. Und einer von ihnen deutet auf einen vertrockneten Alten mit weißem Haar, der gerade hinter einem Eisblock auftaucht. Er ist ein Seher. Ich denke, daß ich mir diesen glücklichen Zufall nicht entgehen lassen will, und nähere mich dem Alten und bitte ihn, unser Schicksal vorherzusagen, uns zu sagen, ob wir Land erreichen und gerettet werden. Gleichzeitig halte ich ihm meine Hände hin, mit den Handflächen nach oben, wie bei einer Wahrsagerin. Der alte Mann wirft einen hastigen Blick auf meine Hände und deutet nach Süden. Du wirst dein Ziel erreichen, es ist nicht weit bis zum offenen Meer, aber dort ... Und sein Satz bricht ab, als ich aufwache.

Ein drittes Mal (diese magische Dreizahl) wird er aus dem Griff der Kälte gerettet. Für die Dorfbewohner ist er damit zum Auserwählten geworden, in seinen eigenen Augen jedoch zum Ausgestoßenen.

Die Seen sind zugefroren, aber hier und da von kühlen Quellen und Strömungen durchbrochen.

Er geht den See entlang. In Ufernähe. Weicht Eislöchern aus, denn noch hat er Tageslicht. Aber die Dunkelheit holt ihn ein.

Er ging direkt auf den See hinaus und sah einen völlig klaren Raum vor sich, einen Raum, in dem die Sterne sich lebendiger spiegelten als sonst. Das Eis war an einigen Stellen dunkel und an anderen wieder spiegelklar. Er hielt einen Augenblick inne. Wie konnten die Sterne so zitternd funkeln? Er war schon über viele klare Fenster gegangen, die in die Tiefe wiesen. Warum brachte ihn dies nun dazu, stehenzubleiben?

Die Sterne. Ich weiß. Ich spreche oft von ihnen.

Plötzlich bricht das papierdünne Eis. Unversehens liegt er im Wasser, und seine wasserschweren Kleider ziehen ihn nach unten. Die Welt um ihn beginnt zu gefrieren. Das Birkengestrüpp an Land gefriert. Die Krähen in der Luft gefrieren. Die silberweiße Scheibe des Mondes, vom kalten Nebel vergrößert, gefriert. Er ist still. Nur das Eis, das um ihn herum sachte zerbricht, gibt einen dünnen und traurigen Laut von sich. Da ist der weite, klare Raum.

Er dreht sich um zur Eiskante. Versucht hochzukommen, aber vergeblich. Versucht, sich von seinem Gepäck zu befreien, aber ohne Erfolg. Ruft ein paar Mal und hofft, daß man ihn in der Siedlung hört, bekommt aber keine Antwort und verstummt dann wieder.

Die Glieder werden steif, und es wird immer schwerer, sich oben zu halten. Bald wird der Sack, den er auf dem Rücken trägt, sich mit Wasser füllen. Einmal versucht er unter das Eis zu kriechen, um das Ganze so schnell wie möglich zu einem Ende zu bringen. Aber da legt der Sack sich quer und hindert ihn.

Er beginnt, an der Eiskante entlang Richtung Westen zu schwimmen. Kommt in eine Bucht, die das Wasser ausgekehlt hat. Da stützt er einen Arm auf die Eiskante und wälzt sich aufs Eis. Beeilt sich, an Land zu kommen, fällt jedoch erneut in ein Eisloch. Da hat er Grund unter den Füßen, das Wasser geht ihm bis ans Kinn. Er ist so unterkühlt, daß er kaum auf den Beinen stehen kann. Er schlägt sich voran bis ans Ufer und hoch aus dem Wasser. Die Kleider sind jetzt zu einer Eisrüstung erstarrt. In diese Rüstung gekleidet läuft er weit nach Osten. Bildet sich ein, daß der ganze See offen ist. Wagt den Fuß nicht mehr auf das Klare zu setzen, sondern hält sich an das Dunkle, auch wenn er weite Umwege machen muß.

Als er schon lange zu Hause ist, fürchtet er immer noch, sein eigenes Gespenst aus dem Eisloch rufen zu hören, und hält das für ein deutliches Zeichen dafür, daß sein Leben nicht lange währen wird. Noch lange Zeit danach verliert er im Traum den Boden unter den Füßen, wenn die Erde unter ihm aufreißt, und hört manchmal spät am Abend jemanden aus der Ferne rufen.

Jedes Frühjahr, wenn der Schnee schmolz, fanden sie fremde Körper, die auf dem Boden der Wälder festgefroren waren. Geflohene Gefangene oder Reisende, man hatte sich so an ihren Anblick gewöhnt, daß man sie Schneeglöckchen nannte. Jetzt blühen die Schneeglöckchen. Jetzt stehen die Schneeglöckchen in ihrer Blüte.

Das Frühjahr kam unvermittelt wie die Sturzbäche. Wenn der Frühjahrsfluß versickerte, waren die Ufer voll mit Treibholz. Auch andere Dinge wurden zwischen Bretterstücken und Ästen gefunden. Solche, die das Eis an sich genommen hatte und jetzt zurückgab.

An einem Frühlingstag fanden sie eine bis an den Rand gefüllte Posttasche mit neuer Schnalle. Später brachte der Fluß auch den Briefträger an; legte ihn vorsichtig am Ufer ab. Dort lag er eines Tages auf dem Rücken, die Arme über den Augen, als versuchte er sich vor der Sonne zu schützen. Trug eine Uniform mit glänzenden Knöpfen. Hatte sie, bevor er zu seiner Runde aufgebrochen war, gründlich mit Bimsstein poliert.

Die Briefe waren vom Wasser aufgeweicht, hatten jedoch einen trockenen Kern, den man lesen konnte. Wörter ließen sich entziffern. Polarbasis. Gefangene. Treibholz. Munition. Proviant. Und zusammenhängende Wörter. Das in Bewegung befindliche Eis bricht auf. Müssen ständig neue Aerodrome bauen. Und hin und wieder ganze Absätze.

Schmidt und Woronin haben beschlossen, einen weiteren Versuch zur Sprengung der Kante des stationären Eises zu unternehmen. Es wurde als möglich erachtet, die Eiskante mittels einer kraftvollen Sprengung mit Ammonal zu verschieben und das Eis, in dem wir gefangen waren, in Drift zu versetzen. Hastig wurden Ladungen hergerichtet. Wir hatten um die fünf Tonnen Ammonal an Bord. Der Weg zur Eiskante war schwer. Einige Eisschollen waren noch nicht zusammengefroren, und es befand sich klares Wasser zwischen ihnen, lediglich bedeckt von einer dünnen Schicht nachtaltem Eis. Es war auch nicht leicht, die Ladungen zu transportieren. Diese waren an einer langen Stange aufgehängt, die von zwei Männern geschultert wurde.

Und weiter.

Diese enorme, endlose, einige Meter dicke Eisdecke ist in konstanter Schwingung; wie die gespannte Haut einer Blechtrommel unter dem Schlag der Stöcke; oder das Trommelfell des Ohrs, wenn die Wellen der Luft, ausgelöst von einem Laut, daran rühren. Aber was ist die Ursache für die Schwingungen in dieser monströsen Zwangsjacke auf den Polargewässern? 1) Der hauptsächliche Auslöser der Wellen auf der Eiskruste ist der Wind. 2) Die längsten Wellen verlaufen in Windrichtung. 3) Bei unverminderter Windstärke und unveränderter Windrichtung, aber konstanter Drift wächst die Stärke der Wellen. 4) Dem Zusammenpressen der Eisschollen (Eisdruck) folgt eine Zunahme der Wellen. 5) Von größter Bedeutung – nehmen die Wellen bei Windstille zu, so muß man mit herannahenden Luftmassen oder Winden rechnen.

In jenem Sommer ist er mit ausgestreckten Armen Wasili Molokow, einer der sieben Heldenpiloten unseres Landes. (Wenn er auf dem Eis landet, bluten seine Lippen, so fest hat er auf sie gebissen.) In jenem Sommer wohnt er nicht mehr in der Hütte des Vaters. In jenem Sommer ist er ein Papanit und lebt auf der Nordpolarstation. Das schwarze Zelt haben alte Nonnen in drei Schichten genäht – Persenning, gummierter Stoff, Seide. Sie fliegen in Moskau los, mit umgebauten Tupolews, die knallgelb angemalt sind, um sich gegen den Schnee abzuzeichnen. Bei seinem ersten Erkundungsflug über dem Pol wirft er eine Dose Motoröl über Bord, um die rostige Achse der Erde zu schmieren. Dann driftet er zusammen mit seinen Kameraden von der Nordpolarstation zweitausendvierhundert Kilometer in fast ebenso vielen Tagen im Eis.

Ich sehe die Hütte meines Vaters so deutlich vor mir, als hätte ich sie eben erst verlassen. Gebaut aus Fichtenstämmen, die entzweigesägt und dann aufeinandergesetzt wurden, die eine Hälfte auf die andere mit der Rinde nach außen. Lehm und Stroh zwischen den Baumstämmen, um sie zusammenzuhalten. Lehm und Stroh an den Wänden, um gegen die Kälte abzudämmen. Zwei Eisenbetten, dicht an die Wand gedrängt, nahmen ein Drittel der Hütte ein. Ein Tisch und einige Stühle waren zwischen den Betten eingezwängt. In einer Ecke stand ein Regal, voll mit Büchern. In einer anderen ein Schrank, mit den Dingen gefüllt, die man zum Leben brauchte. Die Hälfte einer Wand nahm ein Herd ein, den Großvater gemauert hatte.

Selbst schläft er auf einem Absatz über dem Bett der Mutter. Eines Winterabends legt sich der Schneesturm früh, und alles wird merkwürdig still um sie. Nur die Uhr tickt hart und geräuschvoll. Der Vater spricht leise und ohne Hast. Der Mondschein fällt durch die Lücken zwischen den schwarzen Wolken, und die Bäume und Schneewehen werfen violette Schatten, die mal dunkler, mal heller sind. Lange betrachtet er das Spiel der Schatten, auch als sein Vater die Geige nimmt und die Stube mit einer traurigen Melodie füllt. Die Schatten kriechen über den Schnee, im Takt mit dem Strich des Bogens, als würden sie von ihm geführt. Plötzlich sieht er vor dem Fenster, wie etwas über die Schneewehen gleitet, wie eine menschliche Gestalt sich im Dunkeln nähert. Vater, ruft er, Vater. Der Vater nimmt ihn in den Arm und geht mit ihm nach draußen, und dort, schlotternd vor Weinen und vom knirschenden Schnee unter den Füßen, sieht er nur seine Fußspuren und die des Vaters und die Wellen der Schneewehen, glatt und rein, glitzernd wie Naphtalin.

Bevor der Vater an die Front muß, sitzen sie eine Weile schweigend vor der Tür. Jetzt bist du dran, sagt der Vater schließlich. Jetzt kommt es auf dich an. Steht dann auf und geht über den Hof. Als letztes sieht er den Rücken, hört er das Geräusch der Gartentür.

Die russischen Reserven und Vorräte sind unerschöpflich. Wie groß die Verluste auch sein sollten, wir werden nie mit leeren Händen vor dem Angreifer stehen. Da ist eine russische Lokomotive vom kräftigen Typ, mit einer langen Reihe von mit Kampfwagen beladenen Waggons auf dem Weg an die Front. Die Spurweite des russischen Eisenbahnnetzes ist neunundachtzig Millimeter breiter als im übrigen Europa. Da rücken auf einem alten Waldweg weitere mit Laub getarnte Kampfwagen vor. Da sucht ein russischer Soldat Deckung im Terrain, während er Munition zu den Schützen in der vordersten Linie trägt. Ein Signalist schreibt hastig einen aufgefangenen Funkbefehl nieder. Da steht eine Gruppe verletzter russischer Soldaten, die nach einem Aufenthalt im Krankenhaus jetzt bereit sind, an die Front zurückzukehren. Das untere Stadtgebiet ist überschwemmt, da die Regulierungsdämme oberhalb der Stadt geöffnet wurden. Die Ölzisternen stehen nach dem Angriff der deutschen Sturzbomber zerschossen da. Da sind mit Schwimmsäcken und Paddeln ausgerüstete russische Spähsoldaten auf dem Weg zu einem der zahlreichen Flüsse. Leningrads Verteidiger haben um die Stadt tiefe Gräben gegraben, um die Panzerwagen der Deutschen aufzuhalten. Im wirbelnden Schneesturm fährt der Küchenwagen mit der Soldatenkost an die Frontlinie. Das Pferd hält im Winterkrieg mehr aus als der Motor. Ein weiß angemalter Panzerzug verschwindet schnell vor dem Schnee und dem Himmel. Die erste Sendung Wollwaren, die für die frierenden Soldaten gesammelt wurden, wird für den Weitertransport an die Front auf den Zug geladen. Da steht ein russischer Luftwaffensoldat, der acht deutsche Flugzeuge abgeschossen hat. Das letzte, eine Messerschmitt 110, liegt hinter ihm im Schnee, abgestürzt. Russische Fallschirmspringer sind irgendwo bei der Nordfront gelandet und bereiten die Sprengung einer Eisenbahnlinie vor. Deutsche Artillerie befindet sich auf dem Rückzug. Schnee bedeckt die Erde, und der Himmel verschwindet hinter weißen Rauchwolken von den brennenden Häusern.

Ein Dorf brennt am Horizont.

Es war schwer, Stiefel zu finden, die die alten ersetzen konnten, deren abgetretene Sohle zu einem einzigen Loch geworden waren. Mehr als alles andere vermißte Großvater Michail das Rauchen. In den Dörfern, die man zu Fuß erreichen konnte, war weder Tabak noch Zigarettenpapier aufzutreiben. So mußte er sich widerwillig mit den mageren Tabakpflanzen begnügen, die er selbst zum Wachsen gebracht hatte. Die pflegte er mit einer Liebe, die in ihrer Kraft und Stärke nur dem Haß auf die Deutschen entsprach, die ihn seines einzigen unschuldigen Vergnügens beraubt hatten. So sehr liebte er diese Pflanzen, daß er es weder fertigbrachte, sie zu ernten, noch, sie zu zerschneiden. Es war jetzt meine Aufgabe, die Blätter zu pflücken, sie zu trocknen und sie mit dem Tabakschneider, den er mir feierlich überreicht hatte, in feine Streifen zu schneiden.

Eines Abends, als ich mich anschicke, die Tabakkiste im Fenster aufzufüllen, sehe ich die leeren Deckel von einem von Vaters Büchern auf dem Fensterbrett liegen. Ich sehe den Umschlag mit grauen Buchstaben auf himbeerrotem Hintergrund noch vor mir. Großvater hatte vor kurzem über das Buch gebeugt neben der Lampe gesessen. Jetzt lag es leer da, die Seiten sorgfältig am Rücken herausgerissen. Einen Tag später sehe ich ein weiteres von Vaters Büchern daliegen, auf dieselbe Weise geplündert, gelesen und ausgeweidet. Da begriff ich, daß Großvater ein Buch nach dem anderen nahm und es gewissenhaft las, Seite für Seite, von Buchdeckel zu Buchdeckel, und dann nach und nach den Text herausriß, nach und nach die gelesenen Kapitel herausriß und aus dem Papier seine Zigaretten drehte. Er rauchte keinen Absatz, ohne ihn zuvor gelesen zu haben. Und zerriß die Bücher nur, wenn er allein war. Als würde die Scham mit dem Stapel sorgfältig aufeinandergelegter leerer Bucheinbände auf dem Fensterbrett wachsen. Für mich, der ich gerade gelernt hatte, die Kunst des Lesens zu beherrschen, wurde Großvaters Zigarettenrauch jetzt ein Wunder, in dem die Belesenheit geradewegs in die Luft stieg und sich in alle Richtungen verteilte. Seit diesem Tag rief der Duft von Tabak in meinem Kopf immer ganze Verse von Puschkin hervor.

Nachdem das letzte Pferd des Dorfes vom Militär als Wagenpferd beschlagnahmt worden ist, beginnt der Großvater die Kühe zu Zugtieren zu dressieren. Tut es meisterhaft und nimmt meistens den Jungen mit sich. Fährt niemals mit leeren Händen und versucht jedesmal eine Fuhre zurückzubringen. Dann setzt er den Jungen hoch auf die Fuhre. Geht mit den Zügeln voran und singt dabei. Ich ging den Hügel hoch.

Wenn wir die Kuppe eines Hügels erreicht hatten, ließ er die Kühe Rast machen. Dann erteilte er mir fast jedesmal eine Lektion im Rechnen. Sag, Sohn meines Sohnes, sagte er mit verschmitztem Blick. Ein Kaufmann hatte fünfundzwanzig Kopeken. Er gab acht für Segeltuch aus, sieben für Band, lieh einem Freund vier, und als er sah, daß er nur noch wenig Geld übrig hatte, lieh er sich selbst elf Kopeken von einem anderen Freund, nachdem er für zwei Kopeken Apfelsinen gekauft hatte. Wenn ich das Rechenproblem gelöst hatte, war er zufrieden. Jetzt gehen wir, sagte er dann.

Manchmal verliert Großvater sich in Erinnerungen. Siehst du die Lichtung da. Die Hütte, die wir von Zurawliki zu unserem Dorf brachten, bauten wir hier auf. Und in diesem Waldstück dort hatten wir unseren Wachtposten. Zu der Zeit wären wir, du und ich, nie ohne ein Gewehr losgezogen, nicht einmal, wenn wir mit einem Pferd unterwegs waren, geschweige denn mit einer Fuhre oder gar einer Kuh.

Als ich jung war, gehörten die großen Berge und Wälder des Altaigebiets zu den persönlichen Reserven des Zaren. Damals wurde die Staatskasse aus Gold- und Silbergruben gemästet. Das wertvolle Metall brachen sie mit Gefangenen, aber sie brauchten auch ein Bauerndorf, um diese gefangenen Arbeitskräfte zu füttern. Die Zaren schufen schließlich die Legende von Altai, von ertragreicher und einträglicher Ackererde, von Land, das nichts kostete. Hier lag es fett und üppig und wartete auf den, der sich dort niederlassen und es bestellen wollte. Hunderttausende von Bauern mit ihren Frauen, Kindern, Müttern, die die Entbehrungen und Mühen im Westen ertragen hatten, folgten der Verlockung des neuen Landes nach Osten. Ganze Dörfer machten sich auf und verließen ihr altes Zuhause, mit ihren wenigen Besitztümern im Gepäck, das sie auf Schlitten und Wagen festgezurrt hatten. So begann die lange Wanderung nach Osten. Wer sich kein Pferd leisten konnte, band sich seine Habseligkeiten auf den eigenen Rücken. Männer, Frauen, Kinder quälen sich Tausende von Kilometern, begeben sich Richtung Osten, getrieben von den goldenen Versprechungen des Zaren. Sie sterben wie die Fliegen vor Hunger, Erschöpfung, an Krankheiten und in der schneidenden Kälte, die ihnen auf dem Weg begegnet. Tausende verzweifeln, als ihre Kinder, die am meisten unter der Wanderung leiden, krank werden und sterben. Diese Verzweifelten geben auf und lassen sich wahllos da nieder, wo sie genug zu essen finden, um ein paar Tage zu überstehen. Trotzdem erreichen Tausende Altai. Hier empfängt sie der bittere Betrug des Zaren. Es gibt kein Land. Das Land ist zerstückelt und unter den Günstlingen des Zaren aufgeteilt worden. Die Träume vom Eigenen verkümmern, ersticken bei der Sklaverei in den Gruben, bei der Arbeit als Untertanen der Grundbesitzer, mit all den Rechten, die Tieren zustehen. Jetzt haben sie den Osten erreicht. Die Entbehrungen und Mühen sind andere, doch der Hunger bleibt derselbe.

Konstantin Eduardowitsch Ziolkowski ist von Kindheit an taub. Ich habe siebzehn Schwestern und Brüder. Das grassierende Scharlachfieber hat ihn seines Gehörs beraubt. Ich stehe in der Mitte der Eisscholle, als sie bricht, und falle geradewegs hinein in das kalte Wasser. Er läßt sich davon nicht aufhalten. Bringt sich selbst alles bei, wonach sein Wissensdurst verlangt. Mein Vater war, sagt er dann, abweisend und kalt. Aber er sollte seine Leidenschaft für das Bauen und Konstruieren an den Sohn weitergeben. Die Bücher sind meine einzigen Freunde. Einmal erklärt der Vater ihm die Bewegung der Erde, indem er einen Apfel auf einen Stock spießt und ihn um seine Achse dreht. Einmal berechnet er mit dem Astrolabium vom Inneren der Hütte aus den Abstand zwischen der Schwelle des Heims und dem Wachtturm. Zwölfhundert Fuß, sagt seine Berechnung. Danach mißt er den Abstand mit dem Zollstock und stellt fest, daß die Theorie im voraus sagt, was die Praxis nachträglich bestätigt. Mit sechzehn Jahren fährt er nach Moskau, ich vermisse dich, Mutter, auf der Suche nach Gelehrsamkeit.

Kann die Energie der Erdrotation praktisch genutzt werden? Ich antworte auf diese Frage sofort mit einem Nein. Ist es möglich, einen Zug den Äquator entlangfahren zu lassen, der durch die Zentrifugalkraft von der Erdanziehung befreit wäre? Wiederum ist meine Antwort nein, aufgrund der Tatsache, daß die Luft Widerstand leistet, und aus vielen Gründen mehr. Kann man einen luftdichten Metallaerostat konstruieren, der imstande ist, eine unbegrenzte Zeit in der Luft zu schweben? Die Antwort ist ja. Kann ausströmender Dampf in Dampfmotoren mit hohem Druck verwendet werden? Wieder ist die Antwort ja.

★ 29 ★

Der Lesesaal der Tschertkowbibliothek ist dunkel, und der Staub wirbelt durch die Lichtstreifen. Er tanzt unbehindert, so wie auch die Menschen tanzen würden, wenn die verteufelte Gravitation aufgehoben wäre. Er schreibt das mit Nachdruck an den Rand. Zügle deinen Haß auf das Gesetz der Schwerkraft! ruft der Bibliothekar Nikolai Fedorowitsch Fedorow, der immer stört und Gesellschaft sucht. Die Natur ist eine Ansammlung fallender Welten, deren langsamer Fall irrtümlicherweise für Stabilität gehalten wird. Das Fallen der Welt wird so als der Zustand der Welt begriffen, Weltzerstörung wird für Weltordnung gehalten! Er breitet die Arme aus. Die Bibliothek enthält fünfundachtzigtausend Bücher und Pamphlete, achtzehntausend Karten, Sonderdrucke und anderes ungebundenes Material. Sie sagen, daß Nikolai Fedorowitsch nicht nur Titel und Standort eines jeden einzelnen Werkes in der Bibliothek kennt, sondern daß er auch mit den Grundgedanken, Thesen, Schlußsätzen jeder einzelnen dieser vielen zehntausend Arbeiten vertraut ist und darüber Rechenschaft ablegen kann. Ein Leser, der seine Bestellung bei ihm abgibt, bekommt immer viel mehr Bücher auf seinen Tisch, als er angefordert hat; Bücher, von denen er nie gehört hat, die sich aber immer als nützlich und brauchbar, oft unverzichtbar für seine Studien erweisen. Bucklig, in alter, abgenutzter Kleidung, lang und dünn mit dunklen, abgründigen Augen. Jetzt kommt er schnell näher. Unser großer Gegner ist das Chaos – und daneben der Zufall. Kräfte, die ihren äußersten Ausdruck im Tod finden, der Tod, aufgefaßt als Entropie im Kosmos. Du hast doch wohl Clausius gelesen? Die Person muß sterben, damit der Mensch leben kann. Der Tod ist der große Feind, auf dessen Überwindung wir all unsere Anstrengungen richten müssen, für uns selbst, für alle anderen Lebenden und für unsere toten Anverwandten, die ins Leben zurückgeführt werden sollen. In allem, im Lächeln einer schönen Frau, im ersten zarten Grün, im Schrei eines neugeborenen Kindes, sieht er den Tod. Und deshalb auch Leben. Alle Materie ist nichts als der Staub unserer Vorfahren. Und in diesen unendlich kleinen Partikeln, die vielleicht von mikroskopischen Tieren gesehen werden können, Tieren, die unsichtbar für unsere Augen sind, und auch nur dann, wenn diese Tiere mit so kraftvollen Mikroskopen ausgerüstet wären, daß ihr Sehvermögen so gesteigert würde, wie unseres es durch das Mikroskop wird. In den Vierecken und Kuben dieser mikroskopischen Partikel können wir Spuren unserer Vorfahren finden. Wir müssen sie ins Leben zurückholen! Und um jeden Partikel jedes einzelnen Vorfahren einzusammeln, müssen wir Expeditionen von der Erde in die abgelegensten Teile des Weltalls unternehmen, denn selbst dort ist, dem kopernikanischen Prinzip von der Einheit zufolge, die Materie dieselbe wie hier, nämlich Staub unserer Vorfahren. Der Platz würde knapp werden hier auf der Erde, schreibe ich hastig. Komme aber nicht bis zum Ende meiner Ausführung, als Fedorow aha! ruft, mit aufgerissenem Mund und mit solcher Kraft, daß sämtliche Leser im Saal sich umwenden und uns auffordernd anstarren. Platz gibt es auf einer Unzahl von Planeten im Kosmos. Dorthin müssen die Menschen steuern. Du frierst, sagt er zu mir und legt die Hand auf meine Schulter. Schau, ich kaufe dir einen Überrock aus bestem Wolltuch. Er sitzt mir gegenüber, das Teeglas zwischen seinen Händen. Drei Dinge aus meiner Kindheit, sagt er, sehe ich deutlich vor mir. Eins: Ich sah schwarzes, sehr schwarzes Brot, von dem, so hörte ich, die Bauern sich in einer Zeit ernährten, die wohl ein Hungerjahr war. Zwei: Ich fragte, was Krieg sei, und bekam die Antwort, daß die Menschen im Krieg einander erschießen. Einander! Das verwirrte mich. Drei: Ich lernte, daß einige Menschen einem nicht nahestehen, sondern Fremde sind, und daß selbst die Nahestehenden eigentlich auch Fremde sind. Diese drei Erinnerungen. Und dann Pamir. Mein Pamir. Ein Ödland. Der Brennpunkt für unsere gemeinsame Sache, für die Einrichtung der Natur und die Auferweckung der Toten. Altem Glauben zufolge lag der Lustgarten Edens dort. Nur weil der Mensch daran scheiterte, die Natur zu beherrschen, hat das frühere Paradies sich in ein unbewohnbares Ödland verwandelt. Adams, des ersten Menschen, Gebeine liegen dort irgendwo in den Bergen begraben. Die Landschaft erinnert mich übrigens an eine Pyramide aus Totenschädeln. Es ist das erste Grab, auf das alle anderen Gräber verweisen.

Eine kühle, graue Morgendämmerung wirft ihre langen durchsichtigen Schatten über Steinböden und Wände im östlichen Flügel der Peter-und-Paul-Festung. Die Henker stampfen mit klirrenden Schlüsseln durch die langen Korridore und bleiben dann vor der Eisentür stehen, die zu Nikolai Iwanowitsch Kibaltschitschs kalter und feuchter Zelle führt. Er ist nicht mein erster. Er hat vor zwanzig Tagen den Zaren getötet und soll jetzt, siebenundzwanzig Jahre alt, aufs Schaffott geführt werden. Ich konstruierte die Bombe, die *der Wille des Volkes* in die Luft jagte. In seiner letzten Nacht hat er hastig seine Theorien und Pläne aufs Papier gekritzelt, Zeichnungen einer Maschine, die den Menschen von den Fesseln der Erde befreien soll. Er zeichnet einen hohlen Metallzylinder mit einer Öffnung am einen Ende. Wenn der Zylinder aufrecht steht, das geschlossene Ende nach oben gerichtet, und beim Ausstoß einen gewissen Druck erfährt, beginnt er abzuheben. Das ist der Höhepunkt der Studien, denen er sich achtzehn Jahre lang gewidmet hat. Aber die engültige Lösung fand er, als er die Bombe fertigstellte, die jetzt den Zaren in Stücke gerissen hat. Von

Bedeutung ist, daß zwei mal zwei vier ist, der Rest ist leeres Gerede. Vor dem Morgengrauen hat er das Papier dem Wächter gegeben. Fügte ein Gesuch bei, einen Tag länger am Leben bleiben zu dürfen, so lange, daß er die Zeichnungen einigen Wissenschaftlern erklären könne, wenn man welche holen wolle. Aber sein Gesuch wird abgelehnt, seine Pläne werden beschlagnahmt und bei der Zarenpolizei eingeschlossen. Ich glaube an die Machbarkeit meiner Ideen, und dieser Glaube stützt mich in meiner furchtbaren Lage. Wenn sich mein Gedanke nach einem genauen Studium von Spezialisten als durchführbar erweist, kann ich mich freuen, daß ich meinem Vaterland und der ganzen Menschheit einen großen Dienst erwiesen habe. Dann kann ich dem Tod ruhig ins Auge sehen, im Wissen darum, daß meine Idee nicht mit mir sterben wird, sondern im Menschengeschlecht fortlebt, für das ich bereit bin, mein Leben hinzugeben.

Im März zwei Jahre später stellt Ziolkowski sein Buch *Der freie Weltraum* fertig. Die wichtigsten Teile des Werkes zitiert er in *Träume vom Himmel und von der Erde*. Ein hypothetischer Erdtrabant, schreibt er, dem Mond ähnlich, jedoch unserer Erde näher, nur ungefähr dreihundert Werst von der Erdoberfläche entfernt, würde eine sehr kleine, von der Schwerkraft befreite Masse darstellen. Während er schreibt, sitzt er in einem tiefen Sessel, eine Sperrholzscheibe auf den Knien. Mit seiner linken Hand hält er den Bogen fest; mit seiner rechten wirft er seine Gedanken mit großen Buchstaben aufs Papier. Wenn er seine Augen schließt, sieht er die Stahlvögel fliegen.

Die Bolschewiken ergriffen die Macht. Eine Welle der Gewalt ging durch das Altaigebiet, und die Bauern lehnten sich wütend gegen ihre Herren auf. Die Grundbesitzer starben schnell. Ganze Familien wurden in Stücke geschnitten. Voll Zorn zerhackten die Bauern ihre Körper mit Messern, zerschlugen ihre Knochen mit Knüppeln, zerfleischten und köpften und töteten in einem unvermeidlichen Blutbad. Dann, als Antwort auf den ständig gegenwärtigen Hunger, gingen sie zurück aufs Land. Diesmal nicht, um den zaristischen Herren zu dienen, sondern um sich selbst zu ernähren.

Im November öffnen die siegreichen Revolutionäre im Archiv der Zarenpolizei einen Ordner mit Dokumenten. Ein paar Tage danach wird die erste auf Kibaltschitschs Plänen basierende mathematische Berechnung unternommen.

So erreichte die Flamme der Revolution unsere Gegenden. Kommunen wurden gebildet, wenn die Soldaten auf Diensturlaub zu Hause waren, wenn die Partisanen Dörfer und ganze Distrikte zurückerobert hatten. Wir waren stolz, arm, doch entflammt für Lenins Gedanken von der kollektiven Arbeit. Auf sie gründeten wir unsere Kommune hier im Herzen der sibirischen Taiga. Wir wollten nicht in den Dörfern bleiben, die für uns Kulakennester waren. Wir wählten einen schönen Ort weit davon entfernt und begannen dort neue Hütten zu bauen und die alten dorthin zu versetzen. Ich weiß nicht mehr, wer zuerst mit dem Namen ankam, aber wir beschlossen gemeinsam, daß unser neues Dorf Maimorgen heißen sollte, denn dies war wahrhaftig die Morgendämmerung einer neuen Zeit, eine Morgendämmerung für das arbeitende Volk. Wir pflügten die erste Furche auf dem gemeinsamen Feld. Wir legten die erste Reihe Baumstämme für das gemeinsame Rätehaus. Wir bauten Scheunen und Vorratshäuser und bestellten die jungfräuliche Erde. Weder die Kugeln der Banditen noch die Bedrohung durch die Kulaken konnte unseren Kampfeswillen brechen. Wir verteidigten unser Eigentum gegen die Plünderungszüge der Kulakenbanden und der weißen Garden, die auf der Taiga umherstrichen wie Rudel hungriger Hunde. Unsere Kommune wuchs stetig, und wir gewannen mehr und mehr arbeitende Bauern für die neue Lebensordnung. Einst die Ärmsten der Gegend, brachten wir jetzt die Kulaken zu Fall, führten eine Umwälzung der Landwirtschaft herbei und gaben uns selbst und unserem Volk einen neuen Maßstab für das Leben, eine neue Art zu leben. Über alle Geschäfte der Kommune bestimmten wir gemeinsam, alles wurde zu gleichen Teilen geteilt, und wir arbeiteten wie ein Mann, alt und jung, keine Arbeit war uns zu hart. Andrian Mitrofanowitsch Toporow kam mit einer der Einheiten der Armee, die das Dorf passiert hatten, zu uns. Er brachte uns Lesen und Schreiben bei und gab uns die Liebe zu den Büchern und zur Gelehrsamkeit. Auf den Großversammlungen im Rätehaus nahmen wir neue Bauern in unsere Kommune auf. Dort mußten sie einen Eid schwören, unserer Sache treu zu sein, ein neues Leben aufzubauen, gewissenhaft zu arbeiten, nicht zu streiten, ihre alten Gewohnheiten aufzugeben und am kulturellen Leben der Kommune teilzunehmen. Und alle hielten sie ihr Versprechen. Und mit der Kollektivierung wurden schließlich die Kommunen abgeschafft, und die Kolchosen traten an ihre Stelle.

Er verstummte. Die Kühe standen da und kauten an einem Heubüschel. Es hatte angefangen zu dämmern, und es war höchste Zeit, nach Hause zurückzukehren.

Zu Hause wartet ein Brief vom Vater. Mit welch froher Wehmut würde ich bäuchlings zur Erde fallen, mit welch zitternder Erregung würde ich auf den wohlbekannten Feldern wandern. In den stillen Stunden der Morgendämmerung, wenn das erste Licht hervorzittert, weit entfernt irgendwo auf dem Feld, ruft das Schneehuhn nach seiner Gattin.

Juri legt sich aufs Bett. In Kluschino im Gebiet Smolensk waren wir dem Krieg näher. Ja, du weißt. Es war, als würde sich plötzlich ein Abgrund vor uns öffnen. Vater kam vom Dorfsowjet nach Hause gestürzt. Krieg! rief er. Mutter sank auf einen Stuhl, hielt die Schürze vors Gesicht und weinte.

Dunkle Wolken sammeln sich am Horizont. Der Wind treibt den Schotter die Straße entlang. Am selben Tag verlassen die Wagen der Kolchose mit den ersten mobilisierten Männern das Dorf. Der Krieg kommt näher und näher, wie das Wasser bei Flut, bis er an die Schwelle reicht. Die Flüchtlinge gehen wie Schatten durch das Dorf.

Am ersten Schultag im September fliegen zwei Flugzeuge mit aufgemalten roten Sternen tief über das Dorf. Die Fensterscheiben in den Häusern klirren. Die Hühner springen gackernd gegen Schuppen und Scheunen. Das sind die ersten Flugzeuge, die er zu Gesicht bekommt. Das eine ist eine Jak, das andere eine Lagg. Eines von ihnen ist im Luftkampf getroffen worden, und der Pilot schafft es noch bis zu einem von Schilf und Heckenrosen überwachsenen Sumpf. Da fällt es wie ein Stein. In einer Sturzflut aus Wasser und Schlamm stürzt das Flugzeug auf den Boden und bricht entzwei, aber der Pilot, der im letzten Moment aus seiner Kabine springt, ist unverletzt. Das andere Flugzeug, die Jak, landet auf einem Feld in der Nähe. Sein Pilot will einen Kameraden in Gefahr nicht im Stich lassen.

Ich stürzte zu dem Flugzeug, lief, so schnell meine Beine mich trugen. Ich wünschte nichts sehnlicher, als einen kurzen Moment in dem ramponierten Führerraum zu sitzen.

Mit stolpernden Schritten kommt der Pilot ihnen entgegen. Hallo Jungs! Holt ein paar Bretter. Der Sumpf zieht das Flugzeug unerbittlich hinab in eine unerreichbare Tiefe. Die Reifen sieht man schon jetzt nicht mehr, und es ruht auf seinen ausgebreiteten Flügeln. Da bist du ja, du Kanaille! Der andere Pilot umarmt seinen Kampfgefährten, und sie lachen. Ich dachte schon, dein letztes Stündchen hätte geschlagen, und da bist du nun, du alter Fuchs. Sie bauen eine Brücke zur Maschine und entleeren den Tank mit Hilfe von Eimern. Hungrig atmet er den Geruch von Benzin ein und zählt wieder und wieder die ausgefransten Schußlöcher in den Flügeln der Maschine.

Am nächsten Tag erhebt sich eine schwarze Rauchsäule aus dem Sumpf. Sie haben die Maschine verbrannt und sich dann auf den Weg gemacht. Das Kartenfutteral, das sie ihm gegeben haben, versteckt er unter seiner Matratze.

Mehr und mehr Kolonnen mit Lastwagen und Konvois mit Verletzten kamen durch unser Dorf. Am Tag, als die Deutschen unerwartet unser Dorf auf ihren Motorrädern einnahmen, donnerte die Artillerie wie ein Gewitter, und der Himmel leuchtete rot vom Feuer. Sie durchsuchten die Häuser, suchten nach Partisanen und nahmen alles, was sie kriegen konnten. Unsere Familie wurde verjagt, und unser Haus wurde von deutschen Soldaten beschlagnahmt. Wir mußten uns ein Erdloch als provisorische Wohnstätte einrichten. Albert hieß der Deutsche, der in dem hauste, was unser Zuhause war. Dort saß er jetzt auf der Treppe, als wäre es seine, und aß sein Essen von dem Porzellan, das wir nie zu benutzen gewagt hatten. Seine Arbeit war es, Batterien für die Motorfahrzeuge zu laden. Ich füllte Erde hinein, wenn er weg war. Ich streute Nägel und Glasscherben auf die Straße.

Eines Tages hängt Albert den jüngsten Bruder Boris in den Apfelbaum vor ihrem Haus, hängt ihn an dem gestrickten Schal auf, den ihm die Mutter am selben Morgen umgebunden hat. Albert steht unter dem Baum und brüllt vor Lachen. Sein Lachen hört sich an wie das Wiehern eines Pferdes, nur nicht so wohlklingend. Die Mutter, Anna Timofejewna, reckt ihre Arme nach oben und versucht, das

Kind zu erreichen, aber der Deutsche hält sie mit einem Arm davon ab. Er will um Hilfe rufen, aber er glaubt zu erstikken, als wäre er es und nicht sein Bruder.

Ich erinnere mich, daß sechs sowjetische Flugzeuge über das Dorf flogen. Kurz danach hörten wir die Explosionen der Bomben, die sie abgeworfen hatten. Als wir zurückkamen, sahen wir, daß eines fehlte. Es waren sechs gewesen, jetzt waren es fünf. Wir konnten damals nur bis zehn zählen und hatten noch keine Subtraktion gelernt, aber wir wußten, daß ein Flugzeug fehlte. Wir versuchten uns vorzustellen, wohin es geflogen sein könnte. Schließlich kam es. Es stand in Flammen und flog direkt über der Straße, die voll von Soldaten war, und der Pilot feuerte aus vollen Rohren. Die Faschisten rannten in Panik in alle Richtungen, heulten, riefen und schrien. Wir fragten uns, ob das Flugzeug zurückkommen würde, als der Pilot plötzlich die Maschine wendete und erneut die Kolonne entlangflog. Dieses Mal ließ er Bomben auf die Deutschen regnen. Dann stürzte er mit seiner Maschine geradewegs in ihren Konvoi. Wie Gastello! riefen wir. Wie Gastello! Das Flugzeug verbrannte und der Pilot mit ihm. Niemand im Dorf erfuhr jemals, wer er war oder woher er gekommen war. Aber eine Sache wußten wir alle: Er war ein wahrer Held der Sowjetunion, der bis zum letzten Atemzug gegen den Feind gekämpft hatte. Keiner von uns Jungen sagte es laut, aber wir wollten alle so sein wie er und für unser Land sterben.

Das Kreuz, um das der Draht gewickelt wird, kann aus trockenem Holz sein, das poliert, bemalt oder gefirnißt wird, so daß die Feuchtigkeit nicht eindringen kann. Ein in ständig feucht gehaltene Erde gegrabenes quadratmetergroßes Blech aus Kupfer oder galvanisiertem Eisen, versehen mit einem daran festgelöteten Kupferdraht, gibt eine ausgezeichnete Erdleitung ab. Folgende Liste kann bei der Wahl des Kristalls als Hilfe dienen: Bleiglanz-Phosphorbronze, Karborundum – Neusilber oder Kupfer, Kupferkies – Aluminium, Silizium – Aluminium oder Gold, Tellur – Aluminium, Molybdenglanz – Neusilber, Radiozit – Stahl. Der Gitterableitwiderstand wird mit einem Bleistiftstrich hergestellt, auf festem Papier, zirka einen Millimeter breit und vier bis fünf Zentimeter lang. Ein solcher Bleistiftstrich hat indessen den Nachteil, daß sein Widerstand sich nicht konstant hält.

Die Menschheit hatte seit jeher versucht, Signale an weit entfernt wohnende Nachbarn zu senden, mit lodernden Feuern, qualmenden Rauchsäulen und Lärm. Dann wurde eines Tages die unbändige Naturkraft Elektrizität der Herrschaft des Menschen unterworfen und zu einem gehorsamen, aber mächtigen Diener herangezogen. Gegen Ende des Krieges begann diese Kraft mich zu verschlingen. Wie sehr ich den Filmprojektor bewunderte und den Generator an unserer Schule, am meisten aber das Radio, dessen Wunder uns von Semjon Nikolajewitsch Wanjuschkin vorgeführt wurden, der mit uns viele Abende lang Stunde um Stunde zusammensaß und uns das Lautsprechersystem der Schule auseinandernehmen und zusammensetzen ließ. Wir hatten weder Kupferdraht noch Signaldraht (unverzinnt) und keine Ebonitplatten, bauten statt dessen unser Radio maßstabgetreu aus Holzstücken, Papier und Garn und sendeten mit ihm unseren Rapport an die Welt. Unser Dorf wurde mit einem Mal kleiner und die Menschen zahlreicher.

Lew Michailowitsch Bespalow, ihn wird er ebenfalls nie vergessen, füllt eine Flasche mit Wasser, verkorkt sie gründlich und nimmt sie mit hinaus in die eiskalte Luft, wo sie sie mit einem Knall explodieren sehen wie eine Handgranate.

Er zaubert Elektrizität herbei, indem er sein Haar kämmt, demonstriert die Entdeckung des Gesetzes der Schwerkraft mit Hilfe eines Apfels vom Baum vor dem Fenster, läßt Fichtennadeln und Stecknadeln auf Wasser schwimmen und zeigt ihnen, wie sie mit Hilfe des Kompasses immer den Weg finden. Er bringt ihnen bei, Flugzeuge aus Schilfrohr und Holz zu bauen. Jetzt steigen sie von den Ufern des Flusses auf und fliegen hinaus über das schneebedeckte Eis und über den Wald.

Das Fahrrad seines Vaters ist grau, mit runden Handgriffen aus Holz. Eine Schwalbe mit Flügeln aus Stahl, von der Luft getragen, glänzend. Unzählige Kilometer sind auf den kräftigen grauen Gummireifen aufgerollt. Im Vorübergehen schenkt er dem an die Hüttenwand gelehnten Fahrrad jedesmal einen Blick und nimmt es, sobald sich die Gelegenheit bietet. Verläßt das Dorf und fährt über die Wege, unbeobachtet und frei. Er hat einen Ort, an den er immer zurückkehrt, ein dichtes Birkengehölz, so regelmäßig wie ein Zaun, im Sommer von einem Meer aus Weizen eingeschlossen. Der Wind weht schwach und bringt die Ähren zum Wogen. Die Birken rauschen und schwenken ihre belaubten Köpfe. Dieser Ort fällt mir immer ein, wenn ich an meine Heimatgegend denke.

Eines Tages im Frühling fuhr ich die Dorfstraße hinunter, als ein dickes Huhn direkt vor meinen Vorderreifen lief. Ich flog über den Lenker und landete auf dem Boden. Sofort spürte ich einen starken Schmerz in meinem linken Arm. Ich konnte nicht aufstehen. Was sollte Vater denken, wenn er vom Feld zurückkam und sah, daß das Fahrrad fort war. Mit Mühe erhob ich mich und blickte auf meinen Arm. Gebrochen.

Allein geht er zur Krankenstube. Schiebt das Fahrrad mit

dem gesunden Arm. Der linke Arm ist direkt über dem Handgelenk gebrochen. Als dieser eingegipst ist, kehrt er nach Hause zurück, schafft es, das Fahrrad an seinen Platz an der Hüttenwand zurückzustellen, und sagt dann, daß er gefallen ist, als er rannte, so schnell rannte, wie er es nie zu können geglaubt hätte.

Der Knochen heilte langsam, und ich begann, den Arm hartnäckig zu trainieren. Ich erfand alle möglichen Arten von Übungen, um zu verhindern, daß der Bruch bleibende Folgen hinterließ. Ohne jemandem davon zu erzählen, ging ich jeden Tag zum See. Der Schmerz ließ mich mit den Zähnen knirschen, wenn ich den Arm ins Wasser legte, um den Gips aufzuweichen. Dann begann ich, am Ufer sitzend, die Muskeln des Arms zu trainieren. Ich schloß und öffnete die Hand und bewegte die Finger vor und zurück.

Der Schmerz, der durch ihn jagt, ist so stark, daß sein Körper sich in Krämpfen zusammenzieht. Er weigert sich jedoch bis zuletzt, den Schrei über seine Lippen zu lassen, und weist, weiß und in kalten Schweiß gebadet, alle Fragen der Mutter ab.

Flieger

Es ist eine Krankheit. Juri sitzt ihm gegenüber. Es ist eine Krankheit, für die die Medizin noch keinen Namen, geschweige denn ein Heilmittel gefunden hat. Sie fängt damit an, daß das Herz aussetzt und man den Blick sofort nach oben richtet, sobald man ein Flugzeug in der Luft hört, sei es noch so weit entfernt.

Ich weiß nicht mehr, wann ich den Entschluß faßte. Ich erinnere mich daran, daß mein Vater mich zur Eisenbahnstation in Owtschinnikow brachte. Da lag in meiner Hemdtasche schon die Order mit offiziellem Stempel, die Tag und Uhrzeit für den Transport nach Kustanai im nördlichen Kasachstan festlegte.

Die Räder des Zugs hämmerten gleichmäßig, während die endlose Kustanaisteppe am Fenster vorbeitrieb. Der Wind blies uns ins Gesicht, als wir da standen, in die Ferne starrten und unsere Gedanken frei wandern ließen. Wir fragten uns wahrscheinlich beide, was uns in der Fliegerschule erwarten würde. Hin und wieder hob mein Kamerad automatisch die Hand, um sein vom Wind zerzaustes Haar in Ordnung zu bringen. Der Krieg ist seit acht Jahren zu Ende, sagte er. Während dieser Jahre sind aus den Ruinen viele neue Städte gewachsen. Und Kustanai hat nichts von den Kämpfen mitbekommen. Die Fliegerschule wird schon in Ordnung sein. Er schwieg gedankenverloren, brachte das Haar wieder in Ordnung und fuhr fort. Weißt du, woran ich denke? Weißt du, was mir einfällt? Eines Tages werden wir Piloten genannt werden, unsere Namen werde nicht länger erdgebunden sein, sondern für alle Zeit mit dem Luftraum und mit dem Himmel verknüpft werden. Er schien mit sich zu kämpfen, gegen eigene Zweifel zu ringen, vielleicht sah er auch eine Spur von Unsicherheit in meinem Blick, als er aufgeregt fortfuhr: Doch, das werden wir. Darauf kannst du wetten! Und wir werden auch Düsenflugzeuge fliegen. Er legte die Arme um meine Schulter und ließ mit einem Geheul etwas von seiner Freude über die Steppe hinaussegeln. Wir hatten beide gerade die Volksschule hinter uns gebracht, und die sichere Hoffnung, daß wir bald neue Räume erobern würden, prägte unsere ganze Reise bis zu unserem Bestimmungsort Barnaul.

Im Einschreibungsbüro werden sie ihrer ersten Prüfung unterzogen. Bekommen Soldatenuniformen zugeteilt und sehen mit einem Mal alle gleich aus. Erhalten den Befehl, sich in Reih und Glied aufzustellen. Eine neue Ernsthaftigkeit gesellt sich zu ihnen. Stellt sich in Habtachtstellung neben sie und wartet. Der Befehlshaber ergreift das Wort. Genossen! Bis auf weiteres werden wir auf einer Baustelle wohnen. Wir müssen deshalb Erdlöcher graben und dort unsere provisorischen Wohnstätten einrichten. Spricht dann von der Verantwortung des Dienstes und seinen vielen Mühen. An diese sollen sie sich schnell gewöhnen, sie erdulden, ja, sich schließlich vielleicht sogar danach sehnen lernen, denn diese harten Prüfungen formen wie nichts sonst den Charakter. Erst als die posaunengleiche Stimme des Befehlshabers verstummt ist, begreift er, daß ans Fliegen noch lange nicht zu denken ist und daß ihre erste Aufgabe darin besteht, sich ihr Heim in die Erde zu graben. Sich noch tiefer in die Erde hineinzugraben, die sie von hier aus verlassen wollten. Sein Reisegefährte steht direkt neben ihm. Sie tauschen hastige Blicke aus, und er sieht, wie Mißmut über das Gesicht des anderen zieht und sich in seinem eigenen spiegelt.

In der Fliegerschule, zeigte sich, gab es weder genügend Häuser noch Baracken. Niemand, nicht einmal Lehrer, Ingenieure oder Techniker, konnte mit Boden und Dach und Wänden rechnen. Wir wurden in Erdlöchern untergebracht. Ja, untergebracht ist vielleicht nicht das richtige Wort. Es gab ja noch keine, die für uns hergerichtet waren, und wir mußten unseren Aufenthalt damit beginnen, daß wir diese Wohnstätten selbst aus der Erde gruben. Die Arbeit machte mir nichts aus. Ich war es gewohnt, von frühmorgens bis spätabends zu arbeiten, und ein gesunder junger Mann schätzt es immer, einen Spaten in die Hand zu nehmen und schwere Balken zu heben. Mit einem ganz gewöhnlichen Spaten, der dem glich, den ich zu Hause benutzt hatte, hieb ich auf den alten Steppenboden ein, hob die schwarzen sonnengebackenen Erdklumpen hoch und warf sie über die aufgespannten Schnüre, die das Erdstück markierten, in dem unser Heim entstehen sollte. Hart war es, das will ich nicht leugnen, und wenn der Abend kam, war ich erledigt. Mein Rücken schmerzte, und meine Arme und Beine waren so schwer, als wären sie mit Blei gefüllt. Vom Kopf bis zu den Schuhen war ich mit Erde bedeckt und glich jetzt nichts weniger als einem Eroberer der Lüfte.

Alles, was er im Dunkel des Schlafsaals sieht, ist die Glut von Juris Zigarette, als der langsam zu sprechen beginnt: Und nicht vergebens er in Schlamm und Wasser zwei Nächte neben seiner Waffe lag. Und nicht vergebens auf der Hut und wachsam, schlief er weder Nacht noch Tag. Die lange schwere Schlacht endet. In der Morgendämmerung nimmt er die Stadt dann ein. Und die Freudentränen bei ihrer Rettung, er sieht Wangen, die die Mühe bleich gemacht haben. Auf Baumstämmen arbeitet er sich über den Fluß. Er kriecht durch Schlamm und Dreck voran. Doch in den Lichtstrahlen einer kriegerischen Ära, schau her, strahlt der Morast an ihm wie Gold.

Nun ja, die Tage vergingen. Ich dachte, wir wären hierhergekommen, um zu fliegen, nicht, um zu graben, klagte mein Nachbar laut, als wir zehn Tage gearbeitet hatten. Mit jedem Tag wurde er trübsinniger und hob den Spaten mit immer größerer Mühe. Dann blieb er eines Tages der Arbeit fern, und am Abend fanden wir ihn zum ersten Mal, seit wir angekommen waren, gutgelaunt und lächelnd. Hallo! rief er. Ich habe meine Entlassung bekommen. Aus medizinischen Gründen. Macht's gut miteinander, ihr Maulwürfe! Mir erschien das Leben in den Erdlöchern bei weitem nicht schlecht. Wir verglichen uns frech mit Sidor Kowpaks Helden oder mit den tapferen Piloten an der Front. Aber natürlich warteten wir auch ungeduldig darauf, mit unserem Training beginnen zu dürfen, freuten uns mit derselben Spannung und Erwartung, mit der man sich auf eine große Feierlichkeit freut.

Und dann ging es endlich los. Die neuen Dinge, die wir jetzt lernen sollten, und sie waren alle neu für uns, nahmen uns sofort in Beschlag. Wir bemerkten erst, daß der Winter gekommen war, als er die Steppe weiß färbte und drei Fuß hohe Schneewehen vor dem Eingang unseres Erdlochs auftürmte. Der theoretische Kurs bereitete am Anfang keine größeren Schwierigkeiten. Je mehr er voranschritt, desto unübersichtlicher und schwieriger wurde der Stoff, erweiterte aber auch zunehmend unser Wissen und vergrößerte unsere bereits so tief empfundene Sehnsucht nur noch mehr. Wir begannen mit dem Technischen, mit der Flugzeugausstattung und den Motoren. Die erste Maschine, mit der wir die Probe machen durften, eine Jak-18, sollten wir in- und auswendig kennenlernen. Beim ersten Anblick sah sie kompliziert aus, und wir glaubten, es würde Wochen und Monate dauern, bis wir all ihre Teile und Eigenschaften zu beherrschen gelernt hätten. Aber wir arbeiteten hart, die Zeit verging schnell, und ebenso schnell verschwanden all die Schwierigkeiten bei der Arbeit.

Unser Fluglehrer Gonischew war ein kleiner, kräftig gebauter Mann mit breiten Schultern und gelblicher Haut. Der Grund für die gelbe Farbe war die Zigarette, die ständig in seinem Mundwinkel hing und die ihn in eine ewige Rauchwolke hüllte. Während wir uns immer noch auf dem Erdboden befanden und auf die Flüge warteten, lernten wir einander allmählich kennen. Der Lehrer hatte ein Auge auf uns, und wir, wenn auch vorsichtiger, hatten eines auf ihn. Und beide Seiten waren offensichtlich zufrieden mit dem, was sie sahen. Gonischews Charakter zeichnete sich durch Taktgefühl und Einsicht aus. Ich wußte schon vorher, daß er erfahren war, daß er Dutzende von jungen Piloten ausgebildet und sie auf den richtigen Weg gebracht hatte. Die Gruppe junger Männer, die vor uns ihre Abschlußprüfung gemacht hatten, hatte allen Lehrern gute Noten gegeben, vor allem aber Gonischew. Wie ist es im Düsenflugzeug? fragten wir ihn ständig. Er lachte über unsere Ungeduld und machte uns klar, daß wir zuerst unsere Jak-18 in- und auswendig kennen mußten. Die Düsenflugzeuge konnten warten.

Ich habe keine klaren Erinnerungen mehr an meinen ersten Übungsflug in unserer Jak-18 und auch nicht an meinen ersten Alleinflug. Warum? Wie konnte ich sie vergessen? Wir, die wir im Begriff standen, Piloten zu werden, waren schon seit unserer Kindheit durch Bücher, Erzählungen und Filme vertraut mit den Taten unserer Polarflieger im Tschieluskinlager und allen erfolgreichen Flügen über den Nordpol. Das Fliegen war ein Teil von uns gewesen, hatte uns im Blut gelegen, lange bevor wir in der Luft waren. Wir waren bereits um die Erde geflogen und viele Male über den Nordpol, bevor wir auch nur einen wirklichen Flügel gestreift hatten, und wir standen deshalb nicht, wie man hätte glauben können, atemlos oder mit offenem Mund vor der Maschine.

Ich erinnere mich daran, sagt Juri, wie ich das erste Mal fliegen durfte. Der Fliegerclub an der technischen Schule. Das Saratow-Aerodrom. Dimitri Martschanow fragte. Willst du in der Jak mit hochkommen? Ich kletterte auf den hinteren Sitz. Dann hoben wir ab. Ich wußte nicht, wohin ich blicken sollte. Ich vergaß zu atmen. Wie schön und farbenprächtig unsere Erde ist, wenn man von oben auf sie hinunterblickt. Die Bäume und Büsche so klein, nicht höher als Grashalme. Die umgepflügten Kolchosenfelder sahen aus wie große Scheiben dunklen Roggenbrots. Ich konnte die Schotterstraßen sehen, jeder Weg war zu erkennen, und ich konnte die Viehherden auf den Feldern sehen und die Hirten, die zu uns hochblickten. Ich war einmal wie sie gewesen, hatte mir Knie und Ellbogen aufgeschürft auf der Jagd nach dem Traum von wunderbaren Flügeln, getrieben von einem unlöschbaren Durst nach dem Unbekannten. Und nun war ich schließlich in der Luft. Dieser Flug gab meinem Leben endlich einen Sinn.

Und auch seinem. Als sie über die Startbahn rasen, konzentriert er sich auf die Hüpfer, die kleinen Stöße, wenn die Räder über den Beton rollen. Und dann spürt er, wie die Geschwindigkeit sie erfaßt, als sie vor dem Abheben geduckt über den Boden jagen. Sie berauscht ihn und füllt ihn ganz aus. Er bewegt sich jetzt schneller als jemals zuvor. Alles, was er sieht und hört, ist jetzt flüchtig; die Unschärfe der Propeller, das singende Brummen des Motors, der dahinrasende Boden und dann der Flug. Die Nase des Flugzeugs steigt höher und höher, bis nur noch das weitgestreckte blaue Luftmeer des Himmels und die verstreut darauf segelnden Wolken vor ihnen zu sehen sind. Aber sein Blick bewegt sich schnell zu einer größeren und weit wunderbareren Aussicht. Vor ihm erstrecken sich unzählige Kilometer von Rußlands weiten Steppen. Breiten sich in allen Richtungen aus, ein endloses jungfräuliches Land. Vor seinen Augen wogt es über den Horizont und weiter in unsichtbare Ferne. Sie steigen höher und höher, und er achtet kaum auf die schwach schaukelnden Bewegungen der Maschine, wenn sie durch Luftströmungen fliegen. Mit großer Geschwindigkeit passieren sie Streifen von Weiß. Scharfe, harte Bewegungen, als sie sich über die Wolken erheben, und dann die Begeisterung und dann das Wunder vor seinen Augen. Wogende Steppen überall, in alle Richtungen fließend. Kleine grüne Haufen, die Wälder sind, stehen wie einsame Vorposten in weitgestreckten, sich voranwälzenden Landozeanen. Da liegt das gewaltige Land, Kilometer um Kilometer von Steppe und nichts, was ihre Nacktheit stört. Die Maschine neigt sich. Der Lehrer wendet das Flugzeug vorsichtig, der Horizont fällt zur Seite ab, die Nase des Flugzeugs schwenkt schnell durch die Luft, und dann liegt plötzlich noch mehr Panorama vor ihm. Jetzt sind es nicht nur die nackten Steppen. Jetzt kann er die großen, neu bestellten Weizenfelder sehen. Dreschmaschinen kriechen wie Insekten darüber hin, eine Wolke von Staub und Weizen hinter sich herziehend, die der Wind schnell zerstäubt.

Ich erinnere mich noch daran, wie ich mich hoch oben in der Luft über den Anblick der endlosen Steppe freute und über die gewaltige Arbeit, die die Partei und unser Volk darauf bereits verrichtet hatte. Das große Ausmaß der Arbeit und des Landes war von oben aus deutlich zu sehen. Am Morgen starten und irgendwo draußen auf der Steppe eine dünne

Linie umgepflügter Erde sehen. Am Ende der Linie kriecht ein Traktor voran, ein schwarzer Käfer, und zieht einen Pflug hinter sich her, irgendwo am fernen Horizont. Am Abend hat die Linie sich in eine breite Masse verwandelt. Am Tag danach und noch einen Tag später wird die Masse breiter und breiter, bis sie vom einen Rand des Himmels zum anderen reicht. Schließlich wird die umgepflügte Erde vom smaragdgrünen Teppich der neuen Schößlinge bedeckt sein. Gegen Herbst verfärbt er sich langsam, aber unaufhaltsam, gelb, und als wir unser Flugprogramm mit der Jak-18 beendet haben, hat er sich schon in große Hügel trockenen goldenen Korns verwandelt, die in den Getreidespeichern der Stationen liegen.

Müde und erregt verläßt er das Erdloch und legt sich rücklings ins Gras. Der Nachthimmel breitet sich über ihm aus. Die Milchstraße streckt sich über den gesamten Teil des Weltalls, der nun vor ihm liegt. Sternschnuppen flammen vor seinen Augen auf und erlöschen, bevor sie die Erde erreicht haben. Ein Gefühl der Gleichgültigkeit überkommt ihn. Vielleicht sollte er sich damit zufriedengeben, zwei Jahre in der Infanterie abzuleisten, und dann nach Hause zurückkehren. Vielleicht ist das der richtige Weg. So soll es sein. Er faßt den Beschluß und fühlt sich sofort ruhiger. Steht auf und will nach unten gehen und den Rapport schreiben. Da stockt es plötzlich in ihm. Aus weiter Ferne weht eine ruhige Dvořákmelodie heran, die er aus seiner Kindheit kennt. Es ist der slawische Tanz, den sein Vater immer spielt, wenn er von der Arbeit heimkommt. Das Haus seiner Kindheit, die niedrige Hütte, steht vor ihm. Er sieht sich selbst die Tür öffnen. Wer ist das? fragt der Vater und legt die Geige zur Seite. Bist du zurück? Wolltest du nicht Flieger werden, oder bist du vielleicht schon einer?

An einem sonnigen Wintertag nehmen wir Abschied. Ich habe mein Abschlußexamen bestanden, mit ausgezeichneten Beurteilungen, und habe keine Bedenken, als ich darum bitte, an die Militärpilotenschule geschickt zu werden. Ich bin mir sicher, daß allein im Jagdflugzeug die höchste Flugfertigkeit entwickelt und verfeinert werden kann. Bevor wir abreisen, drehen wir eine Runde um die Flugstation und stehen einen Moment an dem Ort, wo wir am ersten Tag begonnen haben, unser Erdloch zu graben. Jetzt stehen dort solide, neugebaute Baracken mit Licht hinter den Fenstern. Dann stehen wir wieder an einem Zugfenster und donnern über die schneebedeckte Kustanaisteppe.

Als wir bei der Fliegerschule in Stalingrad ankamen, war es tiefer Winter. Wie immer begannen wir mit dem Theoretischen und lernten das Fliegen auf dem Papier. Danach durften wir in einer Jak-11 Platz nehmen. Die war viel schneller und leichter zu manövrieren als unser Ausbildungsflugzeug, unsere gute alte Jak-18. Aber sie hatte einen Kolbenmotor und Propeller, und ich träumte jetzt nur noch von Düsenflugzeugen und Düsenmotoren, von ihrer enormen Beschleunigung. Und die Maschinen, von denen ich träumte, hatten auch ganz andere aerodynamische Eigenschaften. Manchmal sah ich sie. Schön, glänzend in der Sonne, dröhnten sie über das Übungsgelände. Stromlinienförmig, mit nach hinten gelegten Flügeln, deren vordere Kante dünn und messerscharf war. Ausgerüstet mit Katapultsitzen und Druckkabinen und Instrumenten, die an Effektivität alles übertrafen, was wir bisher kennengelernt hatten.

Unser Lehrer beim Training in der Jak-11 war Kapitän Kiseljow. Die Stiefel sollten blank poliert sein. Kein Knopf durfte fehlen. Alles sollte frisch gewaschen und gebügelt sein. Mein Flugkommandant war Kapitän Buiwolow, ein höchst qualifizierter und tiefgründiger Offizier.

Als er eines Tages zum Flugplatz kommt, läuft Kiseljow ihm entgegen. Genosse, heute wirst du mit dem Flugkommandanten aufsteigen. Er nimmt im Flugzeug Platz. Auf dem Sitz des Lehrers sitzt Kapitän Buiwolow. Es ist nicht das erste Mal, daß er mit ihm fliegt. Eigentlich haben sich seine Flugfertigkeit und seine Gewohnheiten zum großen Teil unter dem Einfluß des Kapitäns herausgebildet. Er startet ruhig, geht die Übung durch und landet. Während des Flugs sagen sie kein Wort, keinen Ton zueinander. Als er schließlich aus der Maschine springt und über den Flugplatz geht, kommt Major Tonin ihm entgegen. Du kannst fliegen, sagt er. Du kannst fliegen.

Nachdem ich einige Flüge gemacht hatte, übernahm ein neuer Lehrer das Kommando über unsere Gruppe. Kapitän Lew Maksimow. Schmal und athletisch, ein fröhlicher, geselliger Mann, der Tausende von Geschichten über das Fliegen wußte und nicht zögerte, sie allen zu erzählen, die zuhören wollten. Höhengefühl, sagte er, Landegefühl, Flügelgefühl und Kurvengefühl.

In der Luft gegen ihn anzutreten war hart und anstrengend, eine Herausforderung in vieler Hinsicht. Er stellte jedesmal neue Bedingungen und Konditionen. Es war nicht leicht für uns, damit umzugehen, die wir uns noch in einem unaufhörlichen Wettkampf befanden, und das nicht nur miteinander. Man sollte die Instrumente selbständig ablesen und sich nach ihnen richten, stand aber gleichzeitig unter der strengen Aufsicht des Kontrolloffiziers. Darüber hinaus konfrontierte Maksimow uns mit den verschiedensten Kunstgriffen, sowohl im Luftraum, in dem der Wettflug stattfand, als auch auf dem Weg dorthin, in der Lotsenzone. Sie fliegen paarweise auf tausend Metern Höhe. Das Wetter ist großartig. Ihre Jaks gleiten leicht über den Herbstfeldern dahin. Wie es seine Gewohnheit ist, blickt er eine Sekunde lang auf die Erde hinunter, um zu sehen, ob sich dort etwas Neues abspielt. Er läßt den Anführer nur einen Augenblick aus den Augen, doch als er nach vorne blickt und nach links, ist dieser weg. Der Lehrer liegt nicht länger in Linie. Sie sind auf dem Weg zurück zum Flugplatz. Wenn er sich ohne seinen Anführer beim Kontrolloffizier zum Rapport meldet, wird das in seiner Personalakte notiert werden. Verzweifelt blickt er sich im Luftraum um, um zu sehen, wo der Anführer geblieben ist. In welche Himmelsrichtung soll er zuerst schauen. Er legt die Jak auf die Flügelspitze und sieht nach links. Leer. Er stellt die Maschine auf die rechte Spitze. Leer. Er flucht laut und verstummt dann. In der Ferne, am Horizont, einhundert Meter über dem Erdboden, erblickt er die zarte Silhouette von Maksimos Flugzeug.

Beim nächsten Flug dachte dieser sich eine noch schwerere Prüfung aus. Wir flogen wieder paarweise. Rechts vor mir, in zehn Fuß Entfernung, und so still, als wäre sie in die Luft gegossen, flog seine Jak. Und dann riß er sie plötzlich nach links. Ich war überzeugt, daß dies mit einer Katastrophe enden würde. Unsere Flugzeuge würden kollidieren. Darüber gab es keinen Zweifel. Ich würde in den Anführer rasen. Ich drückte das Steuer fest von mir weg, sank zwanzig Meter nach unten, und flog dort, ohne ihn aus dem Blick zu lassen, neben Maksimow weiter.

Jetzt gleicht er aus. Ich liege wieder in Formation mit ihm.

Dann kam endlich der Tag, den ich nie vergessen werde. Mein erster Flug in einer MiG. Als das kleine schmale Flugzeug auf die Startbahn gerollt war, das aussah, als hätte jemand in einem Eimer Metall mit Geschwindigkeit gemischt und dann ausgeschüttet, jagte ich den Motor hoch. Ich war an die Jaks gewöhnt, bei denen man den Motor fast eine Minute lang laufen lassen mußte, bevor man aufstieg. Jetzt merkte ich nicht einmal, dass die MiG vom Beton abhob. Als ich das Landegestell eingefahren hatte, sprang die Höhe auf fünfzehnhundert Meter. So schnell, daß ich kaum Zeit zum Denken hatte, geschweige denn dazu, die Kurve zu ziehen, die die Anweisungen schon bei zweihundert Metern Höhe verlangten. Ich hatte kaum die erste Kurve vollendet, als es schon Zeit war für die zweite und die dritte. Und dann lag die Landebahn vor mir und lief auf einen begrenzten Horizont zu. Ich mußte das Landegestell rechtzeitig ausfahren, und ich begann vor Anstrengung zu schwitzen. Jetzt, wo ich davon erzähle, ist mir, als hätte es eine Ewigkeit gedauert, aber die Qual dauerte in Wirklichkeit nur vierzehn Sekunden.

Nach einigen Flügen gewöhnte ich mich an die Schnelligkeit der kraftvollen MiG, und die vierzehn Sekunden des Flugs erschienen mir wie eine Minute. Der Körper gewöhnte sich an die hohen Geschwindigkeiten, die in den wie Pfeilspitzen zurückgelegten Tragflächen der MiG steckten und in dem kraftvollen Motor, der sich in ihrem kurzen, starken Körper verbarg.

Wenn irgend jemand weiß, wie schwer es ist, die Poesie, die der Luft eigen ist, in Worte zu kleiden, so bist du es. Die Poesie, die man in einem kraftvollen Düsenflugzeug erlebt, wenn in einem innerhalb einer Tausendstel Sekunde Zeit und Geschwindigkeit und die sich steigernde Kraft des Motors und die Möglichkeit, jederzeit mit der Maschine direkt in den grenzenlosen Himmel zu schießen, zusammenschmelzen. Etwas Kraftvolles und Glühendheißes fließt durch jede Zelle des Körpers, in jede Nervenspitze. Man ist angespannt, in einer nahezu unwiderstehlichen Versuchung, die MiG vorwärts zu jagen, schneller und schneller, noch schneller, nur um in der rechten Handfläche den gewaltigen Druck zu spüren, den ihre Flügel auf die Luft ausüben, in einer Kurve, so scharf geschnitten, wie es nur geht.

Wenn ich niemals zur Elementaren Trainingsschule geschickt worden wäre, wäre ich auch nie an Wladimir Iwanowitsch Gumennikow geraten. Er hatte dunkles Haar und war gut gebaut. Seine tiefe Baßstimme war ruhig und gebieterisch. Sie ließ einen an Patronen denken, die im Gehäuse eines Gewehrs klicken. Ein anständiger, feinfühliger Riese, der jedem Neuankömmling sofort einen Paarflug vorschlug. Wir waren zwar alles Kinder von Vätern, die schwer am Krieg getragen hatten, hatten diesen aber ganz anders erlebt. Er, der erfahrene Militärpilot, kannte sowohl die bitteren Niederlagen der frühen Tage als auch die teuer erkaufte Freude über den befreienden Sieg. Sein ganzes Herz gehörte dem Fliegen, und er erwartete dasselbe von uns. Mittelmaß wurde nicht toleriert. Wenn man etwas tat, sollte man es gut und gründlich tun.

Manchmal, wenn ich mit ihm Aerobatik übte, hatte ich das Gefühl, daß ich alles richtig machte. Doch nicht er. Dein Flug muß sauberer werden, eleganter, sagte er und übernahm die Kontrolle. Siehst du, so! Ich mußte das Manöver eins ums andere Mal wiederholen, bis ich es genauso machte, wie er es wollte. Er flog für gewöhnlich so steile, aufsteigende Kurven, daß die Welt vor meinen Augen grau wurde, und wenn ich das Steuer gegen meine Brust drückte, schien es mir, als würde ich das ganze Gewicht des Himmels an mich drücken.

Sagt, was ihr wollt, Genossen, wir haben verdammtes Glück gehabt! rief eines Tages Nikolai Jurenko aus. Wir werden mit unseren MiGs über Leningrad fliegen! Die Turmspitze der Admiralität soll unsere erste Landmarke sein! Wir hätten uns aber auch an weniger kultivierte Orte verlegen lassen. Wir hatten uns an das harte Leben gewöhnt und hätten uns froh an jeden uns zugewiesenen Ort begeben.

Es war dieses denkwürdige Jahr, 1957, als Hunderttausende junger Menschen, wie wir Mitglieder des Kommunistischen Jugendverbands, sich zu Bauarbeiten nach Sibirien und zum staatlichen Ackerbau auf unberührtem und unbestelltem Land in das Uralgebirge begaben. Die Partei hatte die Jugend des Landes aufgerufen, die Taiga und die wilden Steppen zu kolonialisieren. Und die jungen Menschen des Landes hatten darauf geantwortet, indem sie sofort ihre Ärmel hochkrempelten und jetzt Leben in diese zuvor unbewohnten Landstriche brachten.

Auch wir waren bereit, uns überall dorthin zu begeben, wo der Himmel bewacht werden mußte, wo ein Militärpilot von Nutzen sein konnte. Wir waren Soldaten, und wir folgten gehorsam jedem Befehl. Ohne jedoch etwas Schlechtes über die abgelegenen Vorposten unseres Landes und die, welche sie bemannen, zu sagen, will ich dennoch beipflichten, daß wir wirklich Glück hatten. Über die Ostsee zu fliegen, die Wiege der Revolution zu bewachen, die Stadt, die den Namen des großen Lenin trug, zu besuchen und mit eigenen Augen Dinge sehen zu dürfen, von denen wir nur gehört, in Büchern gelesen, in Filmen gesehen hatten, das war eine große Ehre.

Juri unterbricht ihn. Ich wurde zu Nikels Flugbasis gesandt, dreißig Meilen nördlich vom Polarkreis. Dort flog ich mit meiner Maschine auf das flammende Nordlicht zu, das Erde und Himmel verbindet. Dort flog ich am äußersten Rand der eisigen Regionen, in denen Michail Wassiljewitsch Wodopjanow und Sigismund Alexandrowitsch Lewanewski und Waleri Pawlowitsch Schkalow ihre bahnbrechenden Heldentaten vollbracht hatten. Dort fühlte ich in der Eiseskälte, wie alle Teile der Maschine meinen Willen respektierten. Wie die Maschine meinen Wünschen gehorchte und sofort alles tat, wozu ich sie aufforderte. Dort flog ich in einem Licht, das sich jeder Beschreibung entzieht.

Leningrad ist wie ein tiefer Brunnen. Nein, kein Brunnen, sondern ein tiefer Ozean, von Wissen, Bildung und Weisheit. Lenin. Lenin und die Genossen dieses unseres großen Führers, die heroischen Kommunisten des Krieges, die Militärpiloten unseres Regiments, die Helden unserer Zeit, die die Flüsse einfangen, das kraftvolle Wasser von Wolga, Dnieper und Angara zähmen, Kernkraftwerke, gewaltige, von Kernkraft betriebene Eisbrecher bauen, die endlosen Steppen Kasachstans kolonisieren und unsere ersten Sputniks abfeuern. Aber jetzt eile ich den Ereignissen voraus.

In dem in unmittelbarer Nähe der Stadt gelegenen Regiment, zu dem ich nach dem Abschluß der Akademie in den Dienst entsandt wurde, befanden sich bereits einige der Genossen, die ebenso wie ich Richtung fünfter Ozean unterwegs waren, ohne es zu wissen. Nikolai Jurnkow war da, Mischa Sewaschanow, Lewa Grigorew. Wir alle träumten davon, die Prüfung für die zweite Klasse zu bestehen, danach für die erste, um so zu immer schnelleren Maschinen zu gelangen.

Aber nicht alle kamen damit klar, in so hohen Geschwindigkeiten zu fliegen. Eines Tages kehrte mein Freund Ljoscha Kowal, auch er ein Junge aus Sibirien, von einem Routineflug nicht zurück. Er hatte einen Motorschaden gehabt und war zu einer Notlandung gezwungen gewesen. Als sie ihn wiederfanden, hielt er das Steuer fest umklammert. Die Anstrengung und die schwere Belastung wurden auch für Juri Gatijatow zuviel, und obwohl seine Liebe bereits den Jagdflugzeugen galt, mußte er dazu übergehen, gewöhnliche Transporte zu fliegen. Als wir widerstrebend Abschied nahmen, gab er mir ein Gedicht, das er geschrieben hatte. Kein Wort, keine Frage. Ich seufze nur heimlich und bin dann wieder still. Die warmen Wege sind bedeckt von weichem Schnee, Kirschblüten fallen in der Nacht ... Mein Herz ist unruhig – schon wieder eine lange Trennung. Ich pflanze eine junge Birke – du mußt sie schonen. Möge sie groß werden, ein Denkmal an den Ufern der Wolga. Die schönste unserer seltenen Begegnungen.

So war es. Der Himmel war der Himmel. Er machte uns froh und stärkte uns, er lehrte uns Entschlußkraft und Vorsicht. Er enthielt Augenblicke der Freude, aber auch nagende Erinnerungen an diejenigen, die niemals mehr Flügel an Flügel mit uns fliegen würden.

Ich und einige meiner Kameraden wurden einer Schwadron zugeteilt, die von Stepan Schuljatnikow geleitet wurde, einem großen, schlanken Offizier und einem der besten Piloten der Armee. Man sprach oft von seinen Kenntnissen und seinem Können, sowohl auf Parteiversammlungen als auch auf zahlreichen Flugtaktikkonferenzen.

Der Aufstieg mit einer modernen Maschine ist ein lang ersehnter Augenblick für jeden Piloten. Wir hatten für diesen Augenblick hart gearbeitet. Jeder einzelne von uns hatte unzählige Stunden in der stationären Kabine zugebracht, sich akklimatisiert, den Ablauf eines Fluges durchexerziert.

Am Tag zuvor gehen sie hinaus auf den Flugplatz, um ein letztes Mal in der Kabine zu üben. Als er sich der silberglänzenden Maschine nähert, die mit zurückgelegten Flügeln dasteht, bereit, in die Höhe zu schießen, scheint es ihm, als atme, ja, als lebe sie.

Im Luftkampf erreicht das Können des Militärpiloten seinen absoluten Höhepunkt. Der Luftkampf ist wie ein blank polierter Spiegel, in dem sich alle Eigenschaften des Piloten spiegeln, seine Führungsqualitäten, seine Willenskraft, seine Kühnheit, seine Findigkeit und seine Geschicklichkeit im Umgang mit Waffen.

Zuerst inszenierten wir Übungskämpfe, führten Manöver durch, die im voraus festgelegt waren. Dann gingen wir über zum Luftkampf. Dank meines methodischen Trainings hielt ich die Schwerkraft ohne Schmerzen und Schwindel aus und wollte die ganze Zeit immer schnellere, immer energischere Manöver ausführen, um die höchste Herausforderung zu erreichen. Ich wollte immer kompliziertere Muster in die grenzenlose Weite des Himmels weben. Unsere Befehlshaber versuchten unseren Eifer in Schach zu halten. Ich muß zugeben, daß ich einige Male Tadel erhielt.

Vor allem gefiel es mir, zusammen mit Nikolai Podosinow zu üben. Eines glühendheißen Sommertags, als die Sonne unbarmherzig brannte und die Metallhaut des Flugzeugs zu heiß zum Anfassen war, machten wir uns auf den Weg, ich und er. Als wir in die Übungszone kamen, rief er über Funk: Reiß dich los! Als wir im Kampf vereint waren, gab er mir die Erlaubnis, ihn hinter seinem Heck zu beschatten. Jetzt paß auf! rief er herausfordernd und begann mit einer Serie akrobatischer Übungen, versuchte, mir zu entkommen und meinen Attacken auszuweichen. Ich gebe zu, daß es schwer für mich war. Podosinow war erfahren und ein wirklicher Meister auf seinem Gebiet. Aber ich setzte mir in den Kopf, ihn weiter anzugreifen, und hielt mich konstant hinter seinem Flugzeug. Das Duell dauert mehrere Minuten. Dann tauschen wir den Platz. Podosinow greift mich an, und ich versuche zu entkommen. So machen wir noch eine Weile weiter. Das war eine ausgezeichnete Übung. Hinterher trat ich zu Posodinow vor, um seine Kommentare zu hören. Er strich eine feuchte Haarlocke aus seiner Stirn und sah mich aufmerksam an. Ist dir nicht warm? Du schwitzt nicht einmal. Ich antworte, daß ich mich all right fühle. Ihr jungen Burschen seid aber auch nie zufrieden, grunzt er lachend.

So gingen unsere täglichen Übungen auf der Flugbasis weiter.

Eines Herbstabends veränderte der Weltraum für immer seine Gestalt. Wie sonst kann man mit einem Satz das zusammenfassen, was damals geschah? Just an jenem Abend im Oktober stand ich allein auf der Startbahn. Es war ein Abend für einen Flieger. Du kennst sie ebensogut wie ich. Diese speziellen Abende, die uns gehören, die wir den Himmel zu unserem Zuhause gemacht haben. Ein hell leuchtender Vollmond warf einen Silberschein auf das Metall der Maschinen, und die Sterne hingen still am Himmel und gaben ein hartes blaues Licht ab. Weit über dem Flugplatz, in der leichten Abendbrise, flammte ein Kampfjet auf seinem Weg zu einer nächtlichen Begegnung auf. Das eigentliche Flugzeug war gegen den fernen dunklen Himmel nicht zu erkennen, aber ich nahm seine Bewegungen durch das flammende Juwel von orangem Licht wahr, das aus seinen Motoren strömte, einem Licht, das sich langsam von der Erde entfernte. Es stieg weich, aber schnell, über den Horizont, nahm an Größe und Intensität ab. Ein schwaches Wispern seines donnernden Flugs trieb mit dem Wind vorbei. Dann erneut Stille.

Doch mein Blick war unverwandt auf den Himmel gerichtet. Da! Ein fallender Stern! Eine plötzliche Bewegung von Licht inmitten der Sterne, so schien es. Aber nein. Beinahe im selben Augenblick wußte ich, daß das nicht sein konnte. Das Licht war viel zu hell und zu rein. Ein Licht, das zwar einem Stern glich, doch ohne die blinkenden Facetten dieser entlegenen Sonnen. Dies konnte kein Stern sein, das wußte ich. Es war jetzt zu klar, zu nahe, um weit weg zu sein. Es konnte ebensowenig die Venus oder der Jupiter sein; die bewegten sich nicht. Es konnte kein Meteor sein; es brannte nicht aus. Ich verstand nicht, was ich da sah. Meine Augen verharrten fest auf dem Licht, das sich schnell vor einem Hintergrund aus Sternen bewegte. Es mußte das Licht eines Flugzeugs sein, hoch, unbegreiflich hoch über der Erde. Aber nein, das konnte auch nicht sein, denn wenn dieses Licht von einem Flugzeug kam, welch unglaubliche Maschine müßte das sein. Zu unglaublich. Sich so schnell zu bewegen, in einer solchen Höhe. Da müßte die Maschine mit einer Geschwindigkeit fliegen, die der zwei- oder dreifachen Schallgeschwindigkeit entsprach. Und eine solche Konstruktion existierte nicht. Ich stand wie festgenagelt, sah das Licht zwischen den Sternen verschwinden und mit zunehmendem Abstand blasser werden.

Erst am Morgen darauf verstand ich die Tragweite dessen, was ich gesehen hatte. Das Licht am Himmel war kein Stern gewesen. Es war auch nicht das Licht einer Maschine, die von einem Menschen durch die Atmosphäre gesteuert wurde. Dieses Licht bewegte sich in Räumen, in denen nie zuvor ein von Menschen geschaffenes Licht gewesen war. Das Licht am Himmel war unser erster Sputnik, beide Hälften der metallischen Kugel so blank poliert, daß die himmlischen Wesen, die ihm auf seiner Bahn begegneten, in seiner Oberfläche zum ersten Mal ihr Spiegelbild erblicken konnten. Er vollendete alle sechsundneunzig Minuten eine Umlaufbahn. Segelte friedlich und unangefochten durch den Weltraum, bis seine Batterien am 14. November den Geist aufgaben. Daraufhin kreuzte er weitere neun Wochen, ohne weitere wissenschaftliche Daten zu senden, bis seine Bahn verfiel und er in einem Strahl weißglühenden Feuers an der harten Reibung der Atmosphäre verging.

So sah ich den ersten Schritt des Menschen ins Weltall. So wurde ich Zeuge des ersten Kampfes gegen die enormen Kräfte der Erdanziehung. So wohnte ich dem größten Erfolg des menschlichen Denkens bei. Juri unterbricht ihn. Die erste Schwalbe, sagte er, kündete von einem neuen Frühling.

Zwei Jahre später im Oktober kommen Anwerber ohne Vorwarnung zu allen großen Flugbasen des Landes. Männer in dunklen Anzügen, in Uniformen und in weißen Mänteln. Als sie Leningrad erreichen, steht er wie gewöhnlich bereit, um mit der Maschine aufzusteigen. Aber das Wetter schlägt um. Ein starker Wind kommt auf, feuchte Schneeböen werden über das Feld getrieben. Ein schwarzes Auto nähert sich und schleudert die nassen Steine hoch. Tiefliegende Wolken und Nebel jagen plötzlich über die Gegend, fegen die Täler hinab Richtung Leningrad und über den Flugplatz hinweg. Die Flüge des Tages werden eingestellt, und er schickt sich gerade an, zurück zur Baracke zu gehen, als er jemanden seinen Namen rufen hört. Er wendet sich um. Der Vertreter des Befehlshabers nickt in seine Richtung und macht ein Zeichen. Hinter ihm sieht er das Auto, mit geöffneter Tür und laufendem Motor. Komm! Und verschwende keine Zeit. Der Befehlshaber will dich sofort im Büro sehen. Im Laufschritt! Sie warten. Er beeilt sich einzusteigen, und der Fahrer gibt Vollgas und hinterläßt eine Wolke aus Matsch und Schneewasser.

Ein Oberst der Luftwaffe wartet auf ihn. Neben diesem sitzt ein Leutnant aus der Abteilung des Militärarztes. Sie stellen sich eilig vor. Er antwortet so schnell und so effektiv er kann auf einen nicht abreißenden Strom von Fragen. Was denkt er über Kampfjets? Über ihre Geschwindigkeit? Erschwert sie Manöver? Weiß er etwas über Experimente mit neuen Jagdflugzeugmodellen, die soeben im Entstehen sind? Was weiß er über die und was fühlt er angesichts der Möglichkeit, in Geschwindigkeiten zu fliegen, die einem Vielfachen der Schallgeschwindigkeit entsprechen? Sein Puls beschleunigt sich, als er diese Worte hört. Ein Vielfaches der Schallgeschwindigkeit. Sie haben darüber gesprochen, im Regiment, untereinander. Die zwei Offiziere fahren fort, ihre Fragen zu stellen, sondieren, abwechselnd, im Stakkato. Sie befragen ihn zu Flugzeugen und ihrem Antrieb. Dann sprechen sie von sehr hohen Geschwindigkeiten. Interessiert er sich für Raketen? Für Raketentechnik? Ist er auf dem laufenden, was die neueste Entwicklung in diesem Zweig des Flugwesens angeht? Dann plötzlich hören die Fragen so abrupt auf, wie man eine Lampe ausschaltet. Der Oberst zündet sich eine Zigarette an, bietet ihm eine an und lehnt sich dann im Stuhl zurück. Er starrt ihn mit einem harten und durchdringenden Blick an. Ein neues Feld entsteht auf dem Gebiet des Flugwesens, sagt er langsam. Wir wollen Männer, die bereit sind, sich einer speziellen Form von Training auszusetzen und zu unterwerfen. Es wird schwierig sein und mit größter Wahrscheinlichkeit auch gefährlich. Du bist einer der wenigen Auserwählten, denen diese einzigartige Möglichkeit geboten wird. Er bläst eine große Wolke Rauch aus. Wenn du weitermachen willst.

Ohne darüber nachzudenken, was ihn erwartet, geht er hinaus in den Korridor und betritt den nächsten Raum. Er klopft an die Tür, und im schwachen Schein der Tischlampe sieht er einen Offizier mit dem Abzeichen eines Feldarztes. Noch ein Arzt. Der gebrochene Arm. Nun soll dieser ihm schließlich zum Verhängnis werden. Alles lief bisher gut, seine Gesundheit war ohne Tadel, und es ist ihm gelungen, den Armbruch seiner Kindheit geheimzuhalten. Und jetzt plötzlich ein Feldarzt und auch noch im Büro des Befehlshabers. Der Befehlshaber fordert ihn auf, sich zu setzen. Der Feldarzt studiert schnell sein aus der Personalakte entnommenes medizinisches Krankenblatt, aber da steht doch wohl nichts, und fragt dann unvermittelt: Würdest du gern mit neuer Technik fliegen? Natürlich! Er bricht in unkontrolliertes Lachen aus. Welcher Flieger würde das nicht wollen? Es gab Gerüchte im Regiment, daß wir bald Überschallflugzeuge fliegen würden. Es wird still. Sie sind ernst, und er schämt sich nun für sein Lachen. Auch mit Raketen? fragt der Arzt und blickt ihn fest an. Bevor er Zeit hat zu antworten, fährt der andere fort: Auch mit Satelliten?

Erst jetzt, viel später, erinnere ich mich an all das, was mir damals durch den Kopf ging. Kosmos? Sputniks? Sicher. Es waren schon viele Flüge dorthin unternommen worden. Aber es wäre mir, einem einfachen Piloten, nie der Gedanke gekommen, daß für den Menschen die Zeit schon reif war, dort draußen zu fliegen. Und schnell zu fliegen. In Sputniks? Wie? Es ist gut, sagte der Arzt und legte meine Papiere in seine Mappe und ließ sie zuschnappen. Du kannst mit einem Gespräch rechnen. Ich ging erregt und verwirrt nach Hause, ohne auf die schneebedeckte Straße zu blicken, ohne darauf zu achten, wohin ich meine Füße setzte. Der Wind bläst direkt in mein Gesicht, der Riemen meines Helms schneidet in meine Wangen, meine dicke Pelzjacke ist durchnäßt, aber mir ist so warm wie nie zuvor.

Das Institut

Um den Kosmos und das, was dort vor sich ging, besser zu verstehen, vergrub ich mich in Bücher von Ziolkowski und Zander, las mir selbst laut aus allen Werken vor, die ich zum Thema Astronomie finden konnte, und aus allen möglichen Romanen, die von Reisen zum Mond, zur Venus, zu anderen existierenden oder erfundenen Planeten unserer Galaxie oder zu anderen, fernen Welten handelten. Auch wenn ich träumte, befand ich mich irgendwo weit draußen im Weltall, aber kein Anruf kam. Manchmal schien es mir, als wäre alles nur ein Traum gewesen, ein Delirium, als gäbe es gar keinen Feldarzt und als hätte ich nie mit ihm gesprochen.

Gestern im Büro des Befehlshabers begegnete ich einem Mann, der gar nicht da war. Heute rief er nicht an.

Und ich konnte mein Herz niemandem ausschütten oder meine Sorge, meine Freude oder meine Angst mit jemandem teilen. Der Feldarzt hatte mir das Versprechen abgenommen, daß ich von dem, worüber wir gesprochen hatten, niemandem erzählen würde.

Während seines Diensturlaubs fährt er nach Hause nach Polkownikowo. Rastlos und unruhig wandert er über die Wiesen seiner Kindheit. Als er durch die Hüttentür tritt, streift er mit dem Scheitel den Türsturz. Er darf wieder den Schleifstein für den Vater ziehen. Er darf wieder unter Schweigen Kohlsuppe und dunkles Brot essen. In der Nacht liegt er schlaflos in der Waldscheune. Am Morgen weint die Mutter und sagt, wenn er, kaum angekommen, schon wieder Abschied nehmen muß, dann kann er genausogut dort bleiben. Nichts erzählt er ihnen von dem Anruf, auf den er wartet, von dem Bescheid, den er so heiß ersehnt.

Ich beeilte mich, zu meiner Einheit zurückzukommen. Und kaum angekommen, wurde ich ins Hauptquartier gerufen. Hatte ich einen Telefonanruf bekommen? Ja, sie riefen an vom Institut, aber du warst weg. Wir haben alle deine Papiere zur Division weitergeschickt.

Ich weiß nicht mehr, wie viele Male ich an die Tür klopfte. Ist der Divisionsarzt zu sprechen? Habt ihr etwas gehört? Die Schwelle zum Divisionsbüro nutzte ich bestimmt einen halben Zoll ab, bevor ich schließlich mein gestempeltes Papier bekam und fahren konnte. Im Dezember desselben Jahres packte ich meinen Ranzen und nahm endlich Platz im Zug nach Moskau.

Auf der Einberufung stand die Adresse des Medizinischen Instituts. Ich las sie wieder und wieder und versuchte mir dieses Gebäude und alles, was dort vor sich ging, vorzustellen. Ich fand das alte Haus schnell. Eine Gruppe Flieger saß im Warteraum des Chefarztes, alle in meinem Alter. Sie sahen zu mir hoch, als ich durch die Tür hereinkam. Erwartungsvolle, angespannte oder ausdruckslose Gesichter. Alle waren hier zusammengeführt worden, angereist aus verschiedenen Einheiten und Regionen. Jetzt, im nachhinein, wenn ich daran zurückdenke, war mir sofort klar, wer von ihnen die Tests bestehen und weitermachen und wer schon bald weg sein würde. Einer fluchte mit gespielter Gleichgültigkeit laut auf alle Ärzte. Zum Teufel mit ihnen! Es interessiert mich sowieso nicht, mit irgendeiner Rakete zu fliegen. Er schlug die Tür hinter sich zu. So, da war einer, der durchgefallen war. Andere blickten unruhig auf die noch geschlossene Tür, hinter der eine völlig neue Welt ihren Anfang nahm, eine Welt, in der sich ein noch völlig unbekanntes Leben abspielen würde, eine unbekannte Zukunft. Oder vielleicht auch nicht. Einer von denen, die ihre Tasche packen und gehen mußten, nannte voll Bitterkeit einen Namen. Jewgeni Alexejewitsch. Der Chefarzt. In seinen Händen lag jetzt unser aller Schicksal.

Ich kam nicht am ersten Tag an die Reihe und auch nicht am zweiten. Als ich am dritten Tag dorthin kam, war der Warteraum leer und öde. Ich faßte Mut und ging direkt ins Büro, ohne anzuklopfen, ohne aufgerufen worden zu sein. Wen suchen Sie? fragte ein Feldarzt streng. Sie. In welcher Angelegenheit? Kosmische Fragen. Ich streckte ihm die Einberufung entgegen. Er las sie durch. Sein Gesicht blühte zu einem Lächeln auf. Du hast dir Zeit gelassen. Hast du so lange gebraucht, um dich zu entscheiden? Im Gegenteil, Genosse Feldarzt, ich habe mich sofort und ohne das geringste Zögern entschieden. Aber Ihre Einberufung war drei Wochen in verschiedenen Büros verschollen. Es dauerte, bis ich meine Stempel hatte. Aber hier bin ich jetzt. Na gut, wir werden einen Blick darauf werfen. Hier haben Sie Ihre Order. Begeben Sie sich unverzüglich ins Krankenhaus. Warum ins Krankenhaus, Genosse Feldarzt? Ich bin bei guter Gesundheit. Über Ihre Gesundheit gibt es keinen Zweifel. Hätte es irgendeinen Zweifel gegeben, auch nur den geringsten, so hätten Sie nie die Einberufung bekommen. Es gibt jedoch anderes, wenn Sie so wollen, was über die Gesundheit hinausgeht. Dem widmen wir uns hier am Institut.

Es gibt hier Gebäude, in denen unterschiedliche Höhen simuliert werden. Gebäude, deren Räume einen ganz anderen atmosphärischen Druck haben als die Welt draußen.

Räume, in denen die Luftfeuchtigkeit eine andere ist und wo die Zusammensetzung der Luft, die man atmet, sich auf jede denkbare Weise von der der Erde unterscheidet.

Er glaubt, daß die medizinische Kommission, vor die er nun gebracht werden soll, der Regimentskommission gleicht; an die ist er gewöhnt. Da klopfen die Ärzte auf die Brust und hören sie ab. Betasten die Gelenke. Fordern ihn auf, ein paarmal in ein Instrument zu atmen, das das aktive Volumen der Lungen mißt. Sagen ihm, daß er ein paar tabellarische Zahlen und ein paar in kleiner Schrift geschriebene schwer entzifferbare Worte lesen soll. Danach schreiben sie auf seine Karte das unwiderrufliche »bestanden« oder »nicht bestanden«. Und damit ist es getan. Jetzt wird er statt dessen in ein Krankenhaus eingewiesen. Sie ziehen ihm einen Pyjama an, geben ihm weiche Pantoffeln und sagen ihm, daß er sich ins Bett legen soll. Die Krankenschwestern sprechen von ihm als Patienten, obwohl er nicht krank ist. Er wird ein ums andere Mal zu den Therapeuten gerufen. Sie checken ihn durch, machen Analysen, hören sein Herz ab, träufeln etwas in seine Augen, so daß seine Pupillen sich weiten wie bei einem gekochten Fisch. Die Augenärzte legen dünne Scheiben auf seine Augäpfel, um den inneren Druck zu messen.

Wir wurden lückenlos vermessen, das ganze Morsealphabet wurde auf unsere Körper geklopft. Die allergrößte Aufmerksamkeit widmete man dem Herzen. In unseren Herzen enthüllten die Ärzte unsere ganze Lebensgeschichte. Nichts konnte verborgen bleiben.

Er freundet sich schnell mit einer Gruppe anderer hoffnungsvoller Flieger an, die im Krankenhaus untergebracht sind. Einige, viele von ihnen, müssen bald ihre Taschen packen und entmutigt zu ihren Einheiten zurückkehren. Sie überspielen ihr Scheitern, ihre Niederlage an den Geräten und bei den nicht zufriedenstellend verlaufenen Tests und verabschieden sich mit gespielter Gleichgültigkeit. Dabei tun sie, als würden Raketen sie nicht mehr interessieren, weil darin etwas Utopisches liege, das niemals Wirklichkeit werden wird. Vergeßt es, Jungs, sagt einer von ihnen. Nach fünf Minuten in der Zentrifuge drängen die Eingeweide nach draußen, und wie wird es dann erst in einer Rakete sein!

Sie testeten uns tagtäglich in der Zentrifuge.

Sie setzen sie auf Sitze, die an einem langen Balken befestigt sind. Behängen sie mit Zählwerken und Instrumenten und beginnen sie herumzudrehen. Nach einigen Sekunden lastet ein höllisches Gewicht auf ihnen, als säße ihnen ein Elefant auf der Brust und drückte, drückte mit seiner ganzen Elefantenkraft, als hätte man sie unter Tonnen von Stein begraben, als schlösse sich eine enorme unsichtbare Hand mit Stahlfingern um sie in ihrem Ausgeliefertsein. Ihre Augenlider werden von Blei herabgezogen, ihre Hände und Finger sind zentnerschwer. Einatmen und ausatmen kostet eine enorme Anstrengung. Mit den Lippen Silben zu formen ist beinahe unmöglich. Und zu alldem rufen ihnen die Ärzte über Funktelefon ihre Befehle zu. Sie sollen erklären, wie sie sich fühlen, und erzählen, was sie sehen und welche Gedanken ihnen durch den Kopf gehen.

Was sollst du denken, wenn die Zimmerdecke sich immer schneller um dich dreht, wenn der Beschleunigungsandruck auf deinen Körper, den sie etwas über dem Maximalwert angesetzt haben, alles Erträgliche übersteigt? Woran sollst du da deine Gedanken festmachen?

Unter idealen Verhältnissen muß ein Kosmonaut ohne Schwierigkeiten über einen längeren Zeitraum Kräfte aushalten, die sieben- bis achtmal so groß sind wie die normale Schwerkraft. Und dies, ohne daß seine inneren Organe Schaden nehmen oder bleibende Mängel davontragen. Die Gravitationskräfte werden von der Brust durch den Körper zum Rücken geleitet. Der Kosmonaut wird an seine Grenzen geführt, damit seine physische Widerstandskraft bis zum äußersten gesteigert wird. Wenn der Kosmonaut in den Druckanzug mit künstlichen Blasen um Bauch, Schenkel und Beine gesteckt und möglichst bequem in einen Sessel gelegt wird, der exakt nach den Konturen seines eigenen Körpers geformt ist, kann er noch größere Kräfte aushalten.

Oberst John Stapp. Das ist ein Name, der im Gedächtnis haftengeblieben ist. Erinnerst du dich an ihn? Wir bewunderten ihn wie keinen anderen. Militärarzt in der amerikanischen Luftwaffe. Festgeschnallt auf einem Schlitten, der von neun Raketen angetrieben wurde, hatte er innerhalb von fünf Sekunden eine Geschwindigkeit von eintausend Kilometer in der Stunde erreicht. Seine Augäpfel werden gegen die Augenlider gedrückt und ziehen mit einem intensiv brennenden Schmerz an ihren Sehnen. Das war an sich nicht bemerkenswert, nicht einmal der Rede wert. Aber auf welche Weise er seine Fahrt abschloß, das war unglaublich. Oberst John Stapp war absichtlich in eine Barriere aus Wasser gerast und innerhalb von eins Komma vier Sekunden von seiner hohen Geschwindigkeit zum absoluten Stillstand gekommen. Alle Blutgefäße um seine Augen platzten. Seine Bremskraft war also mehr als vierzigmal so groß wie die

Schwerkraft. Als wir das hörten, fühlten wir alle den wohlbekannten Druck auf der Brust.

Dann war da die eiserne Jungfrau, in der ich viele Stunden zubrachte. Techniker brachten medizinische Abtaster auf meinem Körper an, um alle Funktionen meines Nervensystems zu registrieren. Dann kleideten sie mich in den Raumanzug, der an Bord der Wostok verwendet werden sollte. Danach mußte ich in eine kleine, gepolsterte Metallkiste klettern, die eine unglückliche Ähnlichkeit mit einem Sarg aufwies und gerade groß genug war, um einen Mann und eine Kopie des Pilotensessels der Wostok unterzubringen. Die Techniker spannten mich fest, justierten die Höhe von Armstütze, Kopfstütze und Fußstütze, kontrollierten alle elektrischen Anschlüsse und schlossen dann mit ausdruckslosen Gesichtern die Klappe der Metallkiste. Ich befand mich allein in totaler Finsternis. Ich war außerstande, mich zu bewegen, von allen Seiten drückte die weiche Polsterung wie eine abscheuliche und glutinöse Masse. Eine Stimme krächzte mir ins Ohr. Wir fangen jetzt an. Danach war es einige Sekunden lang vollkommen still. Dann spürte ich eine Bewegung. Ich konnte nichts sehen, aber der veränderte Druck auf meinem Körper sagte mir, daß ich mich in irgendeine Richtung bewegte.

Von einem Schaltpult aus setzt ein Arzt im Laboratorium den Test in Gang. Langsam beginnt die Kiste sich um eine Achse zu drehen, wirbelt unaufhörlich herum, in einer ununterbrochenen Bewegung. Der Arzt betätigt einen zweiten Schalter, und eine weitere Bewegungsebene kommt hinzu. Die zwei riesigen Metallarme, die die Achse halten, beginnen sich in einem gewaltigen Kreis zu bewegen. Im Innern der Kiste rotiert er, während die Arme ihn hoch zur

Decke tragen und dann hinab und wieder im Kreis, in einem weiten Bogen, bevor sie sich erneut nach oben heben. Im Innern der Kiste nimmt er wahr, daß die Bewegungen ständig an Geschwindigkeit zunehmen. Und nun betätigt der Arzt den dritten Schalter und setzt die letzte Bewegungsebene in Gang. Diese bewirkt, daß die bereits wild rotierende, taumelnde Kiste in eine weitere kreisförmige Richtung geschickt wird, so daß er jetzt gleichzeitig auf drei Ebenen herumwirbelt.

Ein Monat ging so dahin. Auf der Liste der Kosmonautenkandidaten, die mit jedem Tag schonungslos kürzer wurde, stand noch immer mein Name. Das war ein sicheres Zeichen dafür, daß die Ärzte bis jetzt noch keine Mängel bei mir gefunden hatten. Schließlich waren alle ihre Versuche, Proben und Tests beendet, aber wir, die wir übriggeblieben waren, wurden immer noch Patienten genannt und gingen in Krankenhauskleidung herum.

Dann mußte ich einen Tag, zwei Tage, drei Tage beschäftigungslos herumsitzen. Das war eine größere Prüfung als alle Zentrifugen und eisernen Jungfrauen. Als am vierten Tag immer noch kein Bescheid kam, hielt ich das Warten nicht länger aus. Ich faßte Mut und ging zu Jewgeni Alexejewitsch hinein. Genosse Chefarzt, warum zieht ihr es in die Länge? Du weißt, mein Freund, eine medizinische Kommission ist eine komplizierte Angelegenheit. Das ist nicht so einfach, wie du vielleicht glaubst. Wenn ich gesund bin, nehmt mich. Wenn nicht, laßt mich zu meinem Regiment zurückkehren. Jewgeni Alexejewitsch schwieg lange, gab aber schließlich nach. Nun, Genosse, du darfst mit deinem Kosmonautentraining weitermachen. Als er das gesagt hatte, sah ich, wie sein Mund fortfuhr, Worte zu formen, aber ich hörte sie nicht. Ich war so stolz, und meine Freude war so groß, daß sie alles andere ausblendete.

Er rief mich einfach zu sich hinein. Saß da hinter dem Schreibtisch und versuchte, sein Lächeln zu verbergen. Genosse Juri Alexejewitsch, die Stratosphäre soll nicht länger deine äußerste Grenze sein. Das waren die schönsten Worte, die ich jemals gehört hatte.

Nachdem er meine Hand gedrückt hatte, wankte ich hinaus in den Korridor. Als ich zurück in den Krankensaal kam, unterdrückte ich hastig ein Lächeln. Da saß Oleg Schiza mit trauriger Miene auf dem Bett. Er war ein guter Kamerad aus meinem Regiment. Wir waren zusammen in derselben Schwadron geflogen und jetzt Seite an Seite durch alle Prüfungen gegangen. Sie hatten, sagte er, ihn im letzten Moment durchfallen lassen, nur weil er Lungenbeutelentzündung gehabt hatte, als er fünf Jahre alt war. Er war ein gesunder junger Mann, ein hervorragender und waghalsiger Flieger, aber er würde nie die Reise machen dürfen, die wir machen würden. Einige zurückgebliebene Flecken hatten auf dem Röntgenbild ihr Nein buchstabiert. Er erhob sich und ergriff meine Hand. Ich fahre jetzt gemeinsam mit Kolka Schirajew nach Hause. Ihn haben sie bei der Zentrifuge erwischt. Er starrte betrübt auf den Boden. Ich sagte nicht, daß ich ausgewählt worden war und jetzt weitermachen durfte. In diesem Moment trennten unsere Wege sich für immer.

Ich weiß nicht, wie viele Kandidaten die Hürden der medizinischen Kommission überwanden. Vielleicht waren es einhundert, vielleicht zweihundert, ja, vielleicht tausend. Aber nur wenige von uns wurden für die Abteilung der zukünftigen Kosmonauten ausgewählt. Nur ein Dutzend, alles junge Militärpiloten von der Flugakademie. Alle hatten wir die modernsten Düsenflugzeuge geflogen, und wir liebten die Geschwindigkeit und den Himmel. Wir wußten, daß sich unter uns derjenige befand, der als erster in den Weltraum hinausfliegen würde.

Irgendwann dachten wir vielleicht daran, daß einer von uns hinaufgeschossen werden würde, um nie wieder zurückzukehren. Aber wir sprachen nicht darüber. Solches Gerede und solche Gedanken konnten sich nachteilig auf den Willen und die Motivation auswirken. Und von da, wo wir jetzt waren, war es noch ein langer Weg bis in den Kosmos. Wir waren Schüler, Lehrlinge an der Schwelle zum Weltall, und um diese zu überwinden, mußte jeder einzelne von uns eine umfassende und noch schwerere Ausbildung durchlaufen.

Juri lächelt. Erinnerst du dich an den Tag, als wir alle versammelt wurden und der Flugmarschall Konstantin Andrejewitsch Werschinin uns allen die Hand gab und uns nacheinander nach unserem Heimatort befragte und nach unserem Dienst. Er war wie ein Vater zu uns.

Erinnerst du dich daran, wie wir frei hatten und durch die laubbedeckten Alleen des Parks spazierten? Wie wir die nach Harz duftende Luft genossen und in die schräg einfallenden Strahlen der Herbstsonne blinzelten. Die Gesprächsthemen ergaben sich von selbst. Wir wußten genau Bescheid über alles, was unser Land bisher bei der Erforschung des Weltraums erreicht hatte. Zuerst kamen die Landmarken, gefolgt von den Sputniks und der ersten großen Weltraumrakete.

Es fesselte uns besonders, daß diese Fahrzeuge ständig an Gewicht zunahmen. Unser erster Sputnik hatte achtzig Kilo gewogen, der zweite mehr als eine halbe Tonne, der dritte mehr als eine Tonne. Und die Nutzlast der Rakete, die Anfang 1959 in den Weltraum aufgestiegen war, betrug fast eineinhalb Tonnen. Kontinuierlich stieg die Zahl der Instrumente und damit das Wissen. Unser Volk konnte jetzt die größte Aufgabe angehen, vor der die Menschheit jemals gestanden hatte, die Erforschung der lautlosen Geheimnisse des Universums.

Für einen Mann ist die Zeit gekommen, in den Weltraum gesandt zu werden. Für einen von ihnen ist die Zeit gekommen, die Erde zu verlassen.

Vorbereitung

Nun begann ein neues Kapitel in unserem Training, und wie immer mußten wir zunächst eine Reihe theoretischer Unterrichtsstunden absolvieren. Es bringt nichts, viel über diese Lehrstunden zu sagen. Wir studierten Astronomie, Physik, Mechanik der Himmelskörper, Steinsorten, kosmische Navigation, Theorie und Antrieb der Raketen. Die Unterrichtsstunden wurden allmählich vom Unterrichtssaal in eine isolierte Kammer verlegt. Da mußten wir eingeschlossen sitzen, ein jeder für sich, und Rechenprobleme lösen, unter der Anwendung von Formeln, die in speziellen Tabellen aufgelistet waren. Die Schnelligkeit, mit der wir die Aufgaben lösten, und die Richtigkeit unserer Antworten wurden dabei gleich bewertet. Zuerst schienen die Probleme einfach genug, um schnell gelöst werden zu können. Wir schlugen in Tabellen nach, stellten Berechnungen auf, erklärten detailliert den Gedankengang. Aber dann begann plötzlich eine monotone Stimme die Antwort auf die Aufgaben über ein Lautsprechersystem vorzugeben. Waren diese Antworten richtig? War die anonyme Stimme zuverlässig? Wie verhielten sich ihre Antworten zu unseren eigenen? Eine Hilfestellung gab sie gewiß nicht, sondern machte es im Gegenteil schwieriger, sich auf die Aufgabe zu konzentrieren.

Unsere Tage begannen mit körperlichen Übungen. Ich fühlte mich zwischen den Geräten verloren und trainierte am liebsten mit Hanteln. Meine Liebe zum Zirkus führte mich auch immer zu dem runden Trampolin.

Einmal darf er als kleiner Junge in den Zirkus gehen und sieht mit klopfendem Herzen die Akrobaten auf das federnde Netz springen und bis unter das Dach fliegen, so leicht und schön. Und als wäre nichts leichter als das, machen sie berückende Sprünge und Saltos in der Luft, landen flach auf dem Rücken oder auf dem Bauch und schnellen wieder hoch, unbehindert und frei.

Ich liebte diese packenden Sekunden der Schwerelosigkeit, wenn sich der Körper, von einem Netz hochgeworfen, das so stark und so weich war wie die Hände eines Vaters, in der Luft befand und ich ihn und seine Bewegungen kontrollieren konnte und mich dabei fühlte wie ein Vogel.

Bald sollten diese Sekunden in der Luft ein wenig in die Länge gezogen werden. Für uns war der Zeitpunkt gekommen, da wir die Kunst des Fallschirmspringens lernen sollten. Ich will nicht verheimlichen, daß mir das zunächst ein leichtes Gefühl des Unbehagens einflößte. Und ich war nicht allein. Ich kenne viele Piloten, an den Hochgeschwindigkeitsflug gewöhnt, die wenig begeistert sind von dieser schweren Rolle aus Schnüren und Seide. Sie ist nicht fürs Fliegen da, sondern für den Fall aus der Maschine. Wir verstehen zwar alle, daß sie sich als unser Freund und Lebensretter erweisen kann, wenn das Schicksal es schlecht mit uns meint, aber es muß dennoch unser Streben sein, dafür zu sorgen, daß es nie zu solchen Momenten kommt. Viele von uns hatten nur die paar obligatorischen Sprünge absolviert, die zu unserer Fliegerausbildung gehörten. Und die ersten dieser Sprünge hatten wir nicht einmal selbständig gemacht. Man wurde aus dem Flugzeug gestoßen, die Schnur am Auslösekasten festgeknotet, der den Schirm automatisch öffnete. Und dann hing man da, bevor man wußte, was einem geschah, wie ein Löwenzahnschirmchen über dem grünen Flugplatz.

Als ich unserem Lehrer Nikolai Konstantinowitsch zum ersten Mal begegnete, begriff ich sofort, daß meine Vorstellungen vom Fallschirmspringen korrigiert werden sollten. Nicht sehr groß gewachsen, untersetzt, mit einem entschlossenen Kinn, das aussah, als wäre es aus Bronze, sah er uns aufmerksam und prüfend von oben bis unten an, so als würde er wortlos fragen, wie wir uns verhalten würden, wenn wir da oben am Himmel wären. Mehr als fünfzehntausendmal war er aus über zehntausend Metern Höhe gesprungen, am Tag und in der Nacht, er hatte Verzögerungssprünge gemacht, direkt hinein in Schnee und Wasser, über Wäldern und Bergen. Das Abzeichen eines Ehrenmeisters und viele Dekorationen auf seiner Brust zeigten uns, daß wir in die Obhut eines kühlen, starken und kompetenten Mannes geraten waren. Und er war nicht nur ein Sportler, ein Soldat, ein Lehrer. Er war auch ein professioneller Tester aller möglichen Modelle neuer Fallschirme. Ohne zu zögern, schnallte er sich jedes neue Modell um, das aus der Fabrik gerollt kam.

Nun mußte er uns, die Jungen und Unerfahrenen, testen. Zuerst führten wir einige gewöhnliche Sprünge durch. Auf das Kommando Springt! verließen wir das Flugzeug aus einer Höhe von achthundert bis tausend Meter. Der Fallschirm öffnete sich sofort mit dem Hilfssystem, und nach einer Anzahl solcher Sprünge hatte ich – und viele andere auch – genug davon, an den Leinen zu hängen und schließlich in einer aufwendigen Prozedur die große Seidenflamme auf dem Erdboden und im Wind unter Kontrolle zu bekommen. Nikolaj Konstantinowitsch spürte bald, wie gering unsere Lust war, uns wieder nach oben zu begeben. Wartet nur, sagte er mit einem Lachen, bald bettelt ihr darum, noch einen Sprung machen zu dürfen. Ich glaubte ihm damals nicht, aber später, als ich zum ersten Mal die aufgeladene

Erregung in einem pfeifenden Verzögerungssprung spürte, erinnerte ich mich seiner Worte. Denn was kann großartiger sein als das Gefühl, das einen erfüllt, wenn man in wenigen Zehntelsekunden durch den fünften Ozean rast, dem Erdboden entgegen, wie ein Vogel, der sich auf seine Beute stürzt.

Ich verstand das eines Tages zur Gänze, als ich bei einem Verzögerungssprung eine falsche Armbewegung machte und zu kreiseln begann. Eine gewaltige Kraft ergriff meinen Körper, drehte und wirbelte ihn herum, brachte ihn zum Rotieren, und es fühlte sich an, als würde ich direkt in einen riesigen Trichter hineinfliegen. Die unbarmherzige Zentrifugalkraft ergriff meinen Körper mit einer solchen Gewalt, daß ich weder Hand noch Fuß bewegen, noch mich strecken oder aus der schnellen Rotation befreien konnte, um aufrecht nach unten zu kommen. Ich wußte, daß bei einem solchen Kreiseln oft die Blutgefäße der Augen platzten. Aber etwas zu wissen ist eine Sache. Es zu spüren ist eine ganz andere, vor allem wenn der Erdboden einem so schnell entgegenrast. Ich sagte mir selbst die Ratschläge vor, die der Lehrer uns gegeben hatte, als er erklärte, wie wir mit der Situation, in der ich mich jetzt befand, umgehen sollten. Mit all meiner Kraft rollte ich mich zu einem harten Ball zusammen und preßte mit den Armen meine Knie gegen den Brustkorb. Ich keuchte und warf hastig Arme und Beine von mir. Es funktionierte! Meine Hände waren seitlich weggestreckt, wenn auch unter Anstrengung, meine Beine waren leicht gebeugt, die Erde stellte ihr Karussellkreiseln ein, und schaukelnd bewegte ich mich auf sie zu.

Auch in den Situationen, in denen es lange dauerte, bevor der Fallschirm sich öffnete, behielt ich die Ruhe. Nikolai Konstantinowitsch gab uns nie Fallschirme aus dem Lager. Vor jedem Sprung mußten wir unsere Schirme selbst packen und falten. Mit dem Wissen um die völlige Zuverlässigkeit des Materials gewannen wir auch Vertrauen zu uns selbst und zu unserem eigenen Können.

Wir sprangen bei Tag, und wir sprangen bei Nacht. Wir sprangen über Land, und wir sprangen über Wasser. Man muß bedenken, daß das trockene Land in Wirklichkeit nur siebzehn Prozent der Erdoberfläche ausmacht und daß der Kosmonaut, der vom Mond zurückkehrt, vielleicht die Marke verfehlt und im Roten Meer landet statt auf der Wolgasteppe.

Und wir begannen tatsächlich allmählich das Springen zu mögen. Wir mochten den Fallschirm. Und manchmal gingen wir zu Nikolai Konstantinowitsch und fragten ihn. Darf ich springen? Na, was habe ich euch gesagt? Wenn das Wetter gut war und eine Maschine bereitstand, falteten und packten wir unsere Fallschirme und fielen ein weiteres Mal zur Erde.

Nach Abschluß unseres Fallschirmtrainings mußten wir uns dann mit allem Ernst dem fortgeschrittenen theoretischen und technischen Studium widmen, jetzt mit dem Wissen, daß die Theorien und Resultate, die wir studierten, bald in die Praxis umgesetzt würden. Dann würden wir selbst die Versuchsobjekte sein. Während der gründlichen biokosmonautischen Studien hörten wir von den zahlreichen seltsamen Effekten, die Geschwindigkeit, Zentrifugalkraft, Beschleunigung, Sauerstoffmangel, kosmische Strahlung sowie andere Kräfte, die beim Raumflug eine Rolle spielen, auf den menschlichen Körper haben konnten. Da wir Piloten waren, wußten wir, daß ein Mann, der von der Erde aus in die Höhe steigt, bald die Atmosphäre verläßt, in der man atmen kann. Aber was früher technisches Wissen für uns war, bekam jetzt eine neue Tragweite. Bald würden wir in der Praxis erfahren, was die Theorie lehrte.

Und wir studierten jede Seite in den Büchern und in den vielen Manualen, die uns zur Verfügung gestellt wurden, gründlich und eingehend. Mit jeder Illustration machten wir uns im Detail vertraut. Wir kannten die intrikaten Prozesse, die sich tief in unseren eigenen Lungen abspielten, im Gasaustausch des Körpers zwischen Lungenbläschen, Blutgefäßen und anderem Gewebe, das an den Mechanismen beteiligt war, die ständig im Körperinneren zusammenwirkten. Der Weg in den Weltraum war in keiner Weise geradlinig. Eine Ebene folgte der anderen, jede Stufe baute auf der vorhergehenden auf. Auf jeder neuen Stufe wurden wir mit neuen Herausforderungen konfrontiert: bei einhundert Prozent Sauerstoff, bei Atmung mit geringem Druck, bei Atmung mit vollem Druck, bei geschlossenen Lebenssystemen und so weiter. Wir konnten genau und ohne Zögern sagen, wann sich als Folge von verringertem atmosphärischen Druck im Gewebe und im Blutkreislauf Blasen bildeten. Wir studierten Modelle, anatomische Sprengzeichnungen, betrachteten Filme und Diabilder, lasen und hörten zu. Schließlich kannten wir jedes Detail des Szenarios, das sich abspielt, wenn die Lunge in einer Höhe von fünfzigtausend Fuß dem äußeren Milieu ausgesetzt wird. Ein alarmierender und düsterer Vorgang ist das übrigens, bei dem ein Mann am Kohlendioxyd und am Wasserdampf seiner eigenen Lunge erstickt, die keinen Sauerstoff mehr aufnehmen kann. Und dann lernten wir, wie man mit Hilfe von Sauerstoff, Druck, Wärme und Abkühlung Abhilfe leisten kann. All das und mehr braucht der Mensch, nicht nur um am Leben zu bleiben, sondern um voll funktionstüchtig zu sein.

Unsere Ausbildung entsprach einer auf breiter Basis angelegten medizinischen Schulung, die sich von einem gewöhnlichen Kurs nur dadurch unterschied, daß sie dem galt, was mit uns, unseren eigenen Körpern geschehen würde. Es hätten wir sein können, die da auseinandergepflückt und zerschnitten auf der Buchseite lagen.

Nicht alles war jedoch neu für uns. Mit den Kräften der Gravitation hatten wir schon Bekanntschaft gemacht. Als Militärpiloten hatten wir alle irgendwann einmal, wenn wir in knappen Manövern über den Himmel gekratzt waren, die knochenquetschenden Kräfte erfahren, die um ein Vielfaches stärker waren als die normale Schwerkraft. Wir hatten das Gefühl der Schwerelosigkeit schon ansatzweise kennengelernt, wenn unsere Überschallmaschinen schnell aufstiegen, durch die Luft schnitten und dann in genau berechnete und präzise ausgeführte Parabeln übergingen, wobei sie geschmeidig zwischen den gegeneinander wirkenden Kräften der Erdanziehung und der Fliehkraft ausglichen. Nun betrachteten wir Filme, die demonstrierten, wie das Blut sich bei schnellen, von diesen Gravitationskräften hervorgerufenen Veränderungen in den verschiedenen Extremitäten des Körpers ansammelt. Das Fliegen in der Atmosphäre und jenseits davon wirkte sich in einer Weise auf den Körper aus, die meine Vorstellungskraft weit überstieg. War das alles möglich? Konnte das alles geschehen? Würde das gezeichnete Bild eines namenlosen Raumfahrers allmählich durch eine Fotografie von mir ausgetauscht werden können?

Noch wichtiger war, daß wir allmählich lernten, die Fähigkeiten des menschlichen Körpers und Gehirns mit den Fähigkeiten von Robotern und Maschinensystemen in eins zu bringen. Das war unumgänglich, da ein Raumflug genau darauf beruhte: der wundersamen Verschmelzung von Mensch und Maschine.

Man führte uns auch in das Geheimnis eines erfolgreichen Flugs fern unseres Planeten ein; es besteht in der Erkenntnis, daß kein Mensch die Erde jemals hinter sich lassen kann. Sie völlig zu verlassen ist unmöglich. Um unter den harten und andersartigen Bedingungen jenseits unserer Welt überleben zu können, war der Mensch gezwungen, die wesentlichsten Lebensbedingungen mit sich zu nehmen, für die die Erde auf natürliche Weise sorgt. Erst dann war ein Überleben möglich. Wenn es dem Weltraumreisenden nicht gelang, die Bedingungen der Erde zu kopieren, in unserem Fall zu einem absoluten Minimum, war das Urteil klar. Dann wartete der Tod.

Nichts fesselte mich im Lauf der verschiedenen Phasen unseres Unterrichts mehr als die einzigartigen Filme, die bei den bisherigen Raumflügen gedreht worden waren. Da wir vom ersten Augenblick des Abschusses an unsere Aktivitäten mit denen der Maschinen koordinieren mußten, studierten wir Tausende Meter von Film, in denen man unsere riesigen Raketen von der Erde aufsteigen sah. Jedem Film folgten eine Reihe technischer Vorlesungen, und wir lauschten ihnen, bis das Verhältnis von Masse zur Antriebskraft in Kilopond bei diesen Fahrzeugen uns ebenso vertraut war, wie es uns aerodynamischer Aufstieg oder Angriffswinkel bei unseren Jetkampfflugzeugen gewesen waren. Nach und nach kamen in den Filmen auch lebendige Akteure in spannenden Hauptrollen zum Einsatz. Die Filmhelden waren hier Hunde, Insekten, Kaninchen, Ratten und andere Tiere und Pflanzen.

Währenddessen werden in einem anderen Gebäude des Instituts die Reflexe eines Goldfischs mit Hilfe von Lichttests fixiert. Jedesmal, wenn er einen kleinen roten Schwimmer mit dem Maul berührt, fallen Mückenlarven ins Wasser. Er wird sich bald an das Fressen auf Befehl gewöhnen. Wenn er den roten Schwimmer berührt, bekommt er Futter. Wenn er einen anderen Schwimmer berührt, bekommt er nichts. Die

Schwimmer sind kleine Lampen, die eine hell, die andere gedämpft. Stufenweise wird der Unterschied zwischen den beiden Lichtern verringert, bis sie identisch sind. Der Fisch wird dann unsicher und zögert.

Vor allem die Hunde fesselten uns. Ohne die Bildschirme aus den Augen zu lassen, folgten wir den Aufnahmen der Tiere, die bei einem vertikalen Raketenaufstieg von mehreren hundert Kilometern über der Erde gemacht worden waren. Diese Raketen schossen weit über die Erdatmosphäre hinaus. Von dem Augenblick an, da die donnernden Motoren abgestellt wurden, waren die Rakete und ihre Druckkammer schwerelos. Viele Minuten lang sollten diese Hunde die Auswirkungen des Fliegens im Weltraum erleben. Wir betrachteten die Filme und spürten, wie das große Unbekannte uns dabei näher kam. Wir glaubten die Hunde zu verstehen, und in gewisser Weise verstanden wir alles, was mit ihnen geschah. Vor allem verstanden wir, daß das größte Unbehagen bei den Flügen nicht von den starken Gravitationskräften rührte, an die wir bereits gewöhnt waren, sondern von der Gefangenschaft in einem kleinen Raum, in dem man dem ohrenbetäubenden Dröhnen der Raketenmotoren ausgeliefert war. Doch selbst diese Einsicht war ermutigend, denn das Wissen um die Auswirkungen des Lärms bannte das Problem.

Als sie uns Filme von den Hunden zeigten, die in Erdumlaufbahn gegangen waren, umklammerten wir in gespannter Erwartung unsere Stuhlsitze. Die Bilder wurden im selben Augenblick zur Erde gesendet, in dem die enormen Satelliten lautlos direkt über uns durch das Vakuum glitten. Da sahen wir zum ersten und letzten Mal Lajka, unsere Pionierin, die im November in die Umlaufbahn geschossen worden war. Sie sollte ihr Leben für die Sache opfern.

Später sind die Filme in Farbe und die Sendequalität besser. Sie zeigen die lautlosen Zustände während einer langen Schwerelosigkeit.

Aber all das war gewöhnliches Bodentraining. Die kosmische Abhärtung erwies sich als weit anspruchsvoller. Wir mußten Raumanzüge und Helme anziehen und in einer unbequemen Stellung in Stahltanks sitzen, die die Ingenieure versiegelten, um danach mit einem gewaltigen Röcheln den größten Teil der Luft abzusaugen. Wir stiegen innerhalb weniger Sekunden in hohe Höhen und stürzten genauso schnell ab. Nahmen unsere Masken in dünner Luft ab, um unsere Widerstandskraft gegen Hypoxie zu testen. Ungeduldig saßen wir da und warteten auf die explosive Dekompression, eine plötzliche und zuweilen gewaltsame Verringerung des Kammerdrucks, die das Hochschießen eines Mannes innerhalb einer hundertstel Sekunde von geringer Höhe in Dutzende von Kilometern über der Erde simulierte.

Erinnerst du dich an den Sauerstoffhunger? Ich erinnere mich, wie ich in einem kleinen Zimmer sitzen mußte, das hermetisch verschlossen war. Wände, Boden und Decke waren mit einer gräulichen und gummiartigen Haut ausgekleidet. Auf einem Tisch vor mir lagen Papier und Bleistift. Ich bekam über Kopfhörer Anweisungen von Wissenschaftlern, die mich durch ein dickes, als Spiegel getarntes Glasfenster beobachteten. Schreib deinen Namen ganz oben auf den Notizblock! Und während ich das tat, öffneten sie ein Ventil und begannen die Luft durch dicke Röhren herauszusaugen.

Auf dem Film macht er Faxen, spricht ins interne Telefon, winkt, zeichnet Schnörkel und schreibt nach ein paar Minuten ein weiteres Mal seinen Namen. Man sieht ihm an, daß ihn das ziemlich viel Kraft kostet. Zwei Minuten später ist seine Handschrift ein unleserliches Gekrakel. Die Augen immer noch geöffnet und scheinbar bei Bewußtsein, bemüht er sich zu schreiben, doch der Stift rutscht hin und her, und er macht mit ihm gewaltige Bögen, als würde er seinen Namen in die Luft schreiben, die im Begriff ist zu verschwinden. Dann verliert er das Bewußtsein und fällt vornüber auf die Tischplatte.

Sie fallen mit dem Expreßaufzug der Moskauer Universität. Fallen wie Steine aus dem achtundzwanzigsten Stockwerk. Der kleine Stockwerksanzeiger über den Türen zeigt nur noch einen Lichtstreifen, als der Aufzug einhundertfünfzig Meter in den Schacht hinunterstürzt, um dort abgebremst und von speziellen Luftbremsen im untersten Geschoß gestoppt zu werden. Weniger als eine Sekunde sind ihre Füße auf dem Boden, bevor die Decke ihnen entgegenkommt. Sie atmen mit Mehlsäcken auf der Brust. Sie laufen in Laufrädern, hüpfen abwechselnd erst auf den einen und dann auf den anderen Fuß. Sie liegen in Eiswasser, bis ihre Zähne klappern und ihre Haut blau wird. Sie atmen in Schläuche, damit die Wissenschaftler jedes kleine Detail ihrer Atmung studieren können. Sie schlottern vor Kälte in kalten Kammern und schwitzen ausgiebig in anderen Räumen, in denen brennende Lampen, deren Herstellungsart nicht bekannt ist, den Raum in ein Inferno verwandeln. Sie werden an Stahltürme gebunden, die hoch in den Himmel ragen, und dann hochgeschossen. Sie werden an Schlitten gebunden, die auf Schienen über den Boden laufen, und dann losgeschickt. Kabel werden an ihren Körpern angebracht, und sie zucken wie Frösche in einem Laboratorium, wenn die Kabel vom elektrischen Strom zum Leben erweckt werden.

Die ersten Abschüsse von Raketen und Sputniks hatten gezeigt, daß die Rakete selbst und das Raumschiff, das auf ihrer Spitze ruhte, starken Vibrationen ausgesetzt waren, wenn der Raketenmotor startete. Bislang hatte es sich als unmöglich erwiesen, sie abzustellen. Wie sehr man den Motor auch verbesserte und feinjustierte, es blieb problematisch, die Millionen Pferdestärken, die die Rakete in den Kosmos schleuderten, in einer fein abgestimmten Harmonie arbeiten zu lassen. Die mechanischen Teile der Sputniks wurden getestet, indem man sie diesen Vibrationen aussetzte. Und die Menschen, die bald in der Spitze der Rakete Platz nehmen würden, auch sie mußten lernen, sie auszuhalten, und sich abhärten. Das bedeutete keine Gefahr für den Organismus, aber es war schwer, sich daran zu gewöhnen.

Zu diesem Zweck setzten sie uns oft in den Vibrationsapparat und versuchten, die Seele aus uns herauszurütteln. Dieser Apparat war eine teuflische Vorrichtung, die einen Menschen beinahe zum Wahnsinn treiben konnte. Dabei sah er harmlos aus. Eigentlich war es der Fahrersitz eines alten, defekten und ausrangierten Busses. Die Ingenieure hatten diesen Sitz jedoch modifiziert und mit einer motorbetriebenen Antriebsachse versehen, die die extremsten Vibrationen hervorrief. Bei Vollgas peitschte der Motor den Sitz in Paroxysmen, die die Augäpfel in ihren Höhlen zum Scheppern brachten. Dreihundertmal in der Minute. Der Körper vibriert wie eine Violinsaite. Nach nur wenigen Sekunden war es unmöglich zu atmen. Die Ärzte und die Techniker waren unbarmherzig, ebenso unbarmherzig wie die Instrumente, die jede kleinste Veränderung der Herzfunktion maßen. Wir fürchteten uns vor ihren zitternden Nadeln.

Die Druckkammer. Ein doppelwandiger Stahlbehälter, nicht größer als eine kleine Baracke. Pausenlos beobachten Kontrollanten und Ärzte die Veränderungen in den Körperfunktionen des Mannes, der gerade darin sitzt. Er sitzt in der Druckkammer. Die Sauerstoffmaske vor dem Gesicht. Vor der Kammer studieren die Ärzte die Instrumente. Er spürt, wie es schwerer und schwerer wird zu atmen. Je schneller mein Herz schlug, desto langsamer vergingen die Minuten. Er weiß, daß eine Unmenge von Apparaten die Ärzte die ganze Zeit über die Funktionen seines Herzens, seines Gehirns, seiner Atmung und seines Blutdrucks informiert hält. Der Registrierstift zeichnet Kurven. Entlarvende elektrische Impulse flimmern auf den Bildschirmen. Wie soll er atmen?

Damit ein künstlicher Erdsatellit in seine Umlaufbahn gelangt, muß er die erste Fluggeschwindigkeit, ungefähr acht Kilometer in der Sekunde oder neunundzwanzigtausend Kilometer in der Stunde, erreichen. Damit ein Fahrzeug das Gravitationsfeld der Erde ganz verlassen kann, muß es die zweite Fluggeschwindigkeit erreichen, die etwas über elf Kilometer in der Sekunde oder beinahe vierzigtausend Kilometer in der Stunde beträgt. Wenn das Raumfahrzeug diese Geschwindigkeit erreicht, kann es zu jedem beliebigen Planeten im Sonnensystem fliegen. Die dritte Fluggeschwindigkeit, ungefähr siebzehn Kilometer in der Sekunde oder gut sechzigtausend Kilometer in der Stunde, kann das Fahrzeug aus dem Sonnensystem hinaus und weiter zu anderen Welten tragen. Kann ein Kosmonaut solche Geschwindigkeiten aushalten? Während der Vorbereitungen auf unseren Flug in den Weltraum mußten wir uns Kenntnisse über alle seine Elemente aneignen, um die Geschwindigkeiten und Beschleunigungen, denen wir ausgesetzt sein würden, besser zu verstehen. Wir sollten nicht nur alles über diese Elemente lernen, sondern uns bereits an sie gewöhnen.

Der Organismus reagiert nicht auf Bewegung bei konstanter Geschwindigkeit, wie hoch diese auch ist. Bedenke, daß wir uns die ganze Zeit mit einer Geschwindigkeit von fast dreißig Kilometern in der Sekunde oder über hunderttausend Kilometern in der Stunde mit der Erde um die Sonne bewegen. Entscheidend ist, daß der Reisende von der äußeren Umgebung und von allem, was da ist, isoliert gehalten wird. Der Mensch auf der Erde ist isoliert durch die dicke Schicht der Atmosphäre. Der Kosmonaut ist es durch die dünnen Wände der Kabine, doch im Inneren dieser Kabine sind die gewaltigen Kräfte trotzdem spürbar. Wir sprechen hier von der markanten Beschleunigung beim Aufstieg der Rakete oder der starken Reibung an der Atmosphäre des Planeten, wenn die Kapsel zurückkehrt. Der Kosmonaut wird dabei eine Belastung von enormem Ausmaß erfahren. Diese Belastung ist unvermeidlich.

Während der Aussonderungsperiode wurde die Zentrifuge für viele das unüberwindbare Hindernis. Was für Namen wir ihr gaben! Windmühle des Teufels nannten wir sie am häufigsten, diese Maschine, die uns daran gewöhnen sollte, eine immer größere Belastung auszuhalten. An den Wänden des kleinen Raums, in dem sie stand, hingen Fotografien von Elektrokardiogrammen mit solch Unbehagen erweckenden Titeln wie »Konvulsionen 1« und »Bewußtlosigkeit 5«. Sie zeigten, was oft geschah, wenn man, im Inneren der Zentrifuge sitzend, herumgeschleudert wurde. Dort drinnen sollten wir, während wir gleichzeitig herumgeworfen wurden, Zahlenserien aufrufen und memorieren, die plötzlich auf einem Bildschirm aufleuchteten und ebenso schnell verschwanden. Nach und nach nahm ihre Größe ab, gleichzeitig nahm ihr Wert zu.

Es gelang mir, bei höchster Geschwindigkeit eine Sieben und eine Acht zu erkennen und sie laut zu rufen.

Die Zentrifuge lehrte uns, daß man sich mit der Zeit bis zu einem gewissen Grad darin üben kann, die unangenehmen und quälenden Effekte des Beschleunigungsandrucks zu ertragen. Stell dir eine gewöhnliche Kinderschaukel vor. Wer hat es nicht als Kind geliebt, hoch zu schaukeln und sich dann mit klopfendem Herzen zurückfallen zu lassen? Aber wenn man auf einen Stuhl gesetzt wird, der an Scharnieren hängt, wenn dessen Motor eingeschaltet wird und man vor und zurück schaukelt, eine Stunde, zwei Stunden, drei Stunden lang, mit derselben Amplitude, dann ist das zuviel des Guten. Eine Person mit schwachem vestibulären System wird schnell das Opfer einer fürchterlichen Seekrankheit. Aber wir wußten, daß wir da hindurchmußten, daß wir das aushalten mußten und es immer besser aushalten mußten, wenn wir Kosmonauten werden wollten.

Stille. Der junge Militärarzt unterbricht sich, macht eine Pause, denkt einen Augenblick nach und fährt dann mit seinem Vortrag vor der neuen Trainingsgruppe fort; einer Ansammlung erwartungsvoller Männer, die gerade in einem Forschungsinstitut der Luftwaffe angekommen sind. Er räuspert sich. Stille kann eine wunderbare Sache sein. Sie kann Nervenanspannung mildern. Ja, sie kann sogar Kraft in den verschiedenen Systemen und Muskeln des Körpers aufbauen. Sie beruhigt das Gehirn und hat eine wohltuende Wirkung auf den Wirt, ja, das heißt, auf euch. Sein Lächeln ist unangenehm und sitzt schief auf seinem Gesicht. Diese Art Stille, Genossen, entspricht der Stille, die wir in der Nacht erleben oder während der Erholung an einem Urlaubsort. Eigentlich ist das die einzige Stille, die ihr bisher kennengelernt habt. Aber das wird sich ändern. Hier werden wir euch mit einer Stille Bekanntschaft schließen lassen, von deren Existenz ihr bis jetzt noch gar nichts gewußt habt. Ihr habt von dieser Stille bisher nichts geahnt. Ihr habt sie euch nicht vorstellen können. Er unterbricht sich, als der Stift, den er zwischen seinen Fingern gehalten hat, plötzlich in zwei Teile zerbricht, und steckt die beiden Teile in die Tasche seines weißen Labormantels. Man könnte sagen, daß Stille auch eine verheerende Sache ist. Sie kann mit der ganzen Kraft eines Blitzschlages zuschlagen. Ich spreche hier von einer Stille, die ihr weder in der Arktis noch auf der Steppe findet. Dies ist eine Stille, Genossen, die euch buchstäblich verrückt machen kann. Er klettert von der kleinen Bühne herab, auf der er gestanden hat. Seid so freundlich und folgt mir. Sie gehen einen langen Korridor entlang und betreten einen riesigen Raum voller Forschungsausrüstung und Hilfsmittel. Wissenschaftler und Ingenieure in weißen Kitteln arbeiten konzentriert an verschiedenen Projekten, steigen über Leitungen und Kabel, die sich über den gesamten Boden des Raums schlängeln. Ein gedämpftes, doch anhaltendes Dröhnen tönt aus jeder Ecke des gigantischen Laboratoriums, und blendende Lampen ergießen ihr Licht über eine große Anzahl voneinander abgetrennter Arbeitsplätze. Der junge Militärarzt fährt fort. Ihr werdet Dinge sehen und tun, die ihr vorher nie gesehen oder getan habt und vielleicht nie wieder sehen oder tun werdet. Wie das ablaufen wird, liegt zum größten Teil an euch. Aber ich kann euch versichern, daß ihr an jenem Ort mehr als je zuvor jede Unze der physischen und mentalen Tauglichkeit brauchen werdet, die ihr möglicherweise besitzt. Nein, laßt es mich anders formulieren, Genossen. Das versichere ich euch nicht, sondern ich warne euch. Er lächelt.

Eine der langwierigsten Forschungsbestrebungen der sowjetischen Wissenschaftler war das Studium der maximal erträglichen Belastung des menschlichen Körpers unter allen denkbaren Verhältnissen. Mit anderen Worten, das Studium und die Analyse der Situationen und Momente, an welchen die verschiedenen Organe und Teile des Körpers oder der Organismus gänzlich zusammenbrechen und zerfallen. Die Wissenschaftler stellen Experimente an, die möglichst viele Aspekte des menschlichen Lebens berühren sollen. Und sie betrachten auch die unterschiedlichsten Berufe, vom Bauern bis zum Jetpiloten, vom Oberleitungsbusfahrer bis zum Tiefseetaucher, vom Kohlengrubenarbeiter bis hin zum Polarreisenden. Sie wollen nicht nur wissen, wann und unter welchen Umständen ein Körper zusammenbricht, sondern auch warum.

Nun war da also die Stille. Wer von den Bewohnern großer, lärmender Städte hat nicht schon davon geträumt? Das erste, was die Ärzte jemandem empfehlen, der erschöpft ist, ist Ruhe. Und sie fügen das Wort Stille hinzu. Stille. Erinnerst du dich, wie schön es sich anfühlte, auf einer grenzenlosen Steppe oder in einem tiefen Wald einfach nur still dazustehen? Es ging nicht der kleinste Windhauch. Man wähnte sich im Reich des Friedens und der Stille, aber man fühlte sich dennoch nicht einsam, da die Stille sogar dort fortfuhr, auf eine unfaßbare Weise zu tönen. Auf der Erde sind wir von Luft umgeben, und ihre Wellen leiten die geringste Bewegung des Grases, den Spaziergang eines Käfers oder das Geräusch eines Tautropfens, der hinabfällt und von der weichen Humuserde aufgefangen wird, an unsere Ohren. Im Ozean der Luft verwandelt sich all das in eine lärmende Symphonie von Geräuschen, die unser Ohr beinahe nicht vernehmen kann; eine Symphonie, die wir auf der Erde mit dem Begriff Stille bezeichnen, eine Stille, die alle diese Töne umfaßt. Im Kosmos gibt es keine Luft, kein Medium, in dem sich Schallwellen bilden könnten, und deshalb auch nichts, was die Geräusche weiterleitet. Würde dort draußen eine Pistole direkt vor deinen Augen abgefeuert, würdest du die Explosion des Schusses nicht hören. Im Kosmos kann sich sogar die Stille, die sonst so hochgeschätzt wird, in einen erbitterten Feind des Menschen verwandeln. Und damit wir lernen, gegen ihn anzukämpfen, damit wir in unserer zukünftigen stillen Isolation nicht trübsinnig werden, bauen die Ärzte eine isolierte Ecke des Kosmos auf der Erde nach, in der wir üben können.

Zu Beginn standen einige von uns dem Test der Stille, dem wir ausgesetzt werden sollten, skeptisch oder sogar höhnisch gegenüber. Wie kann man sich wegen einer solchen Sache Sorgen machen! Was soll's, wir können doch einfach schlafen! Diese Illusion nahmen die Ärzte ihnen sofort. Ihr werdet so viel und nur so viel schlafen, wie es in eurem Zeitplan vorgegeben ist. Und ihr müßt wach sein und nach Zeitplan arbeiten, euch zu den angegebenen Stunden wach halten, auch wenn ihr nichts zu tun habt und nur still auf dem Stuhl sitzt. Laßt mal sehen, wie euch das gelingt.

Wie verhält sich ein Mann, wenn er von der absoluten Stille umgeben ist? Wenn die Welt, an die er gewöhnt ist und die voll von Geräuschen ist, ausgeschaltet und durch eine Welt ersetzt wird, die bar jeder Geräusche ist? Das ist keinesfalls eine sinnlose Frage für die Experten der Weltraummedizin und auch nicht für uns, die Kandidaten für die Weltraumfahrten. Wie fühlt sich ein Mann, nachdem er eine Stunde in dieser Stille eingeschlossen gewesen ist, wie fühlt er sich nach einem Tag, nach zwei Tagen, drei Tagen? Die Prüfung in absoluter Stille oder, wie die Ärzte es nannten, die Bedingung für die absolute Stille, war eine der entscheidendsten Etappen unserer Vorbereitung.

Am Institut gibt es zwischen all den Räumen und den in Räumen eingeschlossenen Räumen eine Kammer der Stille. Sie liegt in einem riesigen Gebäude, das eigens für sie gebaut wurde. Dort verbirgt sie sich hinter drei Wänden, auf weichen, elastischen Stoßdämpfern aus Gummi. Diese garantieren, daß die absolute Stille nicht einmal durch die geringste Vibration, etwa durch die Schritte eines Menschen, der über den Boden des Laboratoriums geht, beeinträchtigt wird. Die Kammer hat zwei kleine Kabinenventile, beide mit einer doppelten Schicht aus extrem dickem Glas versehen, das mit einem Metallschutz von außen versiegelt werden kann. Es ist keine große Kammer, im Gegenteil, sie ist sehr klein. Die Decke und die Wände sind vierzig Zentimeter dick und mit einem elastischen Material in einer glanzlosen hellen Farbe bedeckt. In einer Ecke steht ein Stuhl, eine exakte Kopie des Sessels im Raumschiff. Neben dem Stuhl befinden sich ein Schaltpult sowie die Schalter für die Funkempfänger und -sender und die Fernsehkameras. An der einen Wand steht ein hartes Stahlbett. In einem kleinen Schrank befinden sich Essensvorrat für viele Tage und eine geräuschlose Uhr.

Die erste schwere gepolsterte Tür wurde hinter mir zugeschraubt, dann die zweite. Mit einem Mal war alles still, und ich war allein. So, stellte ich mir vor, mußte es sich anfühlen, wenn man auf einer unbewohnten Insel zurückgelassen wurde. Ich war völlig allein, allein mit den verschiedenen Instrumenten und dem objektivsten aller Richter, den spiegelnden Linsen der Fernsehkameras. Diese waren nun meine einzige Verbindung zur Außenwelt.

Die ersten Tage vergingen reibungslos. Ich rief die Erde

zu den vereinbarten Zeiten an und absolvierte routinemäßig meine Funkserie, ohne irgendeine Antwort zu bekommen. Teil des Experiments war, daß niemand antwortete, daß meine Kommunikation einseitig und unerwidert blieb. Es war, als wäre die Welt um mich verschwunden und ich der einzige Überlebende. Ich folgte den Anweisungen und Direktiven und las die Zahlen von den Instrumenten ab, führte Buch über meinen Zustand und trug alles in das dafür vorgesehene Logbuch ein.

Jeden Morgen trieb ich Gymnastik mit meinen Hanteln. Um die Kammer zu einem irdischeren Heim zu machen, begann ich zu singen, aber meine Stimme klang hohl, und ich hörte bald auf.

Als ich mich in die Einsamkeit begeben hatte, hatte ich einen Band Puschkin mit hineingeschmuggelt. Am vierten Tag konnte ich ein Kapitel aus Jewgeni Onegin auswendig vor mich hinsagen.

Am fünften Tag spulte ich die auswendig gelernten Postulate ab, die mir durch meinen jetzigen Aufenthaltsort noch vertrauter waren als zuvor. Das Kontinuitätspostulat. Zwei angrenzende Teile eines Raums, einer Fläche oder einer Linie haben dieselbe Grenze, das heißt eine Fläche, eine Linie beziehungsweise einen Punkt. Zwischen zwei Punkten einer Linie gibt es eine unendliche Zahl dazwischenliegender Punkte. Das Postulat der elementaren Zweidimensionalität. In den dreidimensionalen Räumen, die die Eigenschaft haben, elementar zweidimensional zu sein, entspricht der gesamte Raumwinkel um einen Punkt dem gesamten Raumwinkel um jeden anderen Punkt. Obgleich der Raum nicht in all seinen Teilen exakt der gleiche sein muß, entspricht die Gesamtheit der Richtungen um einen Punkt dennoch exakt der Gesamtheit der Richtungen um jeden anderen Punkt, insoweit der Raum die Eigenschaft hat, elementar zweidimensional zu sein. Das Superpositionspostulat. Ein Körper kann sich im Raum bewegen, ohne seine Größe oder Form zu verändern. Das Gleichförmigkeitspostulat. Eine beliebige Figur kann in unbegrenztem Maß vergrößert oder verkleinert werden, ohne daß sich ihre Form verändert.

Die Minuten, die Stunden und die Tage schleppten sich dahin. Ich bekam kein Gefühl für die Endlosigkeit der Zeit, nur für ihre Greifbarkeit, ihre ständige Gegenwart, so als hätte sie sich jetzt selbst in einen Raum verwandelt. Ich lieferte Berichte über Zahlen auf den Instrumenten ab, morste Nachrichten über meinen Zustand weiter, sendete Daten, die Informationen über die Luftfeuchtigkeit und Temperatur enthielten, an einen Namenlosen, bekam jedoch während dieser langen Tage nie eine Antwort.

Es ist still, sehr still. Das Wort Stille beschreibt den Zustand nicht. Völlige Abwesenheit von Geräusch. Kein Klopfen, kein Rascheln, kein Quietschen, kein Pfeifen. Man benötigt viel Zeit, um sich an diese absolute Stille zu gewöhnen und sich zu akklimatisieren. Es geht darum, zu lernen, daß man, von ihr umschlossen, etwas bewahrt, was die Ärzte neuropsychisches Equilibrium nennen. Wenn ein Mensch nichts hat, womit er sich beschäftigen kann, beginnen seine Gedanken frei umherzuwandern. Wenn er dann nichts hat, woran er seine Gedanken festmachen kann, und seine Welt primitiv und ohne Stimulanzien ist, kann er leicht in Trübsinn verfallen. Dieser dauert vielleicht nicht länger als ein paar Minuten, doch Schwermut, die nicht auf Widerstand trifft, wächst augenblicklich und vermehrt sich, wie eine kranke Zelle, zu einem bösartigen Tumor von Depression. Mit dieser kommen die Sorgen und die Unruhe, und damit hat der Mensch seine Selbstkontrolle verloren. Eine Situation, die schnell lebensgefährlich werden kann.

Ich fand einen zuverlässigen und unbesiegbaren Impfstoff gegen diesen melancholischen Tumor. Arbeit. Als ich Jewgeni Onegin auswendig gelernt und danach alle Postulate, die ich kannte, gedreht und gewendet hatte, nahm ich meinen Stift hervor. Hier muß gesagt werden, daß ich nie ein Künstler gewesen bin. Als ich ein Kind war, habe ich nur zweimal etwas gezeichnet. Das erste Mal, nachdem ich Majakowskis wunderbaren Lenin gelesen hatte. Ich arbeitete damals zwei Wochen an einem Porträt von Wladimir Iljitsch. Das zweite Mal, als ich ein Porträt von Petschorin zeichnete. Ich habe Lermontows Prosa immer geschätzt. Es scheint mir, als konzentrierte sie, edel und glänzend wie der Bergkristall, in sich nur das Beste, alles, was in der russischen Sprache klar, weise und rein ist. Darüber hinaus bewunderte ich Petschorin, diesen Mann der Stärke und des tiefen Gefühls, der das glückliche Land nicht fand, in dem seine brennende Energie den Menschen gut hätte machen können. Als ich jetzt meinen Stift in der Kammer der Stille hervorholte, geriet das, was auf dem Papierbogen heranwuchs, zu den Konturen meines neuen Helden. Nach vier Tagen, einem Zeitraum, den man mir erst später verriet, waren die Ärzte überrascht, auf dem TV-Schirm ein Porträt von Ziolkowski zu sehen. Ich war überglücklich, daß ich einen Ausweg aus meiner aufgezwungenen Tatenlosigkeit gefunden hatte. Als ich am Porträt des phantastischen Genies aus Kaluga arbeitete, hörte ich auf, die Stunden zu zählen. Allmählich wuchs so eine ganze Galerie von Helden auf den aus meinem Notizbuch gerissenen Seiten hervor.

Aber die Stunden schleppten sich weiter voran, und ich verspürte ein Gefühl von Unendlichkeit. Wenn man in einem Raum untergebracht wird, in dem das Echo verschwindet und die einzigen Geräusche, die existieren, diejenigen sind, die man selber hervorbringt, wird die Stille mit einem Mal zu einem physischen Wesen. Der Laut der eigenen Stimme ist flach und unwirklich. Andere, seltsame Geräusche dringen zu seinem Gehirn vor. Er hört buchstäblich das Geräusch, mit dem sein eigenes Blut durch seine Ohren pulsiert. Das Geräusch seiner Atmung wird zu einem heiseren, zischenden Laut, der dem Gehirn, das schwach ist vom Ansturm der Stille, wie ein beängstigendes Brüllen erscheint. Er singt und pfeift und summt jedes Lied, das er sich ins Gedächtnis rufen kann. Er denkt langsam, genau, minutiös, an jedes Ereignis im Leben zurück, das er seinem Gehirn nur entlocken kann. Er studiert die Instrumente jedes Flugzeugs, mit dem er geflogen ist, untersucht haargenau deren Ausrüstung, kontrolliert die technischen Manuale und die Bücher. Er pflückt mühsam ein ganzes Flugzeug auseinander. Ordentlich legt er jedes Teil der Ausrüstung und des Motors auf den Boden, jede Feder, jede Mutter, jeden Bolzen, jede Dichtung, jede Schraube und jedes Triebrad. Langsam setzt er es zusammen, montiert den Motor und baut den Rumpf, startet es, testet es, kontrolliert und ändert und feinjustiert und inspiziert es. Dann verschwindet es aus seinem Kopf, nachdem er das letzte Element eins ums andere Mal zerlegt hat, so lange, bis er zu fürchten beginnt, daß dieser Vorgang sich noch einmal wiederholt, bis er Angst bekommt vor seinem eigenen Unvermögen, den Schein einer wirklichen Zeit und ihres Verlaufs aufrechtzuerhalten. Eine Weile lauscht er akribisch seinem eigenen Herzschlag, notiert die Intervalle und die Pausen zwischen den dumpfen Schlägen in seiner Brust. Er zählt die Schläge. Ein menschliches Metronom, das in ihm rhythmisch weiterpulsiert. Es wird für ihn schließlich zu einem lärmenden und durchdringenden Warnsignal. So absorbiert ist er inzwischen von dem monotonen Geräusch des Herzschlags, daß er mit einer abrupten, unmittelbaren und eiskalten Angst einsieht, daß sich jetzt jeder einzelne Schlag wie ein gewaltiges Krachen anhört. Das Geräusch im Innern seines Kopfes ist zu solcher Lautstärke angewachsen, daß alle Wirklichkeit von ihm verdrängt wird und flieht.

An einem Tag wurde die Tür geöffnet. Der Abgrund zwischen ihren Rahmen erschien mir bodenlos. Zwei Wochen, sagten sie, als ich hinausgeführt wurde, zwei Wochen lang haben wir dich überwacht. Sie stellten mich vor einen Spiegel, und was ich dort sah, weckte in mir den Wunsch zu schreien, aber ich erstickte diesen Schrei rasch, in der Gewißheit, daß er in seiner Lautstärke die Welt entzweireißen würde.

Der Chefkonstrukteur

Von welchem Tag oder sogar welchem Moment könnte man behaupten, daß er den Beginn meines Lebens als Kosmonaut markiert? Das ist eine Frage, die ich mir oft stelle. Wann spürte ich zum ersten Mal, daß der Kosmos nahe war? In welchem Moment war ich mehr als nur ein Mensch? Es hätte der Tag sein können, da die Ärzte und Assistenten mich für tauglich erklärten. Aber so war es nicht. Es hätte auch der Tag sein können, als ich in die Truppe einberufen wurde. Aber so war es nicht. Es hätte der Tag sein können, an dem alle Leutnants bei Marschall Werschinin eingeladen waren. Aber so war es auch nicht. Ja, natürlich, sicher, es ist wahr, daß das Treffen mit dem Oberbefehlshaber etwas ganz Besonderes war. Ich erinnere mich daran, daß wir alle spürten, daß er uns eingeladen hatte, um uns wirklich kennenzulernen, ganz einfach, unter Männern; uns, die ersten, deren Auftrag es sein sollte, unendliche, unbekannte Räume zu erforschen. Der Marschall sprach lange mit jedem einzelnen von uns. Zeigte ein genuines Interesse an unserer Gesundheit und unseren Gefühlen angesichts des Großartigen. Ja, es stimmt auch, daß er von Generalleutnant Nikolai Petrowitsch Kamanin, einem der Helden der Sowjetunion, begleitet wurde. Das machte die Zusammenkunft sicher noch denkwürdiger. Nicht daß ich sie jemals hätte vergessen können. Versteh mich richtig. Als Junge hatte ich so viel über Kamanin gehört und gelesen, diesen kühlen, kühnen Flieger, der seine Maschine auf das spröde Eis im Tscheljuskinlager gesetzt hatte, daß es mir vorkam, als würde ich ihn bereits kennen. Sein Goldstern trug die Zahl Zwei, und in allem war er unser Vorbild und Mentor. Aber es ist dennoch nicht sein Gesicht, das ich vor mir sehe, wenn ich an den ersten

Augenblick denke, den Augenblick der Entscheidung, wenn du so willst. Der erste Tag, an dem ich den Atem des Kosmos spürte, war der Tag, an dem wir zur Anlage fuhren und dem Chefkonstrukteur begegneten. Da, und nirgendwo sonst, liegt der endgültige Scheidepunkt.

Während der Arbeit an Objekt 212 verletzt er sich am 29. Mai 1938 am Kopf. Eine leichtere Verletzung. In der Morgendämmerung am 27. Juni im selben Jahr dringen vier Männer, zwei vom Volkskommissariat für Innere Angelegenheiten und zwei Zeugen, in seine Wohnung in der Konjuschkovskajastraße 28 ein. Die Festnahme dauert nur wenige Minuten, und man gibt ihm keine Zeit, saubere Unterwäsche mitzunehmen. Man klagt ihn wegen umstürzlerischer Tätigkeit auf einem neuen technologischen Gebiet an. Die Zeugen sind Kleimenow, Langemak und Gluschko.

Er wird ins Lefortowogefängnis gebracht, verhört und mißhandelt. Als er um ein Glas Wasser bittet, gibt man ihm das Glas und schlägt ihm dann mit der schweren Kanne auf den Kopf. Er ist, sagen sie, ein Feind des Volkes.

Einige Tage später wird die Tür zu seiner Zelle geöffnet. Heute findet dein Prozeß statt! Sie führen ihn durch einen langen Korridor in einen Raum. Da muß er auf einer harten Holzbank sitzen und warten. Dann wird die Tür geöffnet, und herein treten die für das Verhör zuständigen Männer, angeführt von Woroschilow. Ja, Woroschilow persönlich. Gebt mir die Liste der Anklagepunkte! Woroschilow blickt ihn eindringlich an. Ich habe sie nicht. Und was ist das da in deiner Hand! Ja, das ist wahr, er hält tatsächlich ein Papier in der Hand. Wo ist es hergekommen? Nun ja, denkt er, Woroschilow ist der Kommissar des Volkes, er wird das hier genau untersuchen. Bist du mit den Anklagepunkten einverstanden? Ich habe kein Verbrechen begangen. Keiner von euch, ihr Schweine, hat ein Verbrechen begangen! Zehn Jahre Strafarbeit! Geh! Der nächste!

Er verliert seine bürgerlichen Rechte und alles, was er besitzt. Monatelang ist er in einen Güterwaggon gepfercht, auf dem Weg nach Osten auf den Schienen der transsibirischen Eisenbahn. Endlich an der Küste angekommen, wird er in den überfüllten Laderaum eines Gefängnisschiffs gebracht. Endziel ist Magadan im Osten Sibiriens. Da warten die Gruben von Kolyma und der Goldabbau im Tagebau. Ein berüchtigtes Leichenhaus, gemessen selbst an den Maßen, an denen Leichenhäuser für gewöhnlich gemessen werden. Der Hammerschlag des Morgens gegen das Gleisstück. Das kalte Morgengrauen. Der Boden der Holzschalen ist durch die Grütze zu sehen. Wir können uns glücklich schätzen, Sergej Pawlowitsch, daß es dem Gold beliebte, sich hier so dicht unter die Erdoberfläche zu legen. In den die Erde durchschneidenden Gängen müssen sie bis zu den Knien in dem kalten Wasser waten, das die Böden in diesen schweren Eislöchern bedeckt. Gefühl in den Beinen hat er keines. Die Füße gehen von selbst in den Filzstiefeln. Er bricht sich den Kiefer und verliert fast all seine Zähne.

Fünf Monate vergehen. Er hackt Holz, gräbt, geht hin und her mit Schubkarren, die mal gefüllt sind mit der eisigen Erde, mal mit den Toten, deren Blut diese Erde trinkt. Aber in Moskau holt man zur gleichen Zeit eine Karte mit seiner Nummer aus einer Schublade in einem überfüllten Polizeiarchiv. Und wie durch ein Wunder überlebt er Kolyma, so daß er mit eigenen Händen das Dokument entgegennehmen kann, das ihn zurück nach Moskau ruft, zu einer erneuten Untersuchung seines Falls.

Am Tag, an dem er das Lager verläßt, sammeln seine Kameraden ein paar Kleider zusammen, die ihm für die einhundertfünfzig Kilometer nach Magadan reichen sollen. Er blickt auf die schwarze Masse der Gefangenen, wendet sich dann um und sieht, wie die Sonne hinter den Wolken hervorkommt. Er beginnt, auf sie zuzugehen. Auf dem Weg hält er einen Lastwagen an, und der Fahrer sagt, daß er ihn mit nach Magadan nimmt, wenn er ihm im Austausch dafür seinen gestrickten Pullover gibt. Als er ankommt, erfährt er, daß das letzte Schiff für diese Saison über das Okhotskmeer schon abgefahren ist. Er muß bis zum Frühling in Magadan bleiben. Einige Tage später hört er, daß das Schiff, mit dem er hätte fahren sollen, in einen Sturm geraten ist und alle, die sich an Bord befanden, verschollen sind.

Er sucht einen Ort, an dem er schlafen kann, und findet eine Kaserne. Es ist achtundvierzig Grad unter Null, Vollmond, und der Schnee liegt zwei Meter hoch. Er kriecht dicht an die Wand und zieht die wenigen Lumpen, die er besitzt, über sich. Er wird entdeckt und hinausgeworfen. Er findet eine andere Kaserne, muß aber auch diese verlassen. In seinen dünnen Kleidern friert er, und er hat seit zwei Tagen nichts gegessen. Da geschieht ein Wunder. Da passiert etwas Unglaubliches. Als er im Tiefschnee einen Weg entlanggeht, stößt er auf einen Brotlaib, einen warmen Brotlaib. Nein, nicht nur warm. Es ist ein duftender, seidenglatter und tönender, praller, warmer Brotlaib. Er liegt da und hat den Schnee unter sich zum Schmelzen gebracht. Er legt ihn einen Augenblick an sein Gesicht, saugt seinen Duft ein und befühlt seine Form mit der Hand und ißt ihn dann, bis der Magen sich in Krämpfen zusammenzieht. Geht dann zurück zur ersten Kaserne und legt sich zum Schlafen unter ein Bett, damit er nicht gefunden wird. Als er erwacht, sind seine Kleider am Boden festgefroren.

Als der Frühling kommt, macht er sich auf den Weg Richtung Festland. Auf dem Weg bekommt er Skorbut und wird in Kabarowsk aus dem Zug geworfen, dem Tod nahe. Sein Körper ist aufgeschwollen, sein Zahnfleisch blutet, und die Zähne, die er noch hat, fallen jetzt aus dem Mund. Ein alter Mann kommt von irgendwoher auf ihn zu. Ich werde dir helfen, Junge. Es ist Mai, und das Frühlingswetter ist gekommen. Der alte Mann legt ihn unter einen Baum, das Gesicht zur Sonne gewendet. Als ich meine Augen öffnete, sah ich etwas an mir vorüberflattern. Es war ein Schmetterling. Etwas auf dieser Welt war noch lebendig und schön. Ich lebte! Der alte Mann kommt zurück und reibt sein Zahnfleisch mit einem grünen Kraut ein. Tschirimsa, oder Kolba, wie man es auch nennt. Es wächst wie Gestrüpp und riecht nach Knoblauch. Am nächsten Tag fühlt er sich besser, und in der Woche darauf ist er gesund genug, um wieder in den Zug nach Moskau zu steigen.

Sein Fall wird erneut untersucht, und das Urteil wird von zehn auf acht Jahre Strafarbeit gesenkt. Sie wollen ihn zurück nach Kolyma schicken, aber viele alte Genossen melden sich und treten für ihn ein, unter ihnen Michail Gromow. So wird er 1940 in Andrej Tupolews Scharaga geschickt, in das Zentralkonstruktionsbüro 29. Hier bekommt er Arbeit in der Abteilung Formgebung von Tragflügeln für das Flugzeug 103, das später Tu-2 genannt werden wird.

Wir aßen morgens um sieben Uhr Frühstück. Brei, Butter, weißes Brot, Kaffee, Schokolade oder Tee. Wir bekamen gutes Essen, reichlich Fett. Wir arbeiteten von neun bis eins. Danach das Mittagessen. Brot, Butter, Fleisch oder Fisch, Nachtisch und Fruchtsaft. Wir hatten eine Stunde frei und arbeiteten dann von zwei bis sechs. Wir hatten auch freie Zeit, über die wir selbst verfügen durften. Dann konnten wir auf einem Gelände spazierengehen, das wir den Affenplatz nannten. Den Namen hatte es von den dicken Metallgittern, die es umgaben. Es war kein großes Gelände, etwa so groß wie zwei oder drei Zellen. Um neun Uhr aßen wir Abendbrot. Fleisch oder Fisch und Tee. Sie ernährten uns also gut. Keinesfalls so wie in Kolyma. Wir gingen gegen elf Uhr schlafen. Sie zählten uns jeden Abend. Es gab drei Schlafsäle mit je sechzig Betten. Wir arbeiteten sechs Tage die Woche. Im ersten Jahr durften wir weder Briefe noch Besuche empfangen, aber nach einem Jahr durften Freunde uns besuchen kommen. Bis zum August 1941 arbeiteten wir in dieser Scharaga. Dann wurden wir nach Omsk gebracht, da die Deutschen sich zu der Zeit auf Moskau zubewegten.

Drei Jahre später wird er in eine neue Raketenscharaga in Krasnaja Pliana im Kaukasus verlegt. Dort werden die Gefangenen im Jagdschloß des letzten Zaren einquartiert. Er wird ziemlich bald freigelassen, kehrt jedoch nicht vor dem Frühling nach Moskau zurück. Im September fährt er dann nach Deutschland, wo er die Laboratoriumszüge baut. Und dann weiter nach Kapustin Jar. Eine kalte und leblose Steppe mit trockenem Wermut, grau von Staub, Dornenbüschen und verstreuten kleinen Inseln von Wolfsmilch. Dort gibt es kein Wasser, und der heiße Wind jagt den wirbelnden Staub und die Steppenrenner.

Die Konstrukteure, die neue Flugzeugmodelle entwickeln, können, wenn sie ihre gewagten Ideen in die Wirklichkeit umsetzen wollen, damit rechnen, daß sie mehrere Gelegenheiten zum Probeflug haben werden. Sie haben die Möglichkeit, Fehler zu beheben, etwas an der Konstruktion zu verändern und erneut Tests anzustellen. Sie können Probeflüge mit den neuen Flugzeugen anordnen und mit Hilfe der festen, unumstößlichen Gesetze der Aerodynamik Irrtümer korrigieren. Unser Chefkonstrukteur hat solche Möglichkeiten in der Raumfahrt nicht. Die Berechnungen, die von einer Gruppe ihm unterstellter Wissenschaftler durchgeführt werden, basieren nur auf ein paar wohlbekannten Behauptungen, auf gewagten Vermutungen und Theorien.

Der Chefkonstrukteur stieß zu Anfang auf viele Widerstände. Einige waren der Meinung, daß er nicht mehr war als ein wilder und weltfremder Träumer. Andere hatten wenig oder gar kein Vertrauen zu ihm. Oft ließ man ihn mit seinen Projekten, Plänen und Zeichnungen allein. Er sprach nie mit uns über seine früheren Schwierigkeiten, doch wir hörten andere davon sprechen und entwickelten dadurch nur noch mehr Respekt und Zuneigung für diesen Mann.

Ihn zu porträtieren ist ganz leicht und gleichzeitig sehr schwer. Nicht besonders groß ist er, doch stark und breitschultrig. Immer trägt er einen weißen Leinenanzug und einen Strohhut. Die Art, wie er den Kopf hält und einen ansieht, läßt ihn zunächst mißmutig aussehen. Aber wenn er einem tief in die Augen schaut, erkennt man in seinem Blick nicht nur den eisernen Willen und den klaren Gedanken des Konstrukteurs und Mathematikers, sondern auch die innere Güte eines starken Mannes mit einer großen Seele.

Er ißt sehr schnell, und wenn er das Essen auf dem Teller aufgegessen hat, wischt er ihn mit einem Stück Brot sauber, das er dann hastig in den Mund steckt. Er kratzt sogar die Brösel zusammen, die auf dem Tisch liegen, und ißt auch sie. Erst sehen sie verwundert zu, bis jemand flüsternd sagt, daß das eine Gewohnheit ist, die er sich in den Lagern zugelegt hat. Das lernt man, sagen sie, in den Lagern.

Als wir zur Anlage kamen, begrüßte er uns, als wären wir seine Söhne, und gab uns unsere weißen Kittel. Er führte uns in die Werkstatt, wo die Raumschiffe auf Lager lagen, trat zu einem von denen, die fertiggebaut waren, und sagte ohne weitere Umstände: Hier ist es. Seht es an. Mit dem hier werdet ihr fliegen. Nein, schaut nicht nur, studiert es genau. Wenn etwas nicht stimmt, so sagt es. Erzählt es mir. Wir bringen das gemeinsam in Ordnung. Ihr seid es, die damit fliegen sollen, nicht ich.

Der Sputnik, mit dem wir unseren ersten ehrenvollen Triumph gefeiert hatten, war schon im Weltraum gewesen. Die legendäre Weltraumpionierin Lajka war, mit unter ihrer Haut befestigten Silberelektroden, über hundert Stunden oberhalb des Erdballs geflogen, und die ganze Welt hatte mit angehaltenem Atem die Schläge ihres Hundeherzens verfolgt. Immer größere und kompliziertere Schiffe wurden jetzt in den Weltraum abgefeuert. Und endlich standen wir vor dem Schiff, mit dem einer von uns den Schritt von der Erde weg machen sollte.

Wir standen vor unserem Raumschiff. Eine lange Zeit sagte keiner von uns ein Wort. Wir starrten stumm auf diese schönen Linien. Vor uns ruhte ein schimmernder Silberzylinder, länger als zwanzig Fuß. Im starken Licht der Scheinwerfer glitzerte und glänzte die kegelförmige Schnauze. Wir waren wie Bauern auf einem Markt. Wir gingen um das Raumschiff herum, berührten es, klopften daran, um zu sehen, ob es robust genug war. Es hätte nur noch gefehlt, daß wir mit der Zunge daran leckten, um zu sehen, wie es schmeckte. Alle hatten wir in diesem Moment denselben Gedanken, hatten dasselbe Bild vor Augen. Wir sahen dieses wunderbare Fahrzeug, wie es durch den Weltraum schoß und dabei in jeder einzelnen Sekunde acht Kilometer zurücklegte. Dies war wahrhaftig ein erhebender Augenblick, den wir alle bewegt teilten, wortlos und ohne das Bedürfnis, darüber zu sprechen.

Eine Metalltreppe führte hoch zu einer kleinen Tür an der Seite des Raumschiffs. Ich strich mit meinen Händen über die glatte Metallhaut. Ich weiß nicht mehr, wer von uns zuerst den Schritt ins Innere des Schiffs tat. Aber als ich selbst hineintrat, wurde ich von einem Gefühl erfaßt, das allen Testpiloten bekannt ist, die sich nach langem Warten in die Kabine eines neuen Flugzeugs setzen dürfen. Du kennst es ja selbst. Keiner hat es jemals geflogen. Es hat lange nur in Zeichnungen und Berechnungen existiert. Und hier ist es jetzt, greifbar und flugbereit! Es war bedeutend geräumiger im Raumschiff als in der Führerkabine eines Jagdflugzeugs oder sogar eines größeren Verkehrsflugzeugs. Man konnte frei und unbehindert auf dem bequemen weichen Sessel sitzen. Alles war strahlend, steril und unberührt. Auf der linken Seite befand sich das Schaltpult mit allen Schaltern und Knöpfen, die das Funktelefonsystem, die Kabinentemperatur, die manuelle Kontrolle und die Bremsraketen regelten. Auf der rechten Seite befanden sich der drahtlose Empfänger, der Proviantkasten und der Orientierungskontrollhebel. Direkt vor einem befanden sich ein Instrumentenbrett mit Nadelindikatoren und Signalanordnungen, eine elektrische Uhr, der Orientierer und ein kleiner Globus, der mit Hilfe komplizierter Berechnungen und einer elektronischen Apparatur jederzeit die Position des Schiffs in bezug auf die Erde anzeigen konnte. Wenn das Schiff sich auf seiner Bahn drehte, rotierte er.

An diesem Tag saß jeder von uns einige, viel zu wenige Minuten auf dem Sessel des Raumschiffs. Dieser Sessel war an sich schon ein technisches Wunder. Ausgerüstet mit Sicherheitsgurt und Fallschirmsystem, Katapult und anderen Ejektionsmechanismen und allem, was bei einer Notlandung vonnöten sein konnte, wie Reserveproviant, Wasser und Funkgerät. Alles war leicht, robust und beweglich.

Wir verließen das Schiff in einem Zustand gewaltiger Erregung. In den wenigen Minuten, die wir uns darin befunden hatten, hatten wir gespürt, daß dieses Schiff, das jetzt in unsere Hände gelegt werden sollte, die gemeinsame Schöpfung unseres gesamten Volkes war, vom Metallurgen im Uralberg, der den Stahl für den Rahmen hergestellt hatte, bis zu dem unbekannten Elektriker, der den letzten Stecker in die sensible und komplizierte elektronische Apparatur gelötet hatte.

Von dem Tag an nahm das Schiff all unsere Zeit in Anspruch. Bei all unseren Studien und Prüfungen hatten wir nun seinen glänzenden Metallrumpf vor Augen. Wir übten auf speziellen Gerüsten, wie wir in Beziehung zur Erde steuern sollten. Die Lehrer konfrontierten uns mit festgelegten Szenarien, in denen das Schiff nicht länger auf die automatischen Signale antwortete. Wir mußten es dann selbst in die richtige Richtung steuern, schnell und fehlerfrei, und das Bremstriebwerk genau im richtigen Moment einschalten, so daß alles mit absoluter Präzision funktionierte und wir das Schiff innerhalb des vorgegebenen Radius manuell landen konnten.

Wir trafen oft mit den Planern und Arbeitern auf den Raumschiffswerften zusammen und sprachen mit ihnen über die Konstruktion oder die Plazierung eines Instruments oder einer Einheit. Der Chefkonstrukteur hörte uns ebenfalls aufmerksam zu. Und nicht selten sahen wir, wenn wir das nächste Mal in die Fabrik kamen, daß das, worum wir gebeten hatten, berücksichtigt worden war. Ihr seid es, die damit fliegen sollen, wiederholte er immer. Meine kleinen Adler. Wir spürten, daß er uns voll und ganz vertraute und daß er in uns diejenigen sah, die als erste seine kosmischen Nachkommen testen würden. Wir empfanden nicht nur zunehmenden Respekt vor ihm, sondern auch eine Liebe, wie sie einem Sohn ansteht. Der Chefkonstrukteur wurde wie ein Vater für uns alle.

Jeden Tag wurde uns das Schiff bekannter und vertrauter. Und bald waren wir völlig überzeugt davon, daß wir, falls die automatische Apparatur streiken würde, das Schiff ohne Schwierigkeiten selbständig steuern könnten und daß es uns genauso willig gehorchen würde, wie unsere wohlkonstruierten, schnellen und zuverlässigen MiGs es getan hatten.

Der Chefkonstrukteur machte uns nicht nur mit dem Schiff und mit seinen Plänen bekannt, sondern zeigte auch ein großes persönliches Interesse an unserem Training und unseren Übungen und fragte uns oft, wie wir uns fühlten und wie wir uns auf unseren Weltraumflug vorbereiteten. Ihr wißt, meine Freunde, wenn ihr anfangt zu denken, wenn ihr anfangt zu glauben, daß ihr imstande seid, eine heroische Tat zu vollbringen, dann bedeutet das eigentlich, daß ihr noch nicht reif seid für euren Flug.

Eines Tages beschwerte sich einer von uns lachend darüber, daß uns in der Hitzekammer, in der die Ärzte eine gelinde gesagt hohe Temperatur aufrechterhielten, zu warm war. Denkt an Suworow, sagte der Chefkonstrukteur. Hartes Training, leichter Kampf! Tatsache ist, daß die Wände des Schiffs in der Hitze der Überschallgeschwindigkeit mehrere tausend Grad heiß werden, wenn das Schiff zur Erde zurückkehrt und mit hoher Geschwindigkeit in die dichten Schichten der Atmosphäre eintritt und sich an diesen reibt. Von außen wird es einem Feuerball gleichen, der zur Erde rast. Ich zweifle nicht an der Haltbarkeit des thermischen Schutzes des Schiffs, eine Legierung aus Niobit, Wolfram und Molybden. Es wird nicht schmelzen, auch nicht verbrennen oder die hohe Temperatur in die Kabine weiterleiten. Aber ein Kosmonaut muß für alles bereit sein.

Grauenerregend war der Gedanke, daß man im Inneren einer lodernden Flamme fliegen würde und daß das einzige, was einen vor dieser infernalischen Feuerzunge schützen würde, die dünne Schicht eines speziell hergestellten Materials sein sollte. Der Chefkonstrukteur verstand, was wir fühlten, und zeigte uns eines Tages ein Schiff, das gerade von einer Eintagesfahrt in der Umlaufbahn der Erde zurückgekehrt war. Es glich in allem unserem Schiff, nur seine thermische Verkleidung war an der Oberfläche etwas geschmolzen. Im Inneren hatte sich jedoch nichts verändert. Sogar die Filmrolle, dieser Zelluloidstreifen, so leicht entzündlich wie Schießpulver, war unbeschädigt und intakt. Das überzeugte uns von der Solidität und Zuverlässigkeit der thermischen Rüstung.

Als wir dann die Sache unter uns diskutierten, kam uns der Gedanke, daß diese dünne Schicht vielleicht der Schlüssel zur gesamten stürmischen, kühnen und energischen Geschichte unserer Wissenschaft war. Vor nicht mehr als vierzig Jahren hatten wir nicht einmal ein Paar völlig zuverlässige Galoschen herstellen können, und nun hatten die Wissenschaftler das einhundertfünfundvierzigste Element in der Mendelejewschen Tabelle entdeckt und es in den Dienst der neuen, kosmischen Wissenschaft gestellt, um einen von uns sicher und geborgen aus dem Weltraum zurückzubringen.

So lernten wir Schritt für Schritt nicht nur das Raumschiff zu beherrschen, sondern schlossen auch Bekanntschaft mit den phantastischen Heldentaten unserer Wissenschaft, sahen mit eigenen Augen, wie sie im Dienst einer großartigen Leistung standen, für die Sache des Friedens und des Fortschritts, im Namen aller rationalen Träume des Menschen.

Das Programm

Die erste mit flüssigem Treibstoff betriebene sowjetische Rakete ist hochgeschossen worden! Der 17. August 1933 wird ohne Zweifel ein bedeutender Tag sein, wenn unsere Geschichte, die Geschichte der Gruppe zum Studium der Rückstoßbewegung, geschrieben wird. Von nun an müssen ständig sowjetische Raketen über der Union der Republiken fliegen. Das GIRD-Kollektiv muß alle seine Kräfte aufbieten, damit wir, bevor dieses Jahr zu Ende geht, das Plansoll für die erforderlichen Raketen erfüllen, die von der Roten Armee der Arbeiter und Bauern genutzt werden sollen. Insbesondere muß der Qualität der Arbeit auf der Testbahn, wo es in der Regel immer viele Ungereimtheiten, Unvollständigkeiten und so weiter gibt, besondere Aufmerksamkeit geschenkt werden. Auch müssen so schnell wie möglich andere Typen von Raketen gemeistert und in die Luft geschickt werden, um alle denkbaren Arten reaktiver Technik zu studieren und sie tadellos beherrschen zu lernen. Die Raketen des Sowjet müssen den Weltraum erobern!

Am 28. Februar 1940. Genossen! das erste echte Raketenflugzeug, Roketo, hat sich in die Lüfte erhoben, gesteuert vom Genossen Fjodorow. Ein voller Erfolg! Sein Motor wurde beim Aufstieg von Salpetersäure und Fotogen angetrieben und wog einhundertzehn Kilo. Das Flugzeug wurde von einer Schleppmaschine hochgezogen, um eine ausreichende Höhe zu erreichen. Daraufhin wurden die beiden getrennt, und Roketos Raketenmotoren wurden gestartet. Der Druck in der Verbrennungskammer betrug achtzehn Atmosphären! Stellt euch das vor!

Beachte: Die Kommission für das Studium der Stratosphäre wurde umgebildet und soll von nun an Kommission für die Erforschung der Höheren Atmosphäre heißen.

Am 24. Mai 1949. Der Abschuß unserer ersten R-1A, ausgerüstet mit wissenschaftlichen Instrumenten. Vor dem Abschuß wird die Luft aus speziellen Glasbehältern entfernt, die dann hermetisch versiegelt und unter der Nutzlast installiert werden. Nach dem Abschuß, wenn der Motor gedrosselt wurde, werden die Glasstützen zertrümmert, die Versiegelung wird aufgebrochen, und Luft strömt ein, Luft, die dann zur Erde zurückgeführt wird. Gib nun acht, daß du dich nicht an den Scherben schneidest. Atme sie nicht ein!

Objekt D. Laßt es uns Sputnik nennen! In einer Prozession geht man vor zur Abschußrampe.

Unser erster Sputnik wiegt 83,6 Kilo. Er wird am 4. Oktober 1957 mit der ersten kosmischen Geschwindigkeit hochgeschickt und erreicht eine Höhe von 900 Kilometern über der Erde. Dort bewegt er sich voran, der erste künstliche Erdsatellit der Welt, in einem Neigungswinkel von 65° zum Äquator. Man widmet ihm Gedichte. Sprung in die Zukunft. Spähe in die himmlischen Tiefen. 60396 Telegramme und Briefe kommen an, mit der Adresse Sputnik, Moskau.

In späten Nächten wandert Oleg Gasenko auf den Straßen Moskaus umher. Bei jedem Winseln, bei jedem Bellen zuckt er zusammen und starrt in die Dunkelheit. Ständig auf der Jagd nach neuen Rekruten. Gestern fand ich auf der Piatnitskajastraße eine Lockige, die die passende Größe hat. Nicht zu groß und nicht zu klein. Schön, mit dunkelbraunen, seelenvollen Augen. Kleine Lockige nennt man sie oder

Kleines Insekt oder Zitrone. Vor den Türen des Instituts, draußen im Weltraum, wird sie Lajka genannt.

Andere sind im Vertikalschuß hochgeschossen worden. Zegan und Desik, Smelaja, Malyschka. Smelaja verschwindet am Tag vor der bevorstehenden Abreise. Gräbt sich unter dem Zaun durch und läuft Richtung Wald davon, wo die Wolfsrudel umherstreifen. Die Wissenschaftler blasen gellend in ihre Pfeifen. Sie kriegen sie! Sie wird gefressen! Sie ist verloren! Am Tag darauf wartet sie am frühen Morgen vor dem Tor und unternimmt gemeinsam mit Malyschka einen geglückten Flug. Bobik. Auch er verschwindet, ein paar Tage bevor er hochgeschossen werden soll, ist aber nicht mehr zu finden. Rasch wird auf den Straßen der Stadt nach einem Ersatz gesucht. Sib – das Substitut für den vermißten Hund Bobik, der einzige Name, der ihnen in der Eile einfällt – fliegt an Bobiks Stelle mit einem namenlosen Kameraden. In der frühen Morgendämmerung werden sie hochgeschossen, damit die Rakete während ihres Aufstiegs die Strahlen der aufgehenden Sonne reflektiert. Dann sechs weitere Namenlose. Danach Lisa und Ryrik. Dann acht Namenlose. Danch Ryjaja und Damka. Dann wieder vier Namenlose. Danach Lajka.

Lajka geht in unserem zweiten Sputnik auf die Reise, am 3. November 1957. Dieser wiegt eine halbe Tonne und erreicht eine Höhe von 1600 Kilometern. Beim Klingeln einer kleinen Silberglocke streckt sie sich nach dem Futter. Sie stirbt an Sauerstoffmangel und wird einer kosmischen Kremierung unterzogen, nach Begräbnisriten, die sich über einen zehn Milliarden Kilometer langen Kreislauf um die Erde ziehen.

Im Februar 1958 explodiert unser erster Sputnik 3. Ein zweiter wird am 15. Mai hochgeschickt. Der ist 3,7 Meter lang und 1,8 Meter breit und wiegt 1327 Kilo, wobei die Instrumente den Großteil dieses Gewichts ausmachen, und jagt mit einer Geschwindigkeit von dreißigtausend Kilometern in der Stunde durch den Weltraum. Im Juni desselben Jahres scheitert eine Mondsonde. Im August wird eine Einstufenrakete mit den Hunden Bjelenka und Pjestraja aus 470 Kilometern Höhe nach unten geholt. Rapport abgeliefert am 18. August: »OKB-1. Rapport. Material, die preliminäre Arbeit an der Aufgabe betreffend, einen Erdsatelliten mit Menschen an Bord zu erschaffen (Objekt OD-2).« Im September, Oktober und Dezember scheitern drei Mondsonden. Im Januar 1959 erleben wir einen neuen Triumph. Lunik 1, hochgeschossen mit einer Mehrstufenrakete, deren Gewicht 1,5 Tonnen beträgt, fliegt in einem Abstand von 5998 Kilometern am Mond vorbei und wird der erste künstliche Satellit der Sonne. Ein phantastischer Weltraumschuß. Im Juni scheitert eine Mondsonde. Im Juli wird eine zwei Tonnen schwere Einstufenrakete im Vertikalschuß in die Höhe geschossen. An Bord sind die Hunde Otwaschanaja, dies ist der erste ihrer fünf Abschüsse, und Sneschinka sowie das Kaninchen Marfuscha. Sie werden alle wohlbehalten im Nasenkegel zurückgeholt. Zehn Tage später findet ein ähnlicher Abschuß statt, auch diesmal mit Otwaschanaja, die zurückgeholt wird.

Und welche Organisation wacht über diese gewaltige Armada von Raketen, Raumschiffen und Flugzeugen mit Überschallgeschwindigkeit? Sprecht mir nach. Das macht die Interplanetarische Weltraumkommission! Ihre Mitglieder treten im Nervenzentrum des Raumforschungsprogramms, der Wissenschaftsakademie in Moskau, zusammen. Wie ihr seht, ist das ein gewaltiges Gebäude in Weiß und Gold mit einer imponierenden Fassade und einer tadellosen Parkanlage. So wie sie daliegt, am Ende einer langen und schnurgeraden Einfahrt, in etwas Abstand zur Straße, könnte sie ebensogut eine Oper oder ein Museum sein. Hier widmen sich jedoch einige der scharfsinnigsten Hirne der Welt der Verwirklichung von Ziolkowskis Träumen. Laßt uns eintreten. Halt die Tür auf, du Lackel! Die Akademie hat sich erstaunlich vergrößert. 1917 verfügte sie über ein einziges Institut, fünf Laboratorien, dreizehn Forschungsstationen und sieben Museen. Heute kontrolliert sie einhundertsechzig große Institute und mehr als fünfzig spezielle Forschungsstationen. Die Akademie hat dreihundertfünfzigtausend Angestellte. Die bisher publizierten Rapporte und Aufsätze erreichen die imposante Summe von sechzigtausend Normbögen pro Jahr, übersetzt in vierzehn Sprachen. Die Kommission wacht über eine Million Informationen, von denen man außerhalb der Grenzen des Landes nichts weiß, und ihre Geheimhaltung funktioniert tadellos. Seht her! Wen haben wir da, ist das der Präsident der Kommission, Leonid Sedow. Hallo, Sie! Herr Sedow!

Unsere Wissenschaftler widmeten sich im Jahr 1959 beinahe ausschließlich unserem Programm für die Erforschung des Mondes. Wir hatten alle mit brennendem Interesse den sensationellen Flug unserer ersten Lunik verfolgt. Dieses Fahrzeug und seine heldenhafte Reise in den Weltraum beeindruckten uns gewaltig. Doch die zwei Lunikriesen, die folgten, waren noch bedeutender. Was ihre Flüge anging, so waren die Leitungsanforderungen gelinde gesagt kritisch, und die Folgen der verschiedensten Vorgänge waren bis ins kleinste infinitesimale Detail erfaßt.

Am 12. September raste Lunik 2 mit einer Geschwindigkeit von vierzigtausend Kilometern in der Stunde aus dem Gravitationsfeld der Erde. Fortschritt oder Mißerfolg waren abhängig davon, wie präzise unsere Wissenschaftler die zulässigen Abfeuerungsfehler berechnen konnten. Der Spielraum war gering. Die Positionsberechnungen für diese Flüge sagten voraus, daß wir den Mond unwiderruflich verfehlen konnten, wenn wir mehr als eine Sekunde von der Zeitplanung abwichen, bei einer Brennschlußgeschwindigkeit von ungefähr elftausendzweihundert Metern in der Sekunde.

Wir grölten vor Freude, als die Resultate hereinströmten. Kurz nach Brennschluß erfuhren wir, daß unsere zahlreichen Ortungsstationen das Auftreffen auf der Oberfläche des Mondes nach fünfunddreißig Stunden berechneten. Dreißig Stunden später präzisierten die Wissenschaftler diese Berechnung, und die Ortungsausrüstung zeigte nach einer Weile, daß sie sich nur um vierundachtzig Sekunden verrechnet hatten. Und das bei einem Flug, der über vierhunderttausend Kilometer lang war. Jetzt war unsere Lunik 2 mit Instrumenten, die ein Gewicht von vierhundervierunddreißig Kilo hatten, direkt auf der Oberfläche des Mondes aufgeschlagen. Beim Aufprall verstreut sie zweiundsiebzig sechseckige Silberplaketten, die über die trockene Fläche regnen. Auf der einen Seite ist das Abschußdatum eingestanzt, auf der anderen Hammer und Sichel in einem Kranz unter einem Stern.

Um das Ereignis zu feiern, hängten unsere Lehrer eine große Karte vom Mond in die Messehalle, auf welcher ein roter Stern den Niederschlagsplatz markierte, nur 430 Kilometer vom Mittelpunkt des Mondes entfernt.

Unsere dritte und letzte Mondrakete jenes Jahres verließ die Erde drei Wochen später, am 4. Oktober. Und auch dieses Mal bestätigten die Berichte die unerhörten und unfaßlichen Fähigkeiten unserer Ingenieure. Lunik 3 steuerte am Mond vorbei und teilte sich in einen photographischen Satelliten und eine mit Instrumenten ausgerüstete Trägerrakete. Die Trägerrakete flog weit hinaus in den Weltraum, bevor sie allmählich zur Erde zurückkehrte. Der fotografische Satellit hingegen setzte seinen Flug zur Rückseite des Mondes fort und sendete von dort neunundzwanzig Fotografien an uns zurück. Diese nahmen 252 Monddetails auf, 150 von der erdabgewandten Seite mit eingerechnet, darunter Krater, Meere und neu entdeckte Orientierungspunkte.

Nach diesem erfolgreichen Jahr wußten unsere Wissenschaftler, daß sie jetzt über all die Information, Erfahrung und Ausrüstung verfügten, die notwendig waren, um nun allen Ernstes mit unserem bemannten Weltraumeinsatz zu beginnen.

Am 15. Mai 1960 wurde der bislang schwerste Satellit in die Erdumlaufbahn geschleudert. Er wurde der Welt als Sputnik 4 bekannt. Aber diesen Namen verwandten wir nur für statistische Zwecke. Dieser Satellit war für uns, und ist es bis zum heutigen Tag, das allerwichtigste Weltraumereignis. Sputnik 4 war eigentlich unser Raumfahrzeug 1. Ja, so war es. Es stellte den ersten Schritt in unserem umfassenden Programm für den bemannten Weltraumflug dar. Die Voraussetzungen dafür, daß dieses Programm in seine letzte Phase eintreten konnte, war eine sichere Umlaufbahn und die erfolgreiche Rückkehr von mindestens drei einzelnen wostokähnlichen Raumschiffen zur Erde.

Mit Raumfahrzeug 1 nahm damit das eigentliche Weltraumprogramm seinen Anfang. Es war in jeder Hinsicht beeindruckend. An Bord gab es eine Puppe, die mit voller Kosmonautenmontur ausstaffiert war. Zu Beginn ging alles programmgemäß. Die Steuerausrüstung funktionierte fehlerlos und einwandfrei und schleuderte das Fahrzeug, schleuderte dieses viereinhalb Tonnen schwere Raumschiff in einer Höhe von dreihundert Kilometern in eine nahezu kreisförmige Bahn um die Erde. Das war und ist noch heute eine der formvollendetsten Umlaufbahnen, die je zustande gebracht wurden.

Aber der Flug war nicht gänzlich erfolgreich. Nachdem das Schiff vier Tage lang in seiner Umlaufbahn gesegelt war, sendeten die Wissenschaftler ein elektronisches Signal zu ihm hoch. Im Raumfahrzeug befand sich eine Druckkabine, die zweieinhalb Tonnen wog, und das vorrangige Ziel des Fluges war es, eine kleine Rakete abzufeuern, die diese Kabine vom Fahrzeug trennen, sie in der Umlaufbahn abbremsen und sicher zurück zur Erdoberfläche führen sollte. Aber etwas ging dort draußen im Weltraum schief. So weit war alles gut und schön. Kleine Stabilisatordüsenstrahlen flammten im Vakuum des Weltraums auf. Aber das automatische System justierte die Druckkabine nicht so, wie es sollte. Die Bremsraketen wurden in die falsche Richtung abgefeuert. Anstatt sich also zu nähern, anstatt langsam zurückzukehren, entfernte sich das Raumfahrzeug 1 und bewegte sich in die Höhe, in eine andere Bahn, fünf Kilometer höher als vorher. Trotzdem hielt man diesen Mißerfolg nicht für gravierend. Dies war unser erstes Raumfahrzeug in der neuen Serie von Fahrzeugen. Und im Weltraum war dies der erste Test neuer Bremsraketen und eines neuen Systems für den Wiedereintritt in die Erdatmosphäre.

Am 23. Juni 1960. Beachte: Genehmigung und Unterschriften des Zentralkomitees und des Ministerrats erhalten. Das große Raumflugzeug. Dekret Nr. 715-296: »Von der Herstellung kraftvoller Trägerraketen, Satelliten, Raumschiffen und der Herrschaft über den kosmischen Raum 1960-67.«

Im Juli wurden wir vorübergehend von Niedergeschlagenheit ergriffen, als der zweite Wostokprototyp, das Modell, in dem wir bald fliegen würden, auf der Startplattform explodierte und Bars und Lisitschka in seinem Feuermeer verbrannten.

Hör auf! Jetzt brauchen wir Helden! Jetzt brauchen wir Namen, die sich ins Gedächtnis einprägen. Strelka, Gewicht 5,5 Kilo, 32 cm hoch, 50 cm lang, hell mit dunklen Flecken, ruhig, friedlich und behäbig, fügt sich schnell in die bisweilen kränkende Behandlung, die die Aufgabe mit sich bringt. Belka, Gewicht 4,5 Kilo, 30 cm hoch, 47 cm lang, hell, manchmal düster und reizbar und nicht immer willens zur Zusammenarbeit, zeigt größere Nervosität als ihre Reisegefährtin. Sputnik 5 geben wir ihnen! Sputnik 5 soll ihnen gehören!

Für uns war Sputnik 5 eigentlich Raumfahrzeug 2. In unserer Trauer verbirgt sich auch ein Triumph.

Jetzt müssen diese vierbeinigen Helden dieselben Vorbereitungen durchlaufen wie die menschlichen Kosmonauten. Die Kosmische Station für Physiologische Forschung. Weißbekittelte Assistenten. In isolierten Zellen verbrachte Stunden. Unter ohrenbetäubendem Lärm in der Zentrifuge herumwirbeln. Mehrere Vibrationstests. Serien von Gravitationsexperimenten. Erst im Wasserbehälter mit Atemmaske. Danach in Flugzeugen, die in parabolischen Kurven fliegen. Lernen, Falltüren zu öffnen. Befehlen gehorchen, die mit Funksignalen, unhörbar für Menschenohren, gesendet werden. Ruhe bewahren, bei ständig zunehmender Hitze, bei blendendem Licht und in absoluter Dunkelheit sowie in den Extremphasen der Akzeleration und Dezeleration. Erst

Stunden, dann Tage, danach Wochen am Stück in einem Modell der Raumschiffkabine leben. In einem mit Reißverschluß versehenen, bunten Nylonanzug von einem Laboratorium zum anderen getragen werden oder sich selbst dorthin begeben. Dort werden Atemfrequenz, Körpertemperatur, Blutdruck gemessen und Elektrokardiogramme und Röntgenbilder erstellt. Proben von Haar, Haut, Blut, Knochen, Urin und Muskeln abliefern. Reflexe trainieren und noch kompliziertere Reflexe einüben. Sich an die Begegnung mit dem Unbekannten gewöhnen. Meßinstrumente am Körper tragen. Trainieren, bis zu fünf Stunden am Stück regungslos zu verharren, mit einem Raumgurt auf einer Scheibe am Boden der hermetisch verschlossenen Kabine festgeschnallt. Und sich auch dort Vibrationen, ohrenbetäubendem Lärm und G-Kräften und hohen Temperaturen aussetzen lassen und dabei keinen Versuch unternehmen, sich aus seinem Gurt loszureißen. Futter in Form einer auf Aluminiumblechen ausgestrichenen geleeartigen Mischung fressen, die von Tüchern bedeckt ist, die auf ein Funksignal hin, das vom Läuten einer Glocke begleitet wird, entfernt werden.

Der Zirkus ist komplett! ruft der erste Laboratoriumsassistent. Belka und Strelka, zwei weiße Ratten, fünfzehn schwarze und fünfzehn weiße Mäuse, mehrere hundert Insekten, zwei Tradescantiapflanzen, Samen von Zwiebeln, Erbsen, Weizen und Mais, fünfzig fingergroße Patronenhülsen, die eine Anzahl unterschiedlicher Bakterien und kleine Fragmente konservierter Menschen- und Kaninchenhaut enthalten. Wieder und wieder wird der Zirkus in dem ständig verbesserten Modell der Weltraumkabine versammelt. Diese wird hermetisch verschlossen und auf eine simulierte Fahrt geschickt. Sie wird erhitzt, geschüttelt und in einer riesigen Schaukel umhergeworfen. Wird mit enormer Geschwindigkeit in einer Maschine herumgewirbelt, die an den Festspanner einer Drehbank erinnert und die Beschleunigungs- und Entschleunigungskräfte exakt so wiedergibt, wie sie sich in der Weltraumrakete darstellen werden.

Im August erwacht die lange Reihe der Bildschirme wieder zum Leben. Da sind ihre Gesichter, im Profil und frontal. Puls, Herz, Atmung, Lufttemperatur, Feuchtigkeit. Die Zahlen verändern sich serienweise in den Zeilen der erleuchteten Meßtafeln. Das Personal auf der Startplattform rennt schnell in Deckung. Die Kupplungen des Startgerüsts werden gelöst. Bei der Startkontrolle springt das rote Licht auf Grün um. Mit einem Dröhnen machen die Motoren auf sich aufmerksam. Langsam erhebt sich der Vierhunderttonnenriese vom Erdboden, in einer aufquellenden Wolke aus Rauch und Dampf, die von den in die Erde eingelassenen Kühltanks kommt. Die Pulsschläge erhöhen sich. Die Augen des Assistenten sind auf die zitternden Zeiger der Telemetermesser geheftet und lassen sie nicht aus dem Blick. Die Datenmaschinen produzieren lärmend einen nie versiegenden Strom von Zahlen, basierend auf den gefunkten Mitteilungen, die automatisch eingefüttert werden, um die vermuteten Reaktionen der Rakete zu berechnen. Das bereits unsichtbare Fahrzeug tritt mit einem Neigungswinkel von 64°57' zum Äquator in seine Bahn ein. Das Apogäum, rasselt der Lochschreiber, wird 360 Kilometer betragen. Das Perigäum, rasselt er, 339 Kilometer. Die Geschwindigkeit beträgt 25000 Kilometer in der Stunde und soll sich allmählich auf 36000 steigern. Die erste Umlaufbahn soll innerhalb von 90,7 Minuten vollendet werden. Es sind keine Fehler aufgetreten.

Selbst in ihren wildesten Träumen hätten die Wissenschaftler nicht damit gerechnet, daß das Abfeuern von Raumfahrzeug 2 so erfolgreich sein würde. Der schwere Satellit, praktisch gesehen eine exakte Kopie der Wostok, in der wir eines Tages fliegen sollten, jagte in seine Umlaufbahn. Dort wurde im Innern der Kabine eine Serie von Experimenten eingeleitet, die uns mit vielen Stunden von faszinierendem Filmmaterial versorgten. Stunde um Stunde studierten wir die Bilder, die aus dem Weltraum gesendet wurden. Die Schärfe und Detailtreue der Farbfilme, die mit automatischer Kamera im Innern des Fahrzeugs aufgenommen worden waren, waren beeindruckend.

Der Lärm in der Kapsel ist gewaltig. Ein Hi-Fi-Mikrofon sendet ein Heulen zur Erde, das dem, der die Kopfhörer aufhat, in den Ohren gellt. Die Kühlanlage funktioniert. Die Temperatur ist angenehm. Die Feuchtigkeit ebenso. Der Sauerstoffgehalt hält sich bei etwa dreiundzwanzig Prozent. Der Barometerdruck ist beinahe genau derselbe wie an der Meeresoberfläche, 760 Millimeter.

Juri sieht ihn an. Ich kann mich auch an diese Filme erinnern. Wie wir in einem kleinen Raum im Institut saßen. Wenn ich die Wahrheit sagen soll, so war das keine ganz so angenehme Vorführung. Erinnerst du dich nicht? Die Angst in den Augen der Hunde. Ja, so muß es beschrieben werden. So muß man es nennen. Angst. Es gibt kein anderes Wort. Als die Motoren brüllten, blickten sie starr auf den Boden und lauschten wachsam. In den ersten Sekunden des Flugs wirkten sie ungeduldig und rastlos, aber mit der Akzeleration des Schiffs preßten die zunehmenden Gravitationskräfte sie unerbittlich auf ihre Plätze hinab und hielten sie fest. Erinnerst du dich, wie Strelka, auf ihren Pfoten stehend, versuchte, sich gegen die kompakte Kraft zu stemmen, die sie hinunterdrückte? Erinnerst du dich, daß sie sich erbrach? Das Schiff war bereits in seiner Bahn. Die enorme Beschleunigung hörte auf und wurde von einem plötzlichen Zustand der Schwerelosigkeit abgelöst, und die Hunde hingen plötzlich mitten in der Kabine in der Luft. Ihre Köpfe und Pfoten baumelten traurig herab. Erinnerst du dich daran, daß wir dachten, sie seien tot? Da kehrten sie ins Leben zurück. Belka schien wütend zu werden und begann zu bellen. Als die Glocke klingelte, fraßen sie mechanisch aus dem automatischen Fütterungsapparat. Ich erinnere mich, daß die Filme uns, oder sollte ich vielleicht sagen mir, ein schleichendes Gefühl des Unbehagens einflößten. Ich weiß, daß wir am Abend dann darüber sprachen. Auch du erwähntest die Unlust und den bitteren Nachgeschmack. Natürlich verstand auch ich, daß dies einen einzigartigen Triumph bedeutete und daß ihr Testflug im großen Ganzen unvermeidlich war. Ich war außerdem voller Erwartung und, das muß gesagt werden, brannte darauf, diese Reise selbst zu machen. Doch die Angst in den Augen der Hunde, die vergesse ich nie.

In der Zusammenfassung des Akademiemitglieds Sissakjans heißt es: Es ist nicht zu beobachten, daß die Tiere während der Periode der Schwerelosigkeit irgendwelche sichtbaren Anzeichen von Furcht zeigten. Auch versuchten sie nicht, sich aus den Riemen zu befreien. Der Film, der während des Flugs aufgenommen wurde, zeigt, daß die Tiere den Kopf ausschließlich in dem Augenblick hin und her warfen, als sie in den Zustand der Schwerelosigkeit eintraten [– – –], in den ersten Minuten der Schwerelosigkeit steigerten sich Blutdruck, Atmung und Herztätigkeit, gingen aber nach vier bis sechs Minuten stufenweise in den Normalzustand zurück

[– – –], sie waren nach der Landung leidlich ruhig [– – –], reagierten aktiv auf die Umgebung und auf das Signal der Glocke und zeigten guten Appetit. Mit anderen Worten, an ihrem Verhalten waren keine erkennbaren Abweichungen zu beobachten.

Die neuen Helden kreisen achtzehnmal um die Erde, bevor der Befehl zur Rückkehr gesendet wird. Das Kommandosignal blitzt hinaus in den Weltraum. Die Kabine verlangsamt die Fahrt, der Abstieg hat begonnen. Sie stürzt in die Atmosphäre. Ihre Außenschale ist weiß glühend, als sie heulend hinab- und in die dichteren Schichten hineinrast. Schichten von dünner keramischer Farbe und ein speziell hergestelltes Kühlmittel schirmen die Hitze ab, bevor sie erstickend wird. Auf einer Höhe von 7000 Metern wird der Ejektormechanismus ausgelöst, jene Vorrichtung, deren Konstruktion auf Luftdruck reagiert, und die Arche wird aus der Kabine geschleudert. Fallschirme bremsen den Fall ab, und sie schaukeln langsam nach unten und landen mit einer Fallgeschwindigkeit von sechs Metern pro Sekunde auf dem Erdboden.

Sie haben achtzehn Umlaufbahnen im Weltraum vollendet, einen Flug von gut siebenhunderttausend Kilometern. Eine kleine Schar von erstaunten Landarbeitern steht jetzt um den Behälter herum, der vom Himmel herabgefallen ist. Keine Flugzeuge donnern dort oben, nichts in ihrer Nähe gibt Aufschluß darüber, woher diese weitgereisten Besucher kommen. Ein paar Schritte näher, und sie sehen die handgeschriebene gelbe Mitteilung. Achtung! Dieses Paket ist beim nächsten Sowjet abzuliefern! Einer namens Dimitri Sergejewitsch (er kann es wie immer nicht lassen!) hat den Mut, seine Hand auszustrecken und das Kuvert abzureißen. Öffnet es und breitet den Inhalt auf dem Boden aus. Ein maschinenbeschriebener Bogen. Verehrter Genosse! Diese zwei Hunde enthaltende Kabine, die Du soeben gefunden hast, ist ein wichtiges wissenschaftliches Forschungsobjekt der Sowjetunion. Vergewissere Dich, daß die Hunde in Sicherheit sind, und sende sofort ein Telegramm ab, in das Du gewissenhaft alle Einzelheiten hinsichtlich Oblast, Region und Fundplatz einträgst. Um die Tiere am Leben zu erhalten: (1) wenn die Kabine auf dem Kopf steht, drehe sie um und stelle sie mit den Rädern auf den Boden; (2) schütze die Kabine vor der Sonne, ohne sie von der Stelle zu bewegen; (3) hole einen Arzt, der die Hunde beobachten kann. Die Beobachtung darf ausschließlich durch die runden Öffnungen in der Kabinenluke und durch die Seitenfenster erfolgen; (4) sorge für Bewachung und warte auf weitere Anweisungen. Unterzeichnet: Das Komitee. Ein Telegrammformular, adressiert an Moskau, Kosmos. Gefunden: Kabine mit Tieren und dann Linien für die Eintragung von Oblast, Region, Fundplatz, Name. Dimitri Sergejewitsch dreht sich um, aber bevor er den Mund öffnen kann, kommt schon eine Reihe von Staub aufwirbelnden Lastwagen übers Feld gefahren.

Der Flug von Raumfahrzeug 2 brachte unser Programm für den bemannten Raumflug weiter voran als alles zuvor. Mit diesem Schritt verschwanden die letzten Zweifel an unserer Rakete und unserem System. Von diesem Moment an mußten unsere Wissenschaftler die bereits hervorragende Ausstattung nur noch verfeinern.

Ihren nächsten Abschuß führen sie am 1. Dezember durch. Raumfahrzeug 3, allgemein auch als Sputnik 6 bekannt, schießt in seine Umlaufbahn. Auch dieses Mal ist das Raumschiff ein unbemannter Vorgänger der Wostok. An Bord sind zwei Hunde, Ptscholka und Muschka, sowie eine Anzahl anderer Tiere und Pflanzen. Raumfahrzeug 3 ist gut ausgestattet. In seinem Inneren sorgt ein Satz neuer, sensibler Instrumente für die Übertragung äußerst wichtiger physiologischer Daten. Unaufhörlich funkt dieser Riese Rapporte über die Operationen, die er im Weltraum durchführt. Der Auftrag ist von größter Bedeutung. Während das Schiff um die Erde kreist, wird ein neues automatisches Kontrollsystem getestet, das mit einer elektronischen Berechnungsanlage verbunden ist.

Solange das Fahrzeug auf seiner Bahn fliegt, funktioniert alles tadellos. Alles geht nach Plan. Alle Zeichen deuten auf einen weiteren Erfolg hin. Raumfahrzeug 3 vollendet sechzehn Umkreisungen, und ununterbrochen strömen wertvolle biologische Daten zu den Registrierungsapparaten auf der Erde. Dann geben die Wissenschaftler das Signal für den Abstieg, für die Rückkehr. Die siebzehnte Umkreisung. Noch einmal flammen die Steuerraketen im Weltraum auf. Das Fahrzeug wendet langsam, dreht sich, bis seine elektronischen Gehirne die neue Position befehlen. Ein weiteres Relais klickt, ein Schalter wird geschlossen, und die kraftvollen Bremsraketen werden mit ihrer weißen Hitze gezündet. Raumfahrzeug 3 bremst seine rasende Fahrt um die Erde ab und beginnt sich langsam in die Atmosphäre zu senken.

Aber etwas ist falsch. Unvermittelt blinken die Ortungsstationen die verhängnisvolle Nachricht. Das Raumschiff taucht im falschen Eintrittswinkel zur Erde hinab. Das automatische Stabilisatorensystem funktioniert nicht wie vorgesehen. Und das Schild, jenes Schild, das die schmerzhafte Hitze des Wiedereintritts abwehren soll, eine Hitze, die in Tausenden von Graden gemessen wird, schützt das Schiff nicht. Es schmilzt beim Wiedereintritt und wird zu einer flammenden Metallmasse. Das dicke Metallschild glüht zuerst rot, dann weiß. Dann beginnt es zu zerschmelzen und zu zerfließen. Im Augenwinkel spiegelt sich plötzlich ein greller Lichtstreifen am Himmel, aber niemand sieht, wie Raumfahrzeug 3 kapituliert und seine Passagiere angesichts der gewaltigen Temperatur des Wiedereintritts aufgeben. Innerhalb eines Augenblicks verwandelt es sich in einen unheilvollen Meteor und verschwindet, verglüht zu Asche, die langsam zur Erde schwebt.

Selbstzerstörung. Haben wir darüber diskutiert? Systeme für die kontrollierte Zerstörung des Fahrzeugs. Hat jemand mit ihnen über die Gründe und Folgen gesprochen? Daß der Motor beim Wiedereintritt falsch gezündet wird. Eine zu kurze Zeitspanne der Zündungsdauer hat einen falschen Landepunkt zur Folge. Das wissen sie. Sie schießen über das Ziel hinaus. Sie werden außerhalb des sowjetischen Territoriums landen. Unvertretbar.

Daß Raumfahrzeug 3 verlorenging, war unvermeidbar. Früher oder später mußte bei einem so riesigen und ehrgeizigen Programm ein Apparat unbarmherzig versagen, ein elektrisches System wackeln und in einer grausamen, brennenden Katastrophe enden.

Man erzählte uns zunächst nichts von dem, was geschehen war. Die Spezialisten im Institut fürchteten, daß der unglückliche Abstieg uns in Hinblick auf unseren eigenen Auftrag ängstlich und nervös und vor allem nachdenklich machen würde. Erst mehrere Wochen später erfuhren wir, was geschehen war. Hinter halbblinden Spiegeln stand plötzlich eine Gruppe von Psychologen bereit, die unsere Reaktionen, unsere Mimik und unsere Körpersprache registrierten und notierten, was wir sagten. Unser Lehrer wies uns ruhig darauf hin, daß auch wir, wären wir an Bord des Schiffes gewesen, von den Flammen erfaßt worden und einen glühendheißen Tod gestorben wären. Wir machten Witze vor dem Spiegel. Einer führte das Wort. Na, das lehrt sie wohl, vorsichtiger mit ihrer Ausrüstung zu sein. Vielleicht lassen sie die Wissenschaftler das Raumschiff aus ihrer eigenen Tasche bezahlen! Wir verstanden die Trauer, die der Chefkonstrukteur empfand. In seinem Blick lag eine unausgesprochene Schuld, als würde er nach Worten suchen, die uns aufmuntern, trösten und uns die Gewißheit einflößen könnten, daß für uns, soweit das möglich war, keine Gefahr bestand. Trotz allem sollte sich einer von uns bald in den Weltraum hinausbegeben. Aber wir wußten, daß uns niemand eine Garantie geben konnte. Wir wußten, daß es nicht möglich war, bei einem so gewaltigen Auftrag wie der Erforschung des Universums Unfälle völlig zu vermeiden. Einer von uns legte dem Chefkonstrukteur seine Hand auf die Schulter. Es gibt keinen Grund zur Niedergeschlagenheit. Solche Unfälle kommen sogar vor, wenn man mit einem Flugzeug fliegt, das unzählige Male getestet worden ist. Nichts wird uns geschehen. Sollte es sich zeigen, daß das automatische Bremssystem falliert, dann fliegen wir das Schiff per Hand. Die Augen des Chefkonstrukteurs füllten sich mit Wärme. Er lächelte uns zu. Danke, Jungs. Danke, meine Adler.

Aber, sagt Juri, viele von uns gingen im Weltmeer auch verloren. Siehst du diese Gespenster, die da aufgereiht vor der Wand stehen? Willst du ihnen nicht eine Stimme geben, sie von ihrem Tod, von ihren Qualen erzählen lassen? Warte, Juri Alexejewitsch. Warte.

Es naht der Tag, an dem das erste Raumschiff mit einem Mann an Bord hochgeschickt werden soll. Die Regierungskommission wird den ersten Mann ausersehen, den Pionier ernennen. Puschkin sagte: Wir waren viele im Erdloch. Und wir waren viele Kosmonauten, von denen jeder einzelne bereit war, den ersten Flug zu machen. Wir waren alle bereit, uns auf den Weg zu machen. Ohne ein einziges Mal zurückzublicken, ohne auch nur einen Augenblick vor dem Gesicht zurückzuschrecken, das uns im Weltraum erwartete.

In jener Woche werden sie mit dem grünen Bus zum Kosmodrom hinausgebracht. Da begegnen sie einem Bauernhund mit dunkelbraun und rot geflecktem Pelz. Juri hebt ihn hoch. Er hebt mich hoch. Sie wiegt nicht mehr als knapp sechs Kilo. Er hält mich und streichelt mir den Rücken. Ich schlecke ihm die Hand ab. Er ist dem Hund sehr ähnlich, mit dem ich oft zu Hause in Kluschino spielte. Ich bin, sagt er, dem Hund sehr ähnlich, mit dem er als Kind in seinem Heimatdorf spielte. Wie heißt er? Er fragt nach meinem Namen. Es zeigt sich, daß der kleine Hund bis jetzt nur eine Nummer hat. Wie können wir einen Reisenden ohne Namen in den Weltraum schicken? Nein, das geht nicht. Denkt euch einen Namen aus. Alle beginnen sie, nach Namen zu suchen, aber keiner scheint zu passen. Jetzt müssen wir weitergehen. Hier können wir nicht bleiben. Jemand ruft nach ihm. Ich setze sie auf dem Boden ab. Viel Glück, Zwesdotschka, kleiner Stern. Jetzt habe ich einen Namen. Danke, Juri Alexejewitsch Gagarin. Nächstes Mal bist du dran.

Der Stumme

Warum bist du so still, Iwan Iwanowitsch? Warum verbirgst du den Kopf in deinen Händen? Du lebst doch, Wanja. Oder etwa nicht? Lebst du, ohne es zu wissen?

War er einmal ein Teil des Baums gewesen, oder hatte er in seinen Ästen gesessen und war vor und zurück geschaukelt, wenn der Wind sie in Bewegung versetzte? Wenn die Toten weinen, ist das ein Zeichen dafür, daß sie auf dem Weg der Besserung sind. Da, der schwarze Rabe. Wenn die Toten weinen, ist das ein Zeichen dafür, daß sie nicht sterben wollen. Da, der weiße. Hörst du mich, Iwan Iwanowitsch? Es war einmal ein Stück Holz. Keine wertvolle Holzsorte, weit davon entfernt, ein gewöhnliches Stück Holz. Eines von diesen dicken, massiven Holzscheiten, die in der Winterzeit ins Feuer gelegt werden, um die kalten und ausgekühlten Räume zu erwärmen.

Hatte er einmal eine Stimme gehabt und hatte jetzt keine mehr? Hatte er da drinnen gerufen, wenn auch schwach, und gehofft, daß jemand ihn hörte? Waren das Axthiebe, die durch die Wände seines Zimmers drangen? Wanja, hör mir zu. Sie wollten eine Marionette aus dir machen. Sie wollten dich auf die Bühne stellen, als Teil ihres Puppentheaters. Wollten dich zum Tanzen und zum Singen bringen. Du solltest dich nach der Choreographie bewegen, die sie für dich ausgedacht hatten.

War er einmal über der Erde geflogen? War das im März gewesen? Da kommt es doch nie zu einem Gewitter! Sag, es gibt doch keine Gewitter im März? Woher diese Angst vor dem Dröhnen des Donners? Angst davor, daß sein Laut Blitze ankündigt, die ihn zersplittern werden. Zersplittern?

Er trägt den grellorangefarbenen Raumanzug. Er sendet Funkmitteilungen an die Kontrollstation. Instruktionen für das Zubereiten von Kohlsuppe und Rote-Bete-Suppe mit Sauerrahm. Also hat er doch eine Stimme? Eine Stimme? In seiner Brust hat er einen Chor von Stimmen. Und Mäuse.

Als seine Füße den Erdboden streifen, fällt er hin und bleibt bewußtlos liegen. Iwan Iwanowitsch, dein Bewußtsein hat Jahresringe und Astlöcher. Da rutschen die Gedanken hinaus und verschwinden. Die Truppen des Militärs sperren das Gebiet sofort ab und bilden eine Kette um seinen leblosen Körper. Sie tun nichts, um ihm zu helfen. Stehen nur im Kreis um ihn herum, als warteten sie nur darauf, daß er endlich stirbt. Weiter entfernt sammeln sich die Dorfbewohner gruppenweise. Nähern sich, werden jedoch vom Militär weggescheucht. Warum hilft niemand diesem auf dem Boden liegenden Raumfahrer? Warum diese Gleichgültigkeit und Ungerührtheit? Ein Alter im gestrickten Pullover wagt sich vor. Und er weint. Die Militärs rempeln ihn an, und er fällt in den Schnee. Und auch er bleibt liegen.

In unserer Rettungsgruppe waren wir sieben Experten. Wir wohnten im Hotel Ziguli in Kibyschew. Um die Sicherheitsvorschriften, die man uns eingeschärft hatte, genau zu befolgen, gaben wir unsere wirkliche Identität niemals preis. Wir benahmen uns wie gewöhnliche Gäste und stellten uns mit falschem Namen vor. Wir hatten unser Kennwort. Fünfzehnter. Mit diesem Wort erkannten wir einander. Ich bin der Fünfzehnte. So lernten wir einander kennen, und so wurden wir bekannt. Ich bin der Fünfzehnte. Aufgrund eines starken Schneesturms waren wir gezwungen, zwei Tage in Kibyschew zu bleiben. Da kam plötzlich die Tagesorder. Begebt euch zum Platz. Wir stellten keine Fragen. Wir wußten alle, was dieser Befehl bedeutete. Ein Spezialbus wurde zum Hotel geschickt, und wir wurden zu der nahe gelegenen Militärflugbasis Kryasch gebracht. Die Rettungstruppe wurde nach Ischewsk geflogen. Es war zwei Uhr nachmittags, als wir erfuhren, daß Iwan Iwanowitsch in der Nähe des Dorfs Bolschaja Sosnowka gelandet war, hinter dem Wasserkraftwerk von Wotkinskaja achtzig Kilometer von Ischewsk entfernt. Doch aufgrund des heftigen und anhaltenden Schneesturms konnten weder der Spähtrupp noch die Hubschrauber des Rettungsdienstes zu uns vordringen. Während wir darauf warteten, daß der Sturm abnahm, landeten dreißig Fallschirmjäger, um den Landeplatz zu sichern. Proviant wurde für sie eingeflogen und an Fallschirmen herabgelassen, aber der Sturm verstreute die Lebensmittel über dem Wald, und nicht ein einziges Eßpaket wurde wiedergefunden. Der Schneesturm hielt den ganzen Tag mit unverminderter Stärke an. Erst am Morgen des 24. März wurde es möglich, eine viersitzige Monoplan in die Zone zu senden. Aber die Probleme hörten nicht auf. Das Unternehmen war wie verhext. Beim Start versank eine der Kufen des Flugzeugs in einer tiefen Schneewehe, und ein Propellerblatt zerbrach. Das Flugzeug wurde schnell durch ein anderes ersetzt, und eine Gruppe mit drei Rettungsarbeitern, darunter ich, setzte ihren Weg in Richtung Landeplatz fort. Die Maschine landete in der Nachbarschaft des Dorfs Bolschaja Sosnowka glücklich auf ihren Kufen. Der Schnee unter dem Flugzeug war eineinhalb Meter hoch.

Wenn ich in den Wald hineinfalle, wenn ich lautlos in eine tiefe Schneewehe falle und keiner mich sieht, bin ich dann tatsächlich gefallen?

Wir wußten nicht, wie wir zum Landeplatz vordringen sollten. Ein Dorfbewohner legte nach einigem Zögern seinem Pferd Geschirr an und spannte es vor einen Schlitten und lenkte diesen in die Nähe des Flugzeugs. Mit Pferd und Schlitten erreichten wir schließlich den Landeplatz und die Abstiegskapsel. Zur Hälfte versengt, ein wenig nach vorne gekippt, glich sie einem riesenhaften Zugtier, das man zu hart getrieben hatte. Sie lag jetzt in einer schmalen, schneebedeckten Schlucht, und um ihren verkohlten und noch heißen Metallkörper schmolz der Schnee. Die großflächige Fallschirmhaube, die mit Leinen an der Kapsel befestigt war, lag ausgebreitet da. Einer von uns blieb neben der Kapsel stehen, um Wache zu halten, während die anderen sich zum Landeplatz von Iwan Iwanowitsch begaben.

Die Suche dauert nicht lange. Ein kurzes Stück Weg vom Dorfrand entfernt, dort wo das Feld beginnt, fließt ein Bach. Das Wasser der frühen Schneeschmelze sammelt seine Kraft, als würde es sich bereit machen für einen letzten hartnäckigen Kampf gegen den sibirischen Winter. Auf der anderen Seite des Baches wacht ein Wald, in dem ein schmaler Einschnitt sich mit scharfen Rändern öffnet. In der Mitte dieser Kerbe steht eine große Fichte, dahinter ist dichter Wald. Die Erde scheint dem Ereignis, das jetzt eingetroffen ist, den Weg gebahnt zu haben. Sie scheint darauf gewartet zu haben, dieses Wunder zu umarmen. Als hätten hundertjährige Bäume sich soeben geteilt, um einen kleinen Spalt zu öffnen. Und in dessen Mitte liegt der neue Held, leicht zur Seite geneigt. Im ersten Moment könnte man ihn für einen erschöpften Reisenden halten, der den Kampf gegen die Kälte verloren hat. Aber es gibt ein paar Dinge, die dagegen sprechen. Sein orangefarbener Anzug und sein Helm. Die vielen Schnüre, die von seinen Schultern zu einer großen und bunten Fallschirmhaube führen, deren Mittelpunkt unter der Krone der großen Fichte ruht. Der Himmel ist jetzt wolkenlos, und es ist ruhig und friedlich. Der Sturm, der so viele Tage gedauert hat, ist endlich abgeflaut.

In einiger Entfernung standen mehrere Männer mit Ohrenmützen, langen dünnen Lammfellkappen und abgenutzten Handschuhen. Grimmig zusammengerückt, mit strengen Falten auf der Stirn. Sie murmeln und rufen. Deutlich zeigten sie ihren Zorn auf die Fallschirmjäger, die jetzt dastanden und den Landeplatz bewachten. Die Dorfbewohner hatten vergeblich darum gebeten, daß man sie zu diesem Menschen im Raumanzug vorließ, der frierend im Schnee lag, damit sie ihm ein wenig Hilfe anbieten konnten. Aber die Fallschirmjäger, die Schulter an Schulter Wache hielten, sagten nur etwas von einer Puppe, die Iwan Iwanowitsch hieß, und daß diese Puppe ebenfalls einen Raumanzug getragen hatte.

Weiter weg beginnt eine der Baumspitzen kräftig zu zittern. Ein Vogel, der auf einem der Zweige gesessen hat, erhebt sich und sucht sich einen anderen Baum. Die Axt dort unten klingt dumpfer und dumpfer. Weiße Späne fliegen und legen sich unsichtbar in den Schnee. Man hört ein Krachen von den Axtschlägen. Der Baum bebt, neigt sich, richtet sich schnell wieder auf und wankt. Einen Augenblick lang ist alles still. Dann neigt sich der Baum erneut, der Stamm birst, Äste zerbrechen, und mit gesenkten Zweigen stürzt er in den Schnee. Das Geräusch von Axtschlägen und Schritten verklingt. Mutter?

Der Auserwählte

Den ersten bemannten Raumflug kann nur ein Mann durchführen, der die enorme Bedeutung des Auftrags, der ihm erteilt wurde, zur Gänze erkennt. Er muß aus freien Stücken und von ganzem Herzen damit einverstanden sein, all seine Kraft und all sein Wissen, ja vielleicht den Rest des Lebens auf jede erdenkliche Weise und an jedem erdenklichen Ort der Vollendung dieser Tat zu widmen.

Es fehlte nicht an Freiwilligen. Tausende von Mitbürgern jeden Alters und aller Berufsstände hatten ihren Wunsch ausgedrückt, die Fahrt in den Weltraum machen zu dürfen. Es war Sache der Wissenschaftler, auf wissenschaftlichen Grundlagen die ersten Kosmonauten aus der großen Zahl der Ansuchenden auszuwählen. Ganz oben auf der Liste standen die Flieger.

Während eines Weltraumflugs wird der Kosmonaut einem ganzen System von Kräften und Faktoren und einer beachtlichen Belastung von Körper, Nerven und Gefühlen ausgesetzt. Dies erfordert den Einsatz all seiner moralischen und physischen Kräfte. Darüber hinaus muß der Kosmonaut die ganze Zeit funktionsfähig bleiben. Er muß sich selbst während der schwierigsten Momente des Flugs orientieren können und, falls nötig, sich aktiv am Manövrieren des Schiffes beteiligen. Das heißt, daß große Anforderungen an die Gesundheit, die psychischen Eigenschaften und die technischen Fähigkeiten des Kosmonauten gestellt werden. Der Militärpilot genügt diesen Anforderungen und vereinigt die gewünschten Eigenschaften in sich. Die Arbeit als Pilot erfordert starke Nerven, ein unerschütterliches Gefühlsleben und große Willenskraft, was beim ersten Raumflug von besonderer Bedeutung ist.

Als die erste Kosmonautengruppe zusammengestellt werden soll, bitten sie eine große Zahl von Piloten zum Gespräch; es sind Piloten, die den Wunsch nach einer Raumfahrt geäußert haben. Diejenigen, die sich als am besten vorbereitet erweisen, werden einer sorgfältigen klinischen und psychologischen Prüfung unterzogen. Ziel ist es, den Gesundheitszustand festzustellen und verborgene Mängel oder eine herabgesetzte Widerstandskraft des Organismus aufzudekken. Während dieses einleitenden Ausscheideverfahrens legt man besonderes Gewicht auf die Umstände des bevorstehenden Raumflugs; dadurch will man in einem frühen Stadium das Verhalten und die Reaktionen der Männer testen. Die Untersuchung wird unter Anwendung zahlreicher moderner Methoden durchgeführt. Schließlich bleibt eine kleinere Gruppe von Aspiranten übrig, die sofort mit einem Unterrichtsprogramm und mit dem Training an den Apparaten und Maschinen beginnt. Die Auserwählten weisen, entsprechend den oben genannten Bedingungen, eine hohe Stabilität auf. Aus ihrer Mitte werden dann einige Personen ernannt, die in den Prüfungen besser als ihre Mitbewerber abgeschnitten haben. Aus dieser Gruppe werden schließlich zwei Männer ausgewählt.

Dann einer.

Juri sieht ihn an. Wir tranken Wodka und aßen frische Orangen und Äpfel. Er lächelt. Ich erinnere mich. Es war kurz bevor du dich auf den Weg machen solltest. Wir wußten noch nichts. Keiner von uns. Nikolai Kamanin rief uns ins Büro, nur dich und mich, uns zwei. Was sagte er, als er es bekanntgab? Ich habe es vergessen. Ich fühlte in dem Moment keine Bitterkeit. Vielleicht ein wenig. Sie sagten später, daß ich dich umarmte, aber das tat ich nicht. Sie liebten dich so. Alle. Sie taten das Richtige, als sie dich auswählten. Du solltest der erste sein. Er schweigt. Juri legt die Hand auf seine Schulter. Aber von dem Tag an waren wir unzertrennlich. Bis jetzt sind wir unzertrennlich geblieben.

Es wird Juri Alexejewitsch Gagarin sein. Genossen. Mitbürger. Merkt euch seinen Namen. Hebt euer Glas auf den neuen Helden.

Eineinhalb Jahre vorher tobt eine Auseinandersetzung in der Komsomolskaja Prawda. Sie beginnt mit einem offenen Brief. Eine junge verliebte Studentin in Leningrad schreibt an Ilja Ehrenburg und bittet den großen Schriftsteller um Rat. Sie hat sich mit ihrem Liebsten, einem Ingenieur, gestritten und dabei so tiefgehende Fragen gestreift, daß sie jetzt verzweifelt und ratlos ist. Ehrenburg läßt den Brief drucken und fügt seine eigenen Kommentare hinzu. Aus Diskretionsgründen nennt er das junge Mädchen Nina und den Ingenieur Juri.

Sie glaubten vermutlich, daß ich das war.

Gegenstand des Streits ist Juris Einstellung zu den schönen Künsten. Es gibt, hat er zu ihr gesagt, im neuen Raumzeitalter keinen Platz für altmodische Hirngespinste wie Kunst, Musik und Poesie. Sie ist empört über seine, wie sie es nennt, Gefühlskälte und beschließt, mit ihm zu brechen. Ehrenburg soll ihr jetzt bestätigen, daß sie die richtige Entscheidung getroffen hat. Sind Sie der Meinung, Herr Ehrenburg, daß die Kunst verschwinden soll und daß man die Liebe nüchtern betrachten soll, so wie Juri es tut? Manchmal werde ich irre. Ehrenburg, ein leidenschaftlicher Verteidiger der Künste, stellt sich mit seiner Antwort von zweitausendfünfhundert

Wörtern mit Nachdruck auf die Seite der betrübten Nina. Der Brief und Ehrenburgs Antwort leiten eine hitzige Debatte ein, und diese wird erneut aktuell, als Juri, nicht derselbe Juri, oder ist er es, dazu auserwählt wird, Pionier im Weltraum zu sein. Was ist dieser Mensch? Ein Ingenieur? Ein Künstler? Naturwissenschaft und Ingenieurwesen formen das Gesicht unserer Epoche. Unser Leben wird von der schaffenden Kraft der Vernunft bestimmt und nicht von den Gefühlen. Wir werden von der Poesie der Ideen, der Theorien, der Experimente und Konstruktionen ergriffen. Wir haben keine Zeit zu träumen. »Oh, Bach! Oh, Bloch!« Sie sind veraltet. Die faszinierendsten Erzählungen entstehen jetzt in den Naturwissenschaften und im Ingenieurwesen, sie gründen auf der kühnen, exakten und schonungslosen Vernunft. L. Polestajew, Ingenieur, Moskau. Wie soll ich Bach oder Bloch bewundern können? Was haben sie jemals für Rußland oder für die Menschheit geleistet? Überlaßt die Kunst den Dilettanten. Petruschin, Ingenieur. Ich komme ausgezeichnet ohne Kunst zurecht! Nekrassow, Ingenieur. Ein anständiger Physiker ist zwanzigmal nützlicher als jeder Poet. Lewin, Student. Von den enormen Fortschritten in der exaktesten Wissenschaft, der Elektronik abgesehen, bin ich sicher, daß der Mensch auch im Weltraum kämpfen, leiden und lieben wird. Der Mensch wird auch draußen im Weltraum den Flieder zu schätzen wissen. Elwita Popowa, Mitglied des Kommunistischen Jugendverbands. Ich bin überzeugt davon, daß der erste Weltraumpilot ein Mann sein wird, der Bach und Bloch kennt, der Gorki und Tschechow gelesen hat, der Puschkin und Gogol liebt, denn diese Genies der Musik und der Literatur haben uns seit unserer Kindheit geholfen, mutig, ehrlich und menschenliebend zu werden und stolz auf das zu sein, was wir erreicht haben. Der erste Mensch, der in den Weltraum drängt, wird nicht nur tapfer, sondern auch kultiviert sein. B. Kirrilow, Kizil-Arwat. Auch im Weltraum wird der Mensch einen Strauß Flieder brauchen, und in den Taschen ihrer Raumanzüge werden die zukünftigen Kosmonauten ohne Zweifel Gedichtbände mitführen. Aber in der Dunkelheit und Kälte des Weltraums muß die Naturwissenschaft als Schützerin des Fliederstraußes eintreten. Glänzende Behälter, gefüllt mit flüssiger Luft, werden ihm das Atmen ermöglichen. Er wird vom Halbleiter der Sonnenbatterien warm gehalten. Eine Apparatur für künstliche Gravitation wird eine normale Zirkulation von Säften in seinen glänzenden Blättern garantieren. Platten aus Blei und Graphit werden ihn gegen die tödliche kosmische Strahlung abschirmen, und der starke Rumpf des Raumschiffs wird ihn vor dem Aufprall der schnellsten Meteoriten schützen. R. Leonidow, Ingenieur.

Er kommt wieder zu Bewußtsein. Im selben Augenblick wird er von Wellen des Schmerzes umschlossen, die seine Beine durchfluten und in sein Gehirn sickern. Er liegt im tiefen Schnee auf dem Rücken. Die Beine angewinkelt. Seine Erinnerungen sind unvollständig und fragmentarisch; Granaten, die in die Maschine einschlagen, und der Wald, der hochwirbelt, um ihn aufzunehmen. Als er sich aufsetzen will, wird er ins Dunkel gefegt und fällt zurück in den Schnee. Nach einigen Stunden kommt er wieder zu Bewußtsein. Der Schmerz ist jetzt von der Kälte betäubt. Er setzt sich auf und sieht auf seine Beine hinunter. Sie sind gebrochen und zerfetzt, von den Knien abwärts. Wenn er die Stiefel abnimmt, wird er sie nie wieder anziehen können, und ohne sie werden seine Füße bald erfrieren. Der Luftkampf hat ihn weit über die Linien des Feindes gebracht, und er weiß nicht, wie weit entfernt von der Front er sich befindet. Aus der Ferne vernimmt er Gewehrfeuer und weiß, daß er sich darauf zubewegen muß, Richtung Osten. Aus einem Ast macht er eine Krücke und zwingt sich dazu, sich aufzurichten. Er zieht sich selbst vorwärts, Meter um Meter. Stunde um Stunde, Tag um Tag, geht er weiter Richtung Osten. Alle zehn Meter fällt er hin und bleibt im Schnee liegen. An den Abenden kriecht er ins Unterholz und verbringt die Nächte in einem unruhigen Schlummer, ständig aufgeweckt von der Kälte und vom Schmerz. Nach ein paar Tagen kann er sich nicht länger aufrecht halten. Er schleppt sich auf allen vieren durch den Schnee. Am siebten Tag findet er eine Handvoll Beeren, die er verschlingt. Am elften die Leiche eines Kavalleristen, die Arme zum Himmel gestreckt. Am neunzehnten Tag hört er Kinderstimmen. Er liegt da, das Gesicht im Schnee, und versucht seinen keuchenden Atem zu kontrollieren. Das war die Erzählung von einem richtigen Mann. Hattest du dieses Buch auch in deiner Tasche? Wir lasen es, bis es auseinanderfiel, neben den vielen Theoriebüchern und Manualen. Wie er würden wir sein, wie Mareschew, als er durch den Schnee vorwärts kroch. War es nicht so? Das Buch zerfiel in Fetzen. Erinnerst du dich an das Bild von ihm, wie er auf dem Bett sitzt, nach vorne gebeugt. Er stützt die Ellbogen auf seine Knie und lehnt die Stirn gegen die Arme und verbirgt sein Gesicht. Die Decke bis zur Taille hochgezogen, um die Beine zu verbergen. Weint er? Juri nimmt ein Stück Papier hervor, das er in der Tasche gehabt hat, und faltet es vorsichtig auf. In den Falten haben sich Risse gebildet. Er streckt es ihm entgegen. Siehst du?

Am letzten Tag haben sich alle im Institut versammelt. Sie rufen seinen Namen, und er steht auf und schaut sie der Reihe nach an. Er wurde auserwählt, sie zu verlassen. Ich bin stolz darauf, der erste zu sein, der die Reise in den Weltraum macht. Ich versichere euch, Kameraden, daß ich alles tun werde, um den Auftrag zu erfüllen, den die Partei und die Regierung mir gegeben haben. Ich schließe mich den vielen Wissenschaftlern und Arbeitern an, die das Raumschiff geschaffen haben, und widme meinen Flug dem 22. Kongreß der Kommunistischen Partei der Sowjetunion.

Am Morgen fahren sie nach Moskau. Wandern langsam um die Mauern des Kreml, auf den Wällen am Fluß. Legen am Puschkinmonument einen Kranz nieder. Begleitet von den Schlägen der großen Glocke im Spasskajaturm gehen sie über den Roten Platz. Bleiben vor dem Mausoleum stehen, salutieren und verfolgen die Wachablösung. Die Fahne knattert im Wind über dem Kremlpalast.

Am selben Abend fliegen wir zum Kosmodrom. Wir werden von unserem Befehlshaber Jewgeni Anatoljewitsch und von Kamanin begleitet. Wir sitzen schweigend da. Vor den Fenstern sehen wir die weißen, luftigen Wolken, und in den Rissen dazwischen taucht die Erde auf, weiß gefleckt von den letzten Schneeresten. Ich blicke dich an. Wenn du zurückkehrst, werde ich mich auf die Reise begeben. Wenn du nicht zurückkehrst, werde ich mich auf die Reise begeben. Wenn du weit fliegst, werde ich weiter fliegen. Wenn du nicht zurückkehrst, werde ich dich nie vergessen. Sagte ich das?

Das Kosmodrom

Im Institut hatte man uns bereits genau über den Ort in Kenntnis gesetzt, den bis dahin keiner von uns kannte, den wir aber bis ins kleinste Detail kennenlernen würden. Ich spreche jetzt vom Kosmodrom, dem wichtigsten Ort der Raketentechnik und dem Vorposten der Menschheit, unserem letzten Fußabtreter auf der Erde, bevor wir den gewaltigen Schritt ins Universum machen sollten.

Er mußte so nah wie möglich am Äquator liegen, damit die west-östliche Rotation der Erde den abgefeuerten schweren Raketen zusätzliche Kraft geben konnte. An einem Tag im Mai 1955 machen Oberingenieur Wladimir Barmin und seine Männer den ersten Spatenstich an einem der einsamsten Orte der Erde. Eine weitgestreckte, völlig platte und unfruchtbare Steppe. Die neue Anlage wird um eine alte Siedlung herum gebaut, dort, wo ein geliebter Sohn begraben liegt. Ein geliebter Sohn? Ich habe gehört, daß es eine Pfeilspitze war, die der Gegend ihren Namen gegeben hat. Sei es, wie es ist. Jedenfalls ignorieren sie den alten Ortsnamen und geben dem Ort den Namen der kleinen Stadt, die dreihundertsiebzig Kilometer nordöstlich von dem liegt, was das große Kosmodrom werden soll. Sie sagen, daß es südwestlich von Karaganda liegt, obwohl es sich eigentlich an der Eisenbahnstrecke Richtung Taschkent, am Syr-Darja-Fluß befindet. Verstecken es zwischen Eisenbahnanschlüssen und toten Gleisen und präzizen Angaben von Graden und Minuten. Wo, sagtest du, lag es?

Metertiefer Schnee bedeckt die Steppe von Oktober bis März, und die Schneestürme sind zahlreich. Im April wird es halbwegs erträglich, wenn der Schnee schmilzt und die Steppe zwei oder drei Wochen lang blüht. Wenn die Blumen verwelkt sind und das letzte Schmelzwasser verdunstet ist und seichte Pfützen zurückgelassen hat, beginnt der schwirrende Paarungstanz der Mücken. Schließlich, während des langen Sommers, wird die Erde hart wie Ziegel, die Hitze ist unerbittlich, und die Sandstürme fegen unversöhnlich über Menschen und Maschinen hinweg. Die Ingenieure wohnen in Zelten. Sie frieren und schwitzen abwechselnd, frieren, schwitzen. Ihre Ausrüstung ist mangelhaft. Mit Schaufeln und mit Spaten machen sie sich an die Arbeit.

Ein Flugplatz, ein riesiges Hangargelände, wo Raketen zusammengebaut und kontrolliert werden können. Blockhäuser und Bunker, eine Stützplattform und der Flammengraben an der Basis des ersten Abschußturmes. Die zweihundertfünfzig Meter lange Plattform liegt auf soliden Betonpfeilern, die in ihrer Höhe und Größe gewöhnlichen Mietshäusern gleichen. Wie ein riesiger Balkon über eine Bergwand ragt sie in der Nähe eines alten Bergwerks über einen befestigten Abhang hinaus.

Ein grüner Bus holt sie am Eisenbahnhalteplatz östlich vom Aralsee ab. Sie holpern langsam voran, zweihundert Kilometer über die platte, sandige und grasbedeckte Landschaft. Das erste, was sie am Horizont sehen, ist eine lange Reihe glänzender Betonhäuser, und über ihnen schweben Hebekräne in der Luft. Als sie aus dem Bus steigen, werden sie von einem jungen Ingenieur in geflickter, bunter Kleidung empfangen. Ich arbeite seit 1953 hier. Ich war der erste. Er breitet die Arme aus und geht im Kreis herum. Ich habe mit der Hitze des Sommers und der Kälte des Winters gekämpft, Telefonmasten montiert, eigenhändig Lastwagen aus dem

Klammergriff des Wüstensands gezogen und Hunderte, Hunderte von rechteckigen Gebäuden gebaut. Kosmograd! ruft er. Tswesdograd!

Wir kamen im Kosmodrom, einer kleinen bebauten Insel im grenzenlosen Ozean der Steppe, an. Da lag es, in einem breiten, fast flachen Tal, das mit Hilfe eines sinnreichen Systems für künstliche Bewässerung verschiedene Gräser und Bäume ernährte, darunter einige Pappeln. Das Kosmodrom war eine Stadt und doch wieder nicht. Als man es baute, hatte man an einen Hafen gedacht, von dem aus die Kosmonauten ablegen und in ihren feuerbetriebenen Fahrzeugen tief in den Weltraum segeln konnten. Es mußte ein abgelegener Ort sein, von dem aus der Angriff auf den Weltraum ungestört in Szene gesetzt werden konnte. Wir blickten voller Stolz und Erwartung über diese Raumstation. Lampen der unterschiedlichsten Größe leuchteten in allen Farben des Regenbogens. Sie brannten bei Nacht und bei Tag, bei Sturm und bei klarem Wetter, sie schimmerten von hohen Türmen und zeichneten die Konturen monströser Stahlplattformen nach, folgten den Straßen und leuchteten von den Hubschraubern und Flugzeugen, die ununterbrochen rund um den und über dem Weltraumhafen zu schweben schienen. Das Kosmodrom war ein ausgedehnter, elektronischer, technologischer Schoß für die Feuer, die wir in dem Vakuum entfachen sollten, das hoch oben still über uns lag. Massive Gebäude aus Beton und Stahl lagen dicht aneinandergedrängt unter den aufgetürmten Kranportalen und Plattformen. Runde Betonbuckel in der Erde verrieten, wo die Bunker vergraben waren; die Bunker, in denen ein paar Auserwählte sich aufhalten durften, wenn die letzte elektronische Orchestrierung in Gang gesetzt wurde, die das phantastische Finale der Zündung und der Befreiung der Riesen aus ihren Stahlklammern und den Aufstieg von ihren Abfeuerungsarenen einleitete, ein Finale, das gleichzeitig Schlußakt und Ouvertüre war. Das große Betonfundament, das unser letztes Sprungbrett darstellte, stand an der Kante eines sechzig Meter tiefen, kaum kilometerbreiten, natürlichen Einschnitts in der Bergkette, die quer über den Abschußplatz lief. Da, auf dieser in Betonblöcke gegossenen Bühne, sollte unsere Aufführung des großen Symphoniefinales seinen Anfang nehmen. Das Hauptgebäude protzte mit seinem langen weißverputzten Holzbalkon, von dem aus das Publikum, die mit Fernglas ausgerüsteten Beobachter, dem dröhnenden Verlauf des Finales folgen sollten. Tief unter dieser Stadt, wenn ich sie so nennen darf, hatten Arbeiter einen enormen Raum in die Erde gegraben, mit einem hochgewölbten Dach und umgeben von kilometerlangen Korridoren. Hier verbarg sich die riesengroße, unterirdische Kontrollzentrale, der Mittelpunkt unserer Weltraumoperationen, das Netzwerk, von welchem aus alle Aktivitäten angeordnet und kontrolliert wurden. Das Abschußgelände war von sanft gewelltem, mit hohen Birken und Fichten bewachsenem Flachland umgeben. Ununterbrochen, in dichtem Strom bewegten sich Autos und Lastwagen über das Gelände. Eine vierspurige, riesengroße Betonautobahn schnitt schnurgerade durch das Kosmodrom, verließ es durch die letzte Reihe der Gittertüren wieder und verschwand in der Ferne. Andere Straßen führten über die Ränder der Raumstation hinaus zu riesigen Wohngebieten, zu einer Stadt nahe der Stadt, wo viele tausend Arbeiter und das wissenschaftliche Personal ihr Heim hatten.

Noch tragen sie die Erinnerung an das offene Fenster mit sich. Alle sechsundzwanzig Monate steht das Fenster einen kurzen Moment lang offen. Und das letzte Mal werden sie nie vergessen. Eine Flamme schießt aus der Düse der zweiten Stufe. Der kraftvolle Feuerstrahl sprengt den Oxidationstank. Die Rakete und die Abschußrampe werden von einem tosenden Feuersturm verschluckt. Im selben Augenblick wird die Kamera, die den Abschuß filmen soll, automatisch aktiviert. Der leidenschaftslose Film. Noch lebende Menschen, in rennende Fackeln verwandelt. Die Rakete bricht mit Getöse in der Mitte entzwei, fällt auf die Startplattform und zerquetscht alle, die noch leben. Einige werden vom Feuer verschlungen. Einige verschmelzen mit dem Boden. Andere, weiter entfernt, werden von giftigen Gasen bezwungen. Einhundertfünfundsechzig. Einige können sie identifizieren, mit Hilfe von verkohlten Medaillons, Uhren. Urnen, gefüllt mit verbrannter Erde, werden nach Moskau überführt.

Während das Kosmodrom, wenn man so will, als ausführendes Zentrum unserer Weltraumaktivitäten diente, arbeitete das kritische Gehirn ungestört in einem ganz anderen Gebäude. Da gab es zehnmal so viele große elektronische Rechenmaschinen wie Menschen. Im Kontrollraum wurden mehr als sechshundert verschiedene Bahnen zum Mond errechnet.

Die vielen Glühlampen machen den Raum sehr warm. Das Kühlsystem ist nicht kraftvoll genug, um die Wärme abzuleiten. Du kannst mir ruhig glauben, daß wir versucht haben, es zu verbessern, aber es ist uns nicht gelungen. Sogar mitten im Winter, wenn die Temperatur sich über Wochen bei um die vierzig Grad unter Null halten kann, ist das Gebläse, das die Luft von draußen hereinsaugen soll, vierundzwanzig Stunden am Tag eingeschaltet. Du kannst dir vorstellen, was das bedeutet! Der Rauhreif dringt ein und setzt sich an den Wänden fest. Bei der Arbeit muß man unter dem Laborkittel einen Wintermantel tragen. In regelmäßigen Abständen werden neue Arbeiter zu uns geschickt, und jeder von ihnen versucht an seinem ersten Arbeitstag, das Gebläse auszuschalten, bevor er das Schild sieht. Ich habe dir doch schon von der Aufschrift auf dem Schild geschrieben? Das Gebläse ist der Freund des Arbeiters. Laß es immer arbeiten.

Im Kosmodrom bekamen wir ein ganzes Viertel für uns. Wir teilten uns trotzdem die Zimmer und schliefen in Betten, von denen eins aussah wie das andere. Unser Training und unsere Vorbereitung gingen weiter, nur die Maschinen und die Simulatoren waren neu. Eigentlich hatte sich nichts geändert. Manchmal machten wir lange Spaziergänge rund um das Viertel und den Berg hinauf. Sie rieten uns davon ab, aber wir bestanden darauf, einen Teil der Zeit so verbringen zu dürfen, wie wir es wollten. Ständig folgte uns ein Wächter im Abstand von etwa zehn Metern, und wir mußten beinahe flüstern, damit dieser nichts hörte. Die Abende verbrachten wir meistens im Billardzimmer, wir hatten das Radio an und unterhielten uns, während Musik spielte. Stille machte uns plötzlich zu schaffen. Die Schatten in den Ecken machten uns zu schaffen. Wir gingen mit abgewandtem Gesicht an dem Raum vorbei, der auf keiner Zeichnung vorkam und nie erwähnt wurde. Selbst wenn wir allein in einem Raum waren, hatten wir das Gefühl, daß dieser voller Menschen war.

Das elektronische Gehirn und das Kosmodrom sind durch mehrere tausend Kilometer lange Telefonleitungen, Funkkabel und das interne Fernsehnetz unsichtbar miteinander verbunden. Alles, was sie im Kosmodrom vorhaben, und alles, was sie tun, wird von einem Dutzend Männern auf Bildschirmen beobachtet. Trotz des kilometerlangen Abstands zwischen diesen beiden Orten sind sie, in elektronischem Sinn, ständig unter demselben Dach.

Zedernholz

Am letzten Abend schlafen sie in einem kleinen Häuschen, das sich nahe bei den schweren Betonfundamenten des Abschußplatzes befindet. Sie schlafen auf speziellen Matratzen, aus denen man die Füllung entfernt hat. Man hat Druck- und Bewegungsmesser in den Matratzen untergebracht und Leitungskabel um die Stahlfedern gewickelt. Die Leitungen hängen nach unten und laufen von ihren Betten durch ein frisch gebohrtes Loch in der Wand zu einem Kasten draußen, in dem einige Batterien gedämpft summen. Von dort schlängelt sich ein kräftiges schwarzes Kabel einige hundert Meter weiter zu einem abgelegenen Gebäude, kaum mehr als ein Holzschuppen, wo die Ärzte jetzt die Nacht zwischen Instrumentenzeigern und Hebeln verbringen werden.

Wir sagten nein zu Schlafmitteln. Warum fragte er uns, ob wir Tabletten haben wollten. Er, der den Piloten nicht einmal dann Pyramidon gab, wenn sie unter schweren Kopfschmerzen litten. Erinnerst du dich? Wir sagten dann, daß wir gut und traumlos geschlafen hatten. Aber wir machten in dieser Nacht kein Auge zu.

Der Morgen kommt mit einer klaren Aprildämmerung. Die Natur selbst scheint an der großen, gewaltigen Vorstellung teilhaben zu wollen, die jetzt beginnen soll. Sie schafft ungebeten alle Voraussetzungen und meteorologischen Umstände, die den Behauptungen zufolge einen geglückten Flug ankündigen. Der Himmel streckt sich wie ein Baldachin in die Ferne, schwach leuchten die Sterne, die bald den Weg weisen werden. Sie liegen lange schweigend da und sehen, wie das Licht sich langsam in den dunklen Raum hineintastet. Wladimir Jasdowski kommt mit dem Chefkonstrukteur zu ihnen und schaltet die Lampen ein. Was ist denn das, meine Falken? Wollt ihr nicht aufwachen? Es ist schon fünf. Sie tun so, als wären sie soeben aus einem tiefen und ungestörten Schlaf erwacht, strecken sich und gähnen. Die gesammelte Truppe der Ärzte kommt von ihrem kleinen Bretterschuppen herüber. Na, wie habt ihr geschlafen? Genauso, wie ihr es uns gelehrt habt.

Wir wurden einer hastigen ärztlichen Untersuchung unterzogen, aßen unser Frühstück aus Tuben und wuschen uns schnell. Dann warteten wir geduldig, während die Ärzte ihre medizinischen Sensoren auf unseren Körpern anbrachten. Ununterbrochen wollten sie von ihren Bildschirmen und Meßgeräten auf der Erde die Medizingeschichte ablesen, die zeitgleich, Augenblick für Augenblick, Pulsschlag für Pulsschlag vor ihren Augen von einem Mann im Weltraum geschrieben wurde. Die elektrischen Drähte, die unsere Herzschläge registrierten, waren mit Funksendern verbunden, die sie durch den Raum nach unten schickten. Jewgeni Anatoljewitsch Karpow gab jedem von uns einen Blumenstrauß. Die alte verrunzelte Frau, die sonst in dem kleinen Häuschen wohnte, hatte sie uns geschickt. Schicken Sie Mütterchen Akimowna unseren Dank. Ihr Sohn war Pilot und ist im Krieg abgeschossen worden. Danken Sie ihr und umarmen Sie sie in unserem Namen.

Dann mußten die Raumanzüge angezogen werden. Das war eine mühsame Prozedur, die die Hilfe von mehreren Technikern in Anspruch nahm. Jede unserer Bewegungen wurde von den forschenden und wachsamen Blicken der Ärzte und Ingenieure überprüft und registriert. Die leichte weiße Wollunterwäsche. Der himmelblaue Leichtgewichtoverall aus Nylon. Die orangefarbenen Raumanzüge. Sie zogen zuerst mich an und dann dich, denn du solltest sowenig wie möglich schwitzen. Wir standen geduldig und still da, während die Anzüge kontrolliert wurden. Druckdichtung, elektrische Anschlüsse, Sauerstoffzufuhr und sicher hundert andere Dinge mehr.

Wir verließen unser Häuschen und gingen hinaus zum Bus. Die Morgendämmerung war jetzt zu einem klaren Aprilmorgen geworden. Du hattest auf dem einen der vorderen Doppelsitze Platz genommen, und ich saß hinter dir. Die Straße vor dem Bus wand sich unter einem hohen, klaren und hellblauen Himmel dahin. Der Fluß war vom Schmelzwasser angeschwollen, und in einer Lichtung am Ufer saß ein Fischer, eine unbewegliche Verkörperung der Geduld, mit einer selbstgebastelten Angel in der Hand. Auf der anderen Seite kreiste hoch oben eine Schar Wildenten. Der Bus drosselte die Geschwindigkeit und kam bei der Raketenbasis zum Stehen. Wir verschlangen sie mit unseren Blicken; diese Rakete, die aus einer grazilen Struktur glänzender Eisenstreben heraus- und hochzuwachsen schien.

Einige Tage vor dem Abschuß fährt ein schwerer Eisenbahnwaggon, ein Transporterektor, auf breiter Spur rückwärts zur Betonplattform vor. Seine Last, die über die Seiten des Waggons hinausragt, wird vom Erektor in eine vertikale Stellung gebracht und dort von den Haltern der Stahltürme ergriffen. Die weiße Rakete hat zwanzig Hauptmotoren und zwölf kleinere. Sie gleicht einem riesigen Feuerwerkskörper, und der erste Strahl der aufgehenden Sonne spielt auf ihrer sich verjüngenden Spitze.

Wir standen einige Sekunden an der Basis der Rakete zusammen, neben dem gewaltigen Montageturm. Sind wir jemals, vorher oder nachher, so klein gewesen? So, mein

Freund, jetzt ist es wirklich. Wir versuchten einander zu umarmen, aber in unseren Raumanzügen waren wir plump und unbeholfen, und wir schlugen nur dreimal unsere Helme gegeneinander. Der Chefkonstrukteur kam zu uns und gab dir eine glänzende Kopie der sechseckigen Plaketten, die Lunik 2 auf der Oberfläche des Mondes verstreut hatte. Eines Tages, Juri Alexejewitsch, kannst du vielleicht aus dem Mondstaub eine der echten aufheben.

Ich fand, daß das Raumschiff schöner war als alle Lokomotiven, Dampfschiffe, Flugzeuge, Paläste und Brücken zusammen. Es wurde von zwanzig Millionen Pferdestärken angetrieben oder, wenn man so will, von allen Pferden, über die der Zar im Rußland der Jahrhundertwende verfügt hatte.

Leb wohl. Im Aerodromaufzug wurdest du zu deiner Kapsel hochgefahren, die sich über der massiven Mehrstufenrakete befand. Ihr Name war Wostok, dein nahezu fünf Tonnen schweres Stahlschiff. Du wandtest dich um.

Liebe Freunde, ferne und nahe, Landsleute, Mitbürger aller Länder und aller Kontinente! In einigen Minuten wird dieses mächtige Raumschiff mich in den weitgestreckten und abgelegenen Raum des Universums hinaustragen. Was kann ich euch in diesen letzten Minuten vor der Abreise noch sagen? Mein ganzes Leben erscheint mir nun wie ein einziger schöner Augenblick. Alles, was ich getan, alles, wofür ich gelebt habe, tat ich nur für diesen Moment.

Die Tonbandgeräte raschelten wie Gras im leichten Wind. Du hobst deine Hand. Von meinem Platz aus konnte ich die offene Luke sehen. Du warst klein jetzt, aber dein orangefarbener Raumanzug leuchtete, als du den letzten Schritt in die Wostok hinein machtest. Ich stand da und blickte unverwandt zu deinem Fahrzeug hoch. Plötzlich überwältigte mich mit aller Wucht die Erkenntnis, daß dieses glänzende Metall bald in der wogenden Strahlung des Weltraums baden würde. Ich stand im Schatten der großen Rakete. Ich spürte am eigenen Leib alles, was du durchmachtest. Die dreißig Bolzen in der Luke der Kapsel. Ich wollte die Streben und Stangen hochrasen, mich hineinlehnen und deine Hand fassen, aber du warst allein in deiner neuen Welt aus Stahl und Energie.

Sie führten mich hinab zur Kontrollzentrale und halfen mir dann aus dem Anzug. Wir warteten. Du wartetest dort oben allein. Tausend Geräusche füllten den Raum und vermischten sich mit den Stimmen der Männer, die die Zahlen des Countdowns herunterleierten. Ich sah die Basis der Rakete Feuer speien, als die Motoren entzündet wurden und Steine und Schotter von der Druckwelle in die Luft geschleudert wurden. Die klauenartigen Stahlklammern klappten nach hinten weg, und später, viel später, brandete mir mit Verzögerung der Laut entgegen. Er schlug gegen meinen Brustkorb und rüttelte an meinen Sinnen. Der solide Betonbunker vibrierte vom Lärm. Das Licht vom Ausstoß der Rakete war grell. Ich mußte blinzeln, und die Flecken tanzten vor meinen Augen, aber ich konnte die Rakete nicht aus dem Blick lassen. Ich sah sie sich erheben und aufsteigen, emporklettern und zu einem Funken, einem verblassenden Abdruck auf der Netzhaut schrumpfen, bis alles, was übrigblieb, eine Rauchspur war und eine Stille, betäubender als die Feuerexplosion zuvor. Plötzlich war das Betonfundament öde und leer.

Der Chefkonstrukteur sitzt an einem mit grünem Stoff bespannten Tisch, ähnlich dem Stoff eines Spieltischs. Vor sich hat er sein Zweikanalradio und ein einsam glänzendes Telefon, über dessen Leitung er das Kennwort geben kann. Ein Wort, das sofort das Katapultieren des Kosmonauten einleiten sollte, falls während der ersten vierzig Sekunden der Reise das Schlimmste eintreten sollte. Er fürchtet jetzt die brüllenden Stürme vor Kap Horn, fürchtet, daß dieser Sohn, den er in den Weltraum entsandt hat, gezwungen wird, inmitten dieser tosenden Winde zu landen. Wenn die obere Raketenstufe versagt. Die Telemetrie strömt auf dem Papierstreifen in einer Reihe von Fünfen vorbei. Fünfen. Alles ist gut. Dann plötzlich verändern sich die Zahlen vor seinen Augen. Eine Reihe von Dreien. Dreien. Einige Sekunden unbeschreiblichen Terrors. Zweien stehen für Funktionsuntauglichkeit. Was ist eine Drei? Was will denn eine Drei sagen? Ein Abgrund öffnet sich und schließt sich dann wieder. Da, ein Strom von Fünfen. Fünfen. In einem Strom von Fünfen.

Plötzlich war ich allein. Plötzlich war auch ich allein.

Einhundertacht Minuten warst du fort.

Als ich zum Landeplatz kam, wollte ich nur dich sehen, deine Hand schütteln, alles hören, was du auf deinem unsterblichen Raumflug erlebt hattest, hören, wie deine Reise hoch oben über der Erde gewesen war. Ich sah dich umringt von einem Haufen Wissenschaftler und Generäle. Zuerst glaubte ich, daß ich mich dir niemals nähern könnte, aber dann begann ich mich langsam durch die Menschenmenge nach vorne zu drängen. Du erblicktest mich und schobst alle anderen zur Seite und liefst auf mich zu. Wir umarmten uns und boxten einander liebevoll und spürten die Schläge kaum. Wie war denn nun die Schwerelosigkeit? Wie war es dort draußen? Kaum hattest du die Erde erreicht, wurden Straßen, Gebäude, eine Bergspitze und ein Gletscher nach dir benannt.

An diesem Abend brachten sie uns zur Datscha. Nachdem du dich ausgeruht hattest, gingen wir zusammen am Ufer der Wolga entlang, bewunderten den großen russischen Fluß, machten Witze und lachten, sprachen über die Zukunft und das, was kommen sollte. Du sahst zum Himmel hoch und verstummtest, in Gedanken versunken. Woran denkst du? Die Sonne dort oben. Dort oben glüht sie stärker als das flüssige Metall, mit dem ich in der Eisenhütte zu tun hatte. Ich sehne mich danach, fliegen zu dürfen. Du verstummtest wieder.

Am Tag darauf trennen sich unsere Wege, und ich fliege in einer Iljuschin 18 nach Moskau. Die ganze Zeit höre ich, wie mein Name wiederholt wird. Wir landen auf dem Wnukowoflugplatz. Als ich durch die Kabinentür hinaus auf die Gangway des Flugzeugs trete, schlägt mir eine Woge des Jubels entgegen. Die Filmkameras beginnen wie wütende Wespen zu surren. Ein Orchester in der einen Ecke stimmt das alte Lied der Flugwaffe an. Flieg höher und höher, höher. Irgendwo dort draußen wartet Nikita Chruschtschow. Da warten Vater und Mutter in ihren Alltagskleidern. Er mit der Schreinermütze, sie mit dem Bäuerinnenschal. Sobald ihn jemand anblickt, nimmt er die Mütze ab, verneigt sich und streicht sich mit der Hand über das dünne Haar. Der lange rote Teppich, achtzig Meter. Ich habe erst wenige Schritte gemacht, als ich sehe, daß der Schnürsenkel meines rechten Schuhs aufgegangen ist. Was geschieht, wenn ich darauf trete? Die Wanderung den Teppich entlang dauert länger als meine Reise um die Erde. Er küßt mich dreimal. In einem blumengeschmückten Auto bringen sie mich in die Stadt. Blumen, Blumen entlang der langen Straße. Banderolen, Fahnen und farbige Lampen. Blumensträuße, Fahnen mit Raketensilhouetten, Banderolen und Wimpel. Nun zum Mond. Weiter zu den Planeten. Durchbruch in das Unbekannte. Willkommen zu Hause, unser Held Juri Gagarin. Es lebe der Kolumbus des Weltraums. Sie fahren weiter, den Leninski Prospekt entlang. Jeder Balkon geschmückt mit seiner eigenen roten Fahne. Die breiten Boulevards haben sich in schmale Bäche verwandelt. Der Rote Platz, wie ich ihn nie gesehen habe. Neben dem Historischen Museum haben sie ein riesengroßes Porträt aufgestellt. Neben der Wasilikirche ein siebzig Fuß hohes Modell einer Rakete, die in den Weltraum hinausfliegt. Sie führen mich auf die Tribüne. Wir können mit Zuversicht sagen, daß wir unsere sowjetischen Raumschiffe auf immer abgelegenere Routen führen werden. Seine Rede. Jetzt, ruft er und schlägt mir kräftig auf den Rücken, können wir tatsächlich einen Menschen berühren, der aus dem Weltraum zurückgekehrt ist. Im Hintergrund brüten die krenelierten roten Mauern des Kreml, der sahneweiße Palast mit den grünen Dächern und die Kirchen, deren vergoldete Kuppeln mit den Fenstern in der Abendsonne um die Wette glänzen. Das vielfarbige Juwel der Wasilikirche gleicht einer Insel. Blumen, Blumen. Der Empfang in der Georgiewskihalle. Die Wände und Säulen aus milchweißem Marmor, Leuchter aus Kristall und Gold, die hoch über unseren Köpfen glitzern. Zarte Ballerinas tanzen mit korpulenten, medaillenbehängten Marschallen. Zirkusartisten lachen, als Weltraumtechniker miteinander anstoßen. Unter donnernden Hochrufen und Applaus und einem nie enden wollenden Gläserklingen befestigen sie den Leninorden und den Goldstern auf meiner Brust und umarmen mich. Einer nach dem anderen. Die Menschenmassen tanzen und singen auf dem Roten Platz und füllen die Gorkistraße und den Kai der Moskau. Vielfarbige Feuerwerke spiegeln sich in ihrem ruhigen Wasser.

Du wurdest der Erste Kosmonautische Pilot der Sowjetunion. Und Held Nummer 11175 der Sowjetunion. Du bekamst so viel Post, daß sie dir eine eigene Postleitzahl gaben. Erinnerst du dich daran? Moskau sieben null fünf. Und wie viele Medaillen wurden nach deiner Reise verliehen? 6924.

Ich begegnete Arbeitern in Manchester, finnischen Schiffbauarbeitern, Weinbauern in Bulgarien und Stahlarbeitern in der Tschechoslowakei. Ich reiste ein weiteres Mal um die Erde, jetzt jedoch auf dem Landweg. Und wohin ich auch kam, man begegnete mir mit aufrichtiger Freude, mit Zutrauen und Stolz. Sie sahen in mir einen Kollegen, einen Siedler und zugleich einen, der einen Weg geebnet hat. Kannst du das verstehen? Bei diesen Menschen, denen ich begegnete, gab es nichts Gekünsteltes, keine verstockten Gedanken. Ihre Gefühle waren echt.

Zurück in seinem Heimatdorf, wird er von einer Gruppe Bäuerinnen empfangen. Sag, Juri, hast du ihn gesehen? Wen? Und wie konnte er dich so nahe an sich herankommen lassen? Eine Frau zieht ihn am Haar und betrachtet sein Gesicht genau. Wo sind deine Brandwunden?

Als du zurückkamst, besuchten wir Kaluga und Ziolkowskis Grab. Erinnerst du dich an das Gefühl, mit dem wir davor standen? Es wurde von einem Obelisken gekrönt, und die Sonne hob die auf dem Piedestal eingravierten und vergoldeten Worte hervor. Der Mensch wird nicht für alle Zeit auf der Erde bleiben. Im Streben nach Licht und Raum wird er sich zuerst scheu über die Grenzen der Atmosphäre erheben und dann voranrücken, bis er den ganzen zirkumsolaren Raum erobert hat. Wir legten einen Kranz nieder und standen still. Just in diesem Moment wölbte sich am Himmel über uns ein Regenbogen.

Dann brachten sie dich fort. Sie brachten mich hierher. Hier waren nur ich und Wladimir Sergejewitsch und Wanja. Bevor du kamst.

Der Adler

Die Tage vergingen unmerklich. Ich und Kosmonaut Nummer drei arbeiteten jetzt Seite an Seite mit den Ingenieuren und Technikern, um die letzten Vorbereitungen abzuschließen. Wir inspizierten die Raketen und das Raumschiff, kontrollierten die Instrumente und fuhren nebenher mit unserem Flugtraining in der Kabine fort. Jeden Abend, wenn unser Tagewerk beendet war, kehrten ich und die Nummer drei zurück zu dem Häuschen, in dem du und ich zuvor gewohnt hatten. Jetzt schlief er in deinem Bett.

Sie arbeiten im Schatten einer unmittelbaren Bedrohung. Sie arbeiten unter einer Unruhewolke, überirdisch, für sie unsichtbar, in der sich jedoch eine große, schlummernde Gefahr verbirgt. Sein Auftrag steht seit langem fest. Weit im voraus sind Direktiven ergangen und Richtlinien erstellt worden. Er soll länger im Weltraum bleiben als Juri Alexejewitsch. Viel länger soll er da draußen bleiben, viel länger, und da vielleicht erkennen müssen, daß er einem heißen und gewaltigen und gleichgültigen Feind im Weg steht; einem Feind, dessen brennende und strahlende Truppen auf der breitesten aller Fronten voranrücken. Jede Stunde kontrollieren die Astronomen aufs genaueste die Intensität der Eruptionen und die Stürme auf der Oberfläche der Sonne. Dieses scheinbar regellose Inferno hat seine brennende Festung einhundertfünfzig Millionen Kilometer entfernt von der Bahn, die man für ihn berechnet hat. Aber trotz dieses gewaltigen Abstands ist es in der Lage, auch seinen Körper einzuhüllen. Zwei Wochen vor seiner geplanten Abreise schleudert die Sonne einen spektakulären Sturm hinaus. Eine gewaltige Partikelwolke jagt unsichtbar durch den

Weltraum und fegt über die Erde hinweg. Wer sich außerhalb der Erdatmosphäre befindet und dieser elektrischen Gewalt im Weg steht, wird von schädlicher Strahlung überflutet. Doch, so sagen sie, versprechen sie, versichern sie, die Sonne wird, während er sich im Weltraum befindet, nicht ein einziges Körnchen ihrer Wut in Richtung Erde schleudern.

Die Zeit verging schnell, und bald war wieder der letzte Abend gekommen. Wir waren zu viert beim Abendbrot, Nummer drei und ich und Jewgeni Anatolyjewitsch und Andrej Viktorowitsch. Wir aßen nahrhafte Weltraumkost, drückten sie aus der Tube direkt in den Mund und sprachen über alles außer über den morgigen Tag. Nach dem Abendbrot bekamen wir Besuch vom Chefkonstrukteur. Zusammen machten er und ich und Nummer drei einen kurzen Spaziergang am Rand der Anlage entlang. Er gab uns einige letzte Ratschläge und Weisheiten und Instruktionen mit auf den Weg und lenkte unsere Aufmerksamkeit erneut auf die allerwichtigsten Momente des Flugs. Nummer drei ging zur Rechten des Chefkonstrukteurs und ich zu seiner Linken. Der bloße Anblick seiner untersetzten, gutgebauten Statur und der Klang seiner festen Schritte, als er über den Kiesweg ging, flößte uns neuen Mut ein und stattete uns mit größter Zuversicht für den morgigen Tag aus. Hoch über uns hinterließ in diesem Moment eine Sternschnuppe eine Spur am Himmel, wie ein Diamant, der in eine Glasscheibe ritzt.

Bevor wir zu Bett gingen, mußten wir uns einer Routineuntersuchung unterziehen. Mein Puls war stabil, die Atmung regelmäßig, der Blutdruck normal. Wir sagten gute Nacht und zogen uns in unser kleines Zimmer zurück. Es war warm; eine drückende Wärme. Wir öffneten die Fenster weit und stellten Ventilatoren neben unsere Betten. Ich konnte unmöglich schlafen. Lange lag ich da und folgte dem Muster der Wände mit den Augen. Schließlich gab ich auf. Ich ging hinaus, nahm eines der Mannschaftsautos und fuhr zur Abschußrampe. Dort stand ich einen Augenblick still vor Bewunderung vor der enormen Rakete, die sich hoch über den Erdboden erhob. Sie glänzte im starken Scheinwerferlicht, geschmückt mit Kabeln und schützenden Häuten für die wichtigsten Teile, in denen die empfindliche Kontroll- und Steuerungsausrüstung angebracht war. Ich fuhr im Aerodromaufzug hoch zur Wostok. Über der Rakete, hoch über dem Erdboden, wehte der Wind stark und kalt. Ich kletterte in die Kabine. Die Geräusche von draußen verschwanden mit einem Mal, und ich fühlte mich vollkommen ruhig. Dies war jetzt mein Zuhause. Dies war zu Hause. Ich kannte jeden Quadratzentimeter des Raumschiffs. Jedes seiner Teile war funktionell und erfüllte exakt seinen Zweck, und doch strahlte jedes Teil auch eine einzigartige Schönheit aus, die nicht aufhörte, mich in Staunen zu versetzen. Ich glitt langsam in den Pilotensessel hinab und entspannte mich, bis ich mich völlig behaglich fühlte. Meine Hand bewegte sich leicht über das Instrumentenbrett, und vorsichtig berührte ich den Schalter des Funkgeräts und liebkoste ihn, vor und zurück, an und aus. Ich sah mich um, langsam. Nichts fehlte. Alles war vorhanden. Alles war da.

Endlich zurück im Häuschen, kroch ich ins Bett. Ich hörte ein schwaches metallisches Klopfen, das von irgendwoher aus dem Kosmodrom kam, aber vergaß es schnell und schlief ein. Nummer drei hatte da bereits einige Stunden geschlafen.

Es wurde in der Nacht kälter. Ich wachte von der Kälte auf und schaltete die Ventilatoren aus. Nummer drei schlief immer noch in derselben Stellung, beide Hände unter dem

Kinn. Es stand ein Strauß Rosen auf dem Tisch. Die Blumen schienen in der Dunkelheit zu leuchten; sie waren jedenfalls die hellsten Punkte im Raum. Wer hatte sie dorthin gestellt? Ich weiß es immer noch nicht. Ich träume selten, und ich träumte auch in jener Nacht nicht. Am Morgen wurde ich von Jewgeni Anatolyjewitsch geweckt. Als seine kühlen Hände mich berührten, öffnete ich sofort die Augen. Andrej Viktorowitsch weckte Nummer drei. Na ihr, hier wird nicht mehr geschlafen. Raus aus den Federn jetzt, meine Herren. Ich hatte das Gefühl, daß die beiden Ärzte eine schlaflose Nacht verbracht hatten. Sie waren gute Freunde und hatten sich ohne Zweifel gegenseitig wach gehalten.

Dann wurden wir einer weiteren ärztlichen Untersuchung unterzogen. Die Apparatur, die unsere physiologischen Funktionen registrieren sollte, wurde mit unseren Körpern verbunden. Ich kannte diese Prozeduren gut und hatte mich daran gewöhnt, seit ich bei deinem Flug als Reserve gedient hatte. Ich fühlte mich innerlich ebenso ruhig wie damals. Wir machten eine Serie leichterer Übungen und aßen dann unser Frühstück aus den üblichen bronzefarbenen Weltraumtuben. Danach war es Zeit zum Ankleiden. Zuerst brachten die Ärzte eine weitere Anzahl medizinischer Sensoren auf unserer Haut an. Danach halfen sie mir in die weiße Wollunterwäsche. Alle Kabel mußten richtig angebracht und befestigt werden. Dann der blaue Leichtgewichtoverall aus Nylon und meine Strümpfe. Die Techniker kamen schließlich vor zu mir, um mir in den grellorangefarbenen Weltraumanzug zu helfen. Die elektrischen Kabel, die in der Kabine angeschlossen werden sollten, schleiften lang hinter ihm her. Meine Stiefel wurden an Ort und Stelle befestigt. Der weiße Helm wurde über meinen Kopf gezogen und an dem metallenen Halsreifen des Anzugs angeschlossen.

Wieder wurden wir mit dem grünen Bus zur Startplattform gebracht. Jetzt saß ich auf dem einen der vorderen Doppelsitze, und Nummer drei saß direkt hinter mir. Die Straße war eine lange gepflasterte Linie, umgeben vom Meer der Steppe, das aus Wermut und Thymian und anderen blühenden Gräsern bestand. Der Horizont verlor sich in einem schimmernd heißen Dunst, das Metall war zu heiß zum Anfassen. Wie ein majestätisches Monument unserer Zeit stand die hochaufgeschossene, grazile Trägerrakete mit dem an ihrer Nasenspitze befestigten Raumschiff da. Rundherum erhoben sich Metallplattformen, Gerüste und Kräne. Ich liebte und liebe noch alles, was hoch aufragt und stattlich ist und sich in den Himmel reckt. Hohe Gebäude, alte Turmspitzen, Radiomasten, mächtige Eichen, Schiffshölzer. Aber alle zusammen können es nicht mit der atemberaubenden Schönheit der Weltraumrakete aufnehmen, mit ihrem mächtigen Körper, bereit, den Sprung in den Weltraum zu tun. Ich empfand eine große Trauer darüber, daß diese wunderbare Schöpfung, dieser Höhepunkt der menschlichen Vernunft und des ausgetüftelten Handwerks, in der oberen Atmosphäre zu einem Nichts verbrennen sollte, wenn sie das Raumschiff auf seine Bahn gebracht hatte.

Zu einem Nichts?

Ich stieg die Eisenstufen hoch, die zur Plattform neben der Tür des Aufzugs führten. Ich wandte mich um und blickte über das Meer von Menschen. Ich widme diesen Flug dem 22. Kongreß der Kommunistischen Partei! Ein gellender Jubel schlug mir entgegen. Auf ein baldiges Wiedersehen, liebe Genossen und Freunde! Einen langen Augenblick stand ich still da und blickte zum ersten Mal auf die gewaltige Rakete, die mich von der Erde wegtragen sollte. Die alte Sieben.

Gute alte Sieben. Ich lauschte dem Geräusch von Leben, das aus ihren vielhundert Tonnen von Metall und Brennstoff zischte. Schließlich hob ich beide Hände über den Kopf zu einem abschließenden Gruß an die Menschen, die ihre Gesichter nach oben gewandt hatten.

Im Atlantik und im Stillen Ozean liegen Schiffe in einer Reihe, in präzisem Abstand, in exakten, von Latitüde und Longitüde und dem Koordinatennetz über der flüssigen Oberfläche der Erde vorherbestimmten Abständen. Die Navigatoren an Bord der Schiffe beobachten die Sterne, während die Funker den Wissenschaftlern über Funk signalisieren, daß es soweit ist.

Die elektronische Zerstörung von Minuten und Sekunden geht weiter.

Ich hatte gewaltige Karten von der Erdkugel studiert, auf denen der Weg des Raumschiffs eingezeichnet war. Während meiner siebzehn Runden würde ich über jeden Kontinent und jeden Ozean fliegen. Ich würde mit meinem Flug beinahe alle Länder der Welt in einer gigantischen Sinuskurve abfliegen. Auf eine Karte gezeichnet glich mein Flug einer Straße, die sich in weitem Bogen einen Berg hinaufwand.

Ich glitt in den Sessel hinein und hakte meine Riemen und Schläuche fest. Alle elektrischen Anschlüsse waren jetzt verbunden und gesichert. Die Luke hinter mir wurde fest verschlossen und lautlos abgedichtet. Irgendwo arbeitete kaum hörbar ein elektrischer Motor. Der Aufzug brachte die letzten Besucher nach unten, und ich war endlich mit den Instrumenten allein. Eines von ihnen blinkte mich an, das war das Signal, das bedeutete, daß die Luke jetzt verschlossen und versiegelt war. Die große Prüfung konnte jetzt beginnen. Ich fühlte mich, als wäre ich endlich nach Hause gekommen. Jetzt gab es keine Sehnsucht mehr. Alles hier war wohlbekannt und vertraut. Schalter und Knöpfe und Kontrolltafeln. Und der großartige glänzende und bunte Globus, eine Abbildung unseres Planeten, der unisono mit all den Ozeanen und Kontinenten rotieren würde, die bald auch unter meinem Raumschiff rotieren sollten. Dieser Globus würde mir vollkommen exakt und zuverlässig anzeigen, wo ich mich zu jedem gegebenen Zeitpunkt befand im Verhältnis zu der Erdoberfläche weit unter mir. Ein Kreuz in der Mitte des Glases bezeichnete den Punkt, über den ich hinwegraste. Ich ließ die Hände hastig über die Instrumente gleiten. Ich studierte die Meßzeilen, ließ den Blick über die flimmernden Zeiger schweifen, die zitternd auf den erleuchteten Kontrolltafeln warteten. Über mir strahlte gedämpftes Rot, Gelb, Grün von der Farbindikatorentafel.

Er atmet jetzt Luft, die reiner ist als in jeder Behausung auf der Erde.

Ich fliege zu der einsamen Straße, dorthin, wo die Galaxis glänzt und ein Stern mit einem anderen Stern spricht.

Der Druck in der Kabine war derselbe wie an der Meeresoberfläche, aber die Luft war gereinigt und frischer als dort. Wenn ich an den Reglern drehte, die sich in bequemer Reichweite befanden, konnte ich Feuchtigkeit, Druck und Temperatur justieren. Hier hatte ich völlige Kontrolle über meine Welt.

Neben dem rotierenden Globus befand sich, am Instrumentenbrett angebracht, der einzigartigste Geschwindigkeitsmesser, den die Welt jemals zu Gesicht bekommen hatte. In einem kleinen schwarzen Rechteck würden sich die Zahlen verändern, sobald meine Bahn ihren Anfang genommen hatte. Nicht Meilen und nicht Kilometer wurden dort registriert, sondern die Anzahl der Runden und Zehntel der Runden, die ich bei meinem Flug um die Erde vollendete.

Er braucht nur einen Schalter umzulegen und dann die Finger seiner Hand um einen polierten schwarzen Griff aus Ebonit zu schließen. Mit diesem Hebel kann er selbst das Raumschiff fliegen. Die manuelle Kontrolle paßt perfekt in seine gewölbte Hand. Es gibt eine Mulde für jeden Finger und, unter seinem Daumen verborgen, einen kleinen weißen Knopf. Andächtig hält er das kleine Instrument, mit dem er eine fünf Tonnen schwere Masse kontrollieren kann, die mit einer Geschwindigkeit von acht Kilometern in der Sekunde durch den Weltraum jagt.

Nach einigen Minuten hörte ich, wie die stützenden Tragebalken abgenommen wurden. Die Kabine war so bequem wie ein erstklassiges Hotelzimmer. Im Pilotensessel konnte ich sitzen oder liegen, arbeiten und ruhen. Alles war in Blickweite und leicht zu handhaben. Jeder Schalter, jede Halterung, jeder Regler war in Reichweite. Ich konnte während des Fluges ohne Schwierigkeiten gleichzeitig das Schiff steuern, Funkkontakt mit der Erde halten und Aufzeichnungen im Logbuch machen.

Ich fragte mich, ob es jetzt im Kosmodrom genauso still war wie in meiner Kabine. Ohne Zweifel sangen die Grillen überall auf der Steppe. Da hörte ich die Stimme des Chefkonstrukteurs in meinem Kopfhörer. Wie fühlst du dich? Gut! Sie brauchten gar nicht zu fragen, sie wußten ebensogut wie ich oder sogar besser, wie es um mich stand. Die

Ärzte studierten aufs genaueste meine Werte, die von den Instrumenten registriert wurden, notierten meinen Blutdruck und sahen, wie die Kurven meines Herzschlags auf einem Papierstreifen aufgezeichnet wurden. Ich lauschte meiner eigenen Stimme und hörte, wie ich es unwillkürlich wiederholte. Gut! Ich fühle mich gut. Wie ist es? Ich hörte die Stimmen meiner Kameraden. Sie machten Witze, lachten, waren vergnügt und voller Erwartung. Sollen wir ein wenig Musik machen? Was willst du hören? Spielt, was ihr wollt. Es knisterte in meinem Kopfhörer. Ich hörte ein Lied. Ich liebe dich, Leben. Und danach: Freunde, ich baue auf die Raketenkarawanen. Das Lieblingslied der Kosmonauten. Stop! Die Musik wurde ausgeschaltet, und die Stimmen waren weg. Jetzt wurde das erste Kommando erteilt. Der Arzt fragte erneut, wie ich mich fühlte, aber es war jetzt offensichtlich, daß er die Frage nur aus Höflichkeit stellte. Ich hörte seiner Stimme an, daß er sehr genau wußte, daß alles in Ordnung war mit mir.

Ich schaute auf meine Uhr. Es fehlten noch einige Minuten. Ich sah mich noch einmal in der Kabine um. Dies war jetzt mein Heim, meine Burg. Was fühlte ich? Angst? Nein, ich habe nie Angst verspürt. Niemals. Nicht bei meinem ersten Fallschirmsprung, nicht während meines Trainings, nicht bei einem der zahllosen Extremflüge. Niemals hatte ich Angst. Ich wußte immer, auf welchem Weg ich war, und war in meinem Inneren immer auf alles eingestellt, was passieren konnte. Und was immer ich während meines Erwachsenenlebens getan und wie immer ich gehandelt hatte, meine Handlungen entsprangen dem Wissen um meine Pflicht und dem reinherzigen Wunsch, mich nicht eines Tages unter den letzten Überlebenden zu befinden. Du kennst das Gefühl gut. Alles hatte seinen Ursprung im Bedürfnis, in der Gewohnheit und in der Notwendigkeit, seine eigenen Interessen dem Kollektiv unterzuordnen, dem, was vorgegeben war, dem Plan. Was hatte mich hierher geführt, wenn nicht das?

Was hatte dich in die Situation gebracht, in der du dich befandest? Was würdest du selbst sagen? Der Untersuchungsrichter sieht ihn an. Er kann erst nicht antworten. Zögert er zu lange? Der Gehilfe notiert etwas. Ich. Er beginnt. Und das sollte es also sein? Das Programm der Kommunistischen Partei der Sowjetunion. Der Richter nickt und legt ein Papier zur Seite. Was soll er jetzt sagen? Er tastet suchend in seinem Gedächtnis nach etwas, was er früher gehört hat. Das Programm der Kommunistischen Partei der Sowjetunion. Jede Zeile in diesem Dokument enthüllt neue Perspektiven, wie ein Scheinwerferlicht, das die großen Ereignisse der modernen Zeit beleuchtet. Ereignisse, die die ganze Menschheit erschüttern. Er schließt für einen Augenblick die Augen und fährt fort, erst vorsichtig, dann mit immer größerer Sicherheit. In der Ökonomie des sozialistischen Systems werden wissenschaftliche und technische Erfolge es dem Menschen möglich machen, die Reichtümer und Kräfte der Natur effektiv im Interesse des Volkes anzuwenden, neue Formen von Energie zu entdecken und neue Materialien zu erschaffen, Mittel zu entwickeln, um das Wetter zu kontrollieren und sich zum Herrn über das Weltall zu machen. Er verstummt erneut. Der Richter räuspert sich. Und wie würden Sie den Sinn dieser Worte auslegen? Nach dem Sinn fragt er. Und zwar in bezug auf Ihre Situation, als Sie dabei waren, ins Weltall gesandt zu werden. Die Worte dringen langsam zu ihm vor. Rettet mich jetzt, meine Freunde. Wenn man über den Sinn dieser Worte in seiner ganzen Tiefe nachdenkt, dann begreift man schnell, daß es während der stürmischen Tage im Oktober 1917 war, unter

Lenins Führung, als wir die Startplattform zu bauen begannen, von welcher unsere großartigen Raketen jetzt ständig abheben. Jetzt läuft es wie geschmiert. Danke, Genossen. Zweihundertzwanzig Millionen Menschen, das Volk der Sowjets, sind die Kraft, die diese Raketen in den Weltraum emporhebt. Allein unser Land, in welchem den kreativen Kräften des Volkes zum ersten Mal in der Weltgeschichte unbegrenzter Entwicklungsspielraum gegeben wurde, in dem der Gedanke, das Gefühl und der Wille unseres gesamten Volkes sich in der Kommunistischen Partei konzentriert haben, nur unser Land ist imstande, das auszuführen, wovon die Menschheit seit Jahrhunderten träumt. Jetzt atmet er kaum. Die Schlüssel zu den Regionen fernab dieses Planeten wurden allesamt von der Arbeiterklasse der Sowjetunion geschmiedet. Er hofft, daß er all das laut sagt, bevor er aufhört zu sprechen. Das war es, worum meine Gedanken sich drehten, Genosse Richter, als ich da oben saß. Gesichter und Szenen traten vor mein inneres Auge. Da waren die, die ich nie gesehen hatte, deren Arbeit ich aber kannte, und die, die lebten, und die, die tot waren. Mein Vater, die Fluglehrer, mein toter Freund Lyoscha Kowal, der Chefkonstrukteur, Juri Alexejewitsch, meine Kosmonautenkameraden. Diese Menschen traten einer nach dem anderen vor mich hin, ohne daß eine Verbindung zwischen ihren Gesichtern und Körpern bestand. Alle standen jetzt da und warteten mit mir gemeinsam schweigend darauf, daß der Sekundenzeiger sein Ziel erreichen würde. Ich wußte nicht, was unser geliebter Führer Nikita Sergejewitsch Chruschtschow in jener Minute tat, aber ich dachte mir, daß er wohl auch auf seine Uhr blickte. Der Richter lächelt ihn an. Er hat es geschafft.

Ich richtete erneut meinen Blick auf die Instrumente und die Regler. Alles war an seinem Platz. Ich ging still für mich die

Reihenfolge durch, in der die Tätigkeiten ausgeführt werden sollten. Dieses Zeremoniell war mir in Fleisch und Blut übergegangen. Und dann wurde das letzte Kommando erteilt. Ich versuchte mich bequemer auf dem Sessel zurechtzusetzen, versuchte, mich zu entspannen und den Kopf fest an die Nackenstütze zu lehnen. Eine Sekunde noch! Los! Das anschwellende Dröhnen der Motoren. Der Rahmen bebte. Die Grille auf dem Feld war wohl verstummt. Los, meine Lieben! Eine tosende Kaskade von Geräuschen brach in die Kabine ein. Ich wurde im Sessel nach unten gedrückt. Die Rakete stieg tosend aus ihrem Feuernest empor, erhob sich von der Startplattform und schien einen Augenblick innezuhalten, als kämpfte sie gegen einen kräftigen Gegenwind an. Ein donnerndes Gebrüll brach durch die Kabine. Die Rakete begann wild zu vibrieren. Der Druck auf meinen Körper war noch erträglich. Ich schoß in den Himmel. Dann hörten die Vibrationen langsam auf, und mit ihrem Nachlassen wurde mein Körper allmählich von einem unfaßbaren Gewicht nach unten gedrückt. Als die Erde wegfiel, legte sich eine massive Bleidecke auf mich und lastete undurchdringlich auf mir. Das Wissen darum, daß der Druck eine Folge meines Aufstiegs in den Weltraum war, erfüllte mich gleichermaßen mit Staunen und Spannung. Auch als die unsichtbaren Akzelerationskräfte mich bis zur Grenze des Erträglichen niederdrückten, schrie ich der Rakete eins ums andere Mal zu, sie solle schneller, schneller durch den Himmel rasen.

Er spürt es deutlich, wie die erste Stufe ausbrennt und abgetrennt wird und abfällt. Die enormen Gravitationskräfte scheinen einen Augenblick zu zögern, gleichsam den Atem anzuhalten, und dann wird die nächste Stufe hinter ihm gezündet, begleitet von einem abgelegenen Donnern. Die Wostok macht einen Satz nach vorne, der Lärm hört auf, und das Vibrieren verschwindet. Jetzt hat er seinen Blick ununterbrochen auf die Instrumente geheftet. Er sieht, wie der Zeiger des Chronometers sich langsam und unaufhörlich dem Punkt nähert, an dem das Schiff in seine Bahn eintreten soll, und schließlich in Position stehen bleibt. Er spürt ein leichtes Zittern, als die letzte Stufe unter ihm wegfällt. Instinktiv spannt er sich an, vor dem Eintritt in die Schwerelosigkeit. Dann entspannt er sich plötzlich, unwillkürlich, und nun ist es totenstill.

Das enorme Gewicht, das auf meine Brust gedrückt hatte, verschwand mit einem Mal. Der Kosmos hatte mir sein erstes Geschenk gemacht. Ich war schwerelos. Ich fühlte es unmittelbar, so als hätte ich einen Salto mortale gemacht und flöge jetzt mit den Beinen nach oben. Das Instrumentenbrett trieb irgendwo an mir vorbei. Ich konnte mir nicht vorstellen, wo die Erde lag, in welcher Position ich mich selbst befand oder wie die Sterne im Weltraum standen. Ich schien auf und ab zu schweben. Alles schnurrte herum, in einem seltsamen Dunst, als wäre ich eingehüllt in einen dichten Sonnenrauch, der all meinen eitlen Versuchen trotzte, die Welt zu ordnen und die Ordnung von einem überstürzt einbrechenden Chaos zu trennen. Dann löste sich mit einem Mal der Nebel auf, und alles bekam seine Gestalt zurück und wurde klar. Ich konzentrierte mich auf das Instrumentenbrett. Es trieb jetzt zurück an seinen alten Platz.

Aus dem Augenwinkel blickte ich durch das Kabinenventil nach draußen. Dort schwebte eine Palette starker Farben, seltsam und unmöglich zu beschreiben. Der Horizont wurde mit jedem Augenblick weiter und dehnte sich aus. Die Erde breitete sich unter mir aus, in grellem Sonnenschein badend. In dichten Morgennebel gehüllt erhob sich eine Bergkette vor meinen Augen. Während ich auf die Gipfel hinabblickte, änderte die Szenerie sich ständig. Uralte Bergrücken, den faltigen, müden Gesichtern alter Männer ähnlich, wandten sich zu mir hoch. Der Nebel fügte leichte Pinselstriche von strähnigen Bärten und vereinzelten Haarsträhnen hinzu. Dann lösten sich die Nebel langsam auf, und die Berge verjüngten sich vor meinen Augen. Die Jahre wurden von ihnen genommen. Die Falten glätteten sich zu festen, harten Linien und verschwanden schließlich mit meiner zunehmenden Geschwindigkeit.

Er steigt nicht mehr vertikal auf. Der Autopilot, ein phantastisches elektronisches Gehirn, befiehlt den Motoren nun neue Positionen. Das kraftvolle Fahrzeug verläßt in seinem flammenden Flug die Vertikale und nimmt seinen Neigungswinkel zum Äquator ein. Er wirft einen flüchtigen Blick auf die verstrichene Zeit, den Akzelerometer, den Gravitationsleser, den Kabinendruck, den Höhenmesser. Alles ist genau, wie es sein soll. Alle Lampen leuchten grün. Alles bewegt sich exakt nach dem vorgegebenen Schema. Er hat jetzt keine Zeit, hingerissen die Szenerie zu bewundern. Die Erde holt bereits Erkundigungen ein. Die Arbeit des Kosmonauten beginnt. Er ruft das Weltraumkommando an. Adler hier, alles in Ordnung.

Mein Schiff lag in seiner Bahn. Meine Instrumente gaben die richtige Position an, und diese wurde einhellig von den Wissenschaftlern bestätigt, die meinem Flug von der Erde aus mit stetem Blick folgten. Meine Geschwindigkeit betrug dreißigtausend Kilometer in der Stunde, und ich legte eine Erdumrundung in achundachtzig Minuten zurück. Über Funk sandten sie die Parameter des Fluges. Perigäum, einhundertachtundsiebzig Kilometer. Apogäum, zweihundertsiebenundfünfzig Kilometer. Neigungswinkel zum Äquator vierundsechzig Grad, sechsundfünfzig Minuten. Ich war in der Bahn. Hier gab es weder Regen noch Schnee. Und keine Stürme. Nichts als Leere.

An einige der wertvollen Minuten, die ich dort verbringen durfte, werde ich mich mein ganzes Leben lang erinnern. Nichts, kein neuer Flug, keine neuen Erfahrungen werden sie jemals überstrahlen oder aus meinem Gedächtnis tilgen können. Ich trage sie immer mit mir. Diese einzigartigen Minuten traten ein, als ich bei der Durchführung des festgelegten Flugprogramms dazu überging, das Schiff manuell zu handhaben. Das war der großartigste Augenblick meines Lebens. Ich ergriff das Steuer in einem Zustand angespannter Erregung, erst mit vorsichtiger Hand und dann energischer. Würde das Schiff meinem Willen gehorchen? Würde es zulassen, daß ich es führte, und würde es sich dorthin wenden, wo ich es haben wollte? Es änderte gefügig seine Richtung, ging geschmeidig von einer Position zur anderen über, und es schien mir, als müßte ich, wie die Flieger sagen, nur das Steuer ergreifen und das Schiff würde sich zu anderen Welten aufmachen. Das Gefühl, das ich in dem Moment empfand, läßt sich mit nichts anderem vergleichen.

Eine viel zu kurze Weile durfte ich mit meinem Schiff allein sein. So war unser Alleinsein, flüchtig und glückselig und vergänglich.

Als ich mich versichert hatte, daß sie mich hörten und daß meine Funksendungen ohne Störungen auf der Erde ankamen, schickte ich meinen Bericht an das Zentralkomitee der Partei, die Regierung und Nikita Sergejewitsch Chruschtschow ab. Kurzgefaßt teilte ich mit, daß der Flug des Schiffes mit ungebrochenem Erfolg voranschritt, daß alle Systeme zur Zufriedenheit funktionierten und daß meine Kondition und mein Geisteszustand gut waren. Ich bat außerdem darum, einen warmen Gruß an das ganze Volk zu übermitteln.

Die dunklen Seiten der Berge werden bei seinem Aufstieg aufgehellt, und das Sonnenlicht breitet sich in alle Richtungen aus. Er nimmt umgepflügte Felder wahr, die in einer tiefen, blauschwarzen Farbe leuchten. Als er dem Vakuum entgegensteigt, das jenseits der Erde wartet, sieht er, ständig kleiner werdend, zitronenfarbene Äcker von abgeerntetem Weizen, Wälder in einem tiefen rauchgrünen Farbton, die am Ventil vorüberzuschweben scheinen, und Wolken, die über ihnen treiben, erstaunlich scharf und klar und deutlich sind diese windgefüllten Segel, die direkt über der Erdoberfläche hängen. Sekunden verbinden sich zu Minuten. Die Szenerie vor dem Ventil verändert sich ununterbrochen. Er sieht jetzt nicht länger einen Himmel, sondern eine scharfe Linie über dem Horizont, und jenseits davon eine abgrundtiefe, absolute Finsternis.

Alle Kontinente der Welt, alle Ozeane und Meere unterscheiden sich markant voneinander, wenn man sie vom Weltraum aus sieht, nicht nur in der Form, sondern auch in ihrer Farbe. Der Farbenreichtum ist so groß wie auf der Palette von Iwan Aiwaschowski. Vom dunkelblauen Indigo des Indischen Ozeans bis zum Smaragdgrün des Karibischen Meers und dem Salatgrün des Golfs von Mexiko. Die Farbe Afrikas ist gelb mit dunkelgrünen Flecken von Dschungel. Seine Oberfläche gleicht dem fleckigen Pelz des Leoparden. Ich erkenne die Sahara sofort, einen großen Ozean von goldbraunem Sand ohne jegliches Zeichen von Leben. Die gelbe Wüste endet jäh, und ich sehe die glitzernde Weite des Mittelmeers. Klarblau, wie mit Ultramarin gemalt, schwebt es am Ventil vorbei und verschwindet dann in einem leichten Dunst. Nach einigen Minuten bin ich wieder über unserem eigenen Land. Es ist keinem anderen Land ähnlich. Nirgendwo sonst sieht man so viele weitgestreckte Felder, solch tiefe Wälder und eine solche Unzahl mächtiger Flüsse.

Dem Vorsitzenden der Kommission wird das Wort erteilt. Nun, wie sieht unser Land von oben aus? Sieht man etwas? Sieht man den Fortschritt? Kann man ihn auch von dort oben mit bloßem Auge erkennen? Er antwortet, daß er aus der großen Höhe gewiß nicht die Fabriken als solche erkennen kann. Nicht? Er sagt, er wisse, daß es dort irgendwo rauchende Schlote gibt und glühende Hochöfen, die betreut werden von den starken Händen der Arbeiter. Er fügt hinzu, daß ihm dies ein Gefühl der Sicherheit einflößt. Und Stolz. Wird der Vorsitzende sich damit begnügen? Es wird mehr von ihm erwartet. Er fährt fort. Ihre titanische Arbeit spiegelt sich in meinem Raumschiff, wie die Sonne sich in einem Tautropfen spiegelt. Ich konnte die Bergwerksöffnungen und Eisenbahnwege nicht sehen, hatte aber eine großartige Aussicht über die künstlichen Seen, die sich wie randvolle Schalen aus den Dämmen der Wasserkraftwerke erhoben. Sie sind, fügt er hinzu, die sonnenklaren Zeichen des neuen Zeitalters. Stille. Immer noch warten sie auf etwas. Er fühle, sagt er, daß unser ganzes Land, die ganze Welt, in diesem Augenblick um seinen Flug wisse und diesen verfolge. Er wolle auch noch einmal auf die Verantwortung hinweisen, die er gegenüber unserem ganzen Volk habe, zweihundertzwanzig Millionen, das Programm seines Fluges genau so auszuführen, wie man es ihm aufgetragen hat. Die Arbeit der Kommission wird für abgeschlossen erklärt.

Die Nacht rast ihm entgegen, wie die Dunkelheit einem entgegenrast, wenn man bei hoher Geschwindigkeit in einen Tunnel einfährt. Die großen kalten Sterne leuchten wie Diamanten vor dem tiefschwarzen Samt des Himmels. Der Tag, das Licht geht an, wie mit einem Dimmer eingeschaltet, wie die Beleuchtung in einem Theatersaal. Die kosmischen Tage vergehen, einer nach dem anderen. Der Erdenschein leuchtet ihm in dem schwarzen Leerraum, der die Nachtseite der Erde ist. Die Morgendämmerung kommt jetzt alle fünfundvierzig Minuten.

Ich hatte mehrere Arbeitsaufgaben. Ich sollte in regelmäßigen Abständen die Werte des Peilgeräts kontrollieren, Notizen ins Logbuch eintragen und die faktische Reichweite der Funkkommunikation erproben. Außerdem sollte ich eine Anzahl wichtiger wissenschaftlicher Experimente durchführen, deren Ausgang für die weitere Unterwerfung des Weltraums entscheidend war. Es begann mit Schlaf und endete mit Mahlzeiten im schwerelosen Zustand. Dutzende von Theorien sollten bestätigt oder widerlegt werden. Dies war der erste längere bemannte Raumflug, und man erwartete von ihm, daß er früher gesammelte Daten berichtigen und neues und grundlegendes Material hinzufügen würde. Ich schickte die ganze Zeit Daten an die Kommandozentrale des Raumflugs und zum Rechenzentrum, das Tausende von Kilometern vom Kosmodrom entfernt lag und in dem die Angaben koordiniert und zusammengestellt wurden. Ich wußte, daß unzählige Augen auf die Bildschirme geheftet waren, daß sie alles, was in der Kabine geschah, jede einzelne meiner Bewegungen, jede Mimik, verfolgten. Über Television und Telemetrie observierten die Ärzte unaufhörlich den Zustand meines gesamten Organismus. Hochempfindliche Apparate registrierten die bioelektrische und mechanische Aktivität meines Herzens, meine Temperatur, meinen Puls und meine Atmung. In jedem Augenblick lasen sie mich wie ein offenes Buch, das gerade im Begriff steht, geschrieben zu werden.

Die Wissenschaftler hatten zuvor nur eine vage und ungeprüfte Ahnung von gewissen biologischen Phänomenen, die unter kosmischen Verhältnissen auftreten können. Zunächst einmal stellt sich die Frage, wie der Mensch stundenlange Schwerelosigkeit durchstehen kann. Ja, wie soll er das aushalten? Kann ein Kosmonaut in einem derartig fremden Zustand normal leben und arbeiten? Die Schwerelosigkeit führt nicht nur zu komischen Situationen, Sie können es sich selbst ausmalen, und zu prickelnden Gefühlen, wenn man sein eigenes Körpergewicht nicht mehr spürt und mit den Füßen an der Decke stehen, im Raum umherschwimmen oder schweben kann und so weiter. Die Schwerelosigkeit birgt auch Probleme, von denen das gewöhnlichste und für die Erdengebundenen am leichtesten begreifliche darin besteht, eine gewöhnliche Mahlzeit einzunehmen. Wir bereiten uns jetzt darauf vor, weite Strecken im Weltraum zu fliegen, und die Frage ist deshalb äußerst wichtig. Ich versuche, ernst zu bleiben. Es ist offensichtlich, daß der Proviant, den wir normalerweise auf einen Ausflug mitnehmen, wie zum Beispiel Zwieback und Kekse, im Weltraum nichts taugt. Sie bröseln, das wissen wir alle, und die Brösel können in die Atemschläuche geraten. Kann das Essen überhaupt in den Magen gelangen, wenn es nichts wiegt? Fragen von dieser Art gibt es viele, und es müssen um jeden Preis Antworten darauf gefunden werden. Die Wissenschaftler haben bereits einige der Verpflegungsprobleme gelöst. Es hat sich zum Beispiel als möglich erwiesen, in der Schwerelosigkeit auf eine einfache Weise aus Tuben zu essen. Die Frage gilt jetzt dem Kaloriengehalt und, nicht weniger wichtig, dem Geschmack des kosmischen Menüs. Dort draußen im Weltraum wird bald, Sie werden es sehen, ein neuer Beruf entstehen, der des Kochs der kosmischen Küche. Die wohlbekannte orientalische und französische Küche und andere mehr werden im Kosmos keinen Erfolg haben.

Es gab weder Teller noch Löffel, Gabeln oder Servietten in dieser schwerelosen Kantine. Ich streckte die Hand nach dem sandfarbenen, in der Wand verankerten Behälter aus, in dem alle Mahlzeiten aufbewahrt wurden. Auf der Vorderseite hatte er mehrere Öffnungen für Tuben von unterschiedlicher Größe. Ich legte einen Schalter an seiner Seite um, um die Mahlzeit so gut es ging aufzuwärmen. Bald signalisierte er, daß mein Essen fertig war. Ich wählte eine bronzefarbene Tube und zog sie heraus. Auf der Erde wog diese Masse ungefähr einhundertfünfzig Gramm, hier im Weltraum war sie gewichtslos. Ich schraubte vorsichtig die Kappe ab und achtete sorgfältig darauf, sie fest zwischen meinen Fingern zu halten, so daß sie nicht fortschweben und irgendwo in der Kabine verschwinden konnte. Schließlich plazierte ich die Öffnung der Tube in meinem Mund und drückte leicht darauf. Sie enthielt eine dickflüssige und teigige Masse, die ich direkt in den Mund drückte. Sie schmeckte salzig wie Kaviar und zugleich metallisch. Als die Tube leer war, schraubte ich die Kappe wieder darauf, drückte sie sorgfältig platt und schob sie in den Abfallbehälter, der an der Wand angebracht war. Auch diesen würden sie auf seinen Inhalt untersuchen und inventarisieren. Als warme Mahlzeit wählte ich eine Tube mit Fleisch- und Leberpaste, die ich auf dieselbe Weise aß, und spülte diese Masse mit Traubensaft hinunter, ebenfalls aus einer Tube. Ein paar Tropfen Saft wurden verschüttet und hingen zitternd vor meinem Gesicht. Sie schwebten wie dunkelrote Beeren in der Luft und vibrierten leicht. Ich fing sie eine nach der anderen mit der Kappe der Tube auf und schluckte sie. Danach aß ich Brot in fester Form. Keine Mahlzeit ist komplett ohne ein Stück Brot. Das Brot war in kleine Miniaturscheiben geschnitten, einen Zoll im Durchmesser. Das bedeutete, daß ich das ganze Brotstück auf einmal in den Mund stecken konnte. Zum Abschluß meiner Mahlzeit konnte ich zwischen Kaffee und Schokolade wählen; auch diese Getränke wurden in Tuben serviert. Programmgemäß schluckte ich nach der Mahlzeit einige Vitamintabletten und trank einige Mundvoll Wasser. Das Wasser hatten sie in einen dreieckigen Tank abgefüllt, und mit Hilfe eines speziellen, mit Gummi überzogenen Trinkhalms saugte ich jetzt das lauwarme und leicht süßliche Getränk ein.

Für jede einzelne meiner geplanten siebzehn Runden um die Erde stand mir im Logbuch eine Seite zur Verfügung. Es war mir aufgetragen worden, auf jeder Seite Notizen zu machen und jede Runde sorgfältig aufzuzeichnen. Mein Stift war mit einer dünnen Schnur am Logbuch gesichert, und ich preßte das schwerelose Journal fest gegen meine Knie, drückte es mit der einen Hand nieder, während ich mit der anderen schrieb. Wenn ich vergaß es festzuhalten und die Hand wegnahm, und sei es auch nur für einen Augenblick, begann das Logbuch sofort von mir wegzutreiben. Um all meine Notizen rechtzeitig zu Papier zu bekommen, um all dieses neue Wissen zu konstatieren und zu registrieren, mußte ich schreiben, so schnell ich konnte. Ich notierte alle technischen Einzelheiten und fügte meine eigenen Eindrücke über das, was ich spürte und was ich durch die Ventile der Kabine sah, hinzu. Jeder Strich mit dem Stift war ein neues Experiment. Ich wußte, daß nach meinem Flug Flugspezialisten und Ärzte und Graphologen jeden Strich, jeden Bogen, jede Linie, jeden Punkt und jedes Komma in mikroskopischen Details untersuchen würden, um zu studieren, welche Auswirkung die Gewichtslosigkeit auf meine Handschrift gehabt hatte.

Während der fünften Runde, als ich mich ganz an die Schwerelosigkeit gewöhnt hatte, fühlte ich mich plötzlich unbehaglich. Eine Übelkeit überkam mich in Wellen, die immer höher wogten. Ich schluckte. Ohne Zweifel wurden jetzt aufschlußreiche Signale von den Elektroden gesandt, die auf meinem Körper angebracht waren. Um mein aufgebrachtes vestibuläres System zu beruhigen, nahm ich vorsichtig eine bequemere Haltung im Sessel ein und wurde ohnmächtig. Nun, wie lange war ich weg? Als ich einen kurzen Augenblick später aufwachte, verschwand die Übelkeit allmählich, und ich fühlte mich besser. Wie fühlst du dich? Gut. Eine vorübergehende Schwäche. Ich fühle mich jetzt gut. Ich möchte lieber nicht darüber sprechen. Sprich nicht darüber. Ich habe jetzt zweihunderttausendvierhundert Kilometer hinter mir.

Dann, in der siebten Runde, wechselte ich erneut von automatischer zu manueller Kontrolle. Dieses Unbeschreibliche. Ich leitete die zweite Untersuchung der Flugeigenschaften der beinahe fünf Tonnen schweren kosmischen Maschine ein. Ich schloß die Hand weich und fest um den schwarzen Griff. Und sofort durchdrang mich ein tiefer Schauer von Wollust. Welch unerhörtes Gefühl es war, mit einer Hand die Masse dieses Raumschiffs zu manövrieren, während es mit einer Geschwindigkeit von nahezu dreißigtausend Kilometern in der Stunde durch das Vakuum raste. In meiner rechten Handfläche lag jetzt die Präzisionskontrolle, die die mächtigste Maschine steuerte, in der jemals ein Mensch unterwegs gewesen war. Der Kontrollknüppel gehorchte jeder Veränderung der Muskelanspannung in meinem Handgelenk, jedem Druck meiner Finger. Das Schiff änderte mit jeder meiner Handbewegungen gehorsam Richtung und Position, als würde ich am Steuer eines wohlkonstruierten und leicht zu kontrollierenden Flugzeugs sitzen. Mit Leichtigkeit, mit extremer Präzision und Feinfühligkeit trug die Wostok ihren gewaltigen Umfang. Nach rechts und nach links, hoch und nieder, um ihre Achse rollend, sich drehend. Welchen Befehl ich auch an das Raumschiff sandte, eine haarfeine Bewegung des Knüppels genügte. Es reagierte augenblicklich und ganz und gar unterwürfig. Ich genoß die Kraft, die sich unter mir bewegte, aus vollen Zügen.

Er rast durch den Weltraum, mit einem Kabinendruck, der knapp über dem liegt, der an der Meeresoberfläche herrscht. Der Sauerstoffgehalt wird bei exakt 24,33 gehalten. Der Kohlendioxidgehalt stellt während seines Flugs kein einziges Mal ein Problem dar. Er gleicht sich bei nur 0,4 Prozent aus. Die Feuchtigkeit liegt zwischen 70 und 75 Prozent, wie im besten Kurort. Die Temperatur hält sich konstant bei achtzehn Grad Celsius.

Ich flog in der Umlaufbahn um die Erde, in einer kleinen Welt, in der vollendete Wetterverhältnisse herrschten. Ich reiste in einem Raum mit umfassendem Komfort. Es fehlte an nichts. Alles war vorzüglich und mit größter Genauigkeit geplant worden. Ich dachte mit Dankbarkeit an alle, die es möglich gemacht hatten und die weit im voraus an alle Annehmlichkeiten, an jedes Bedürfnis gedacht hatten. Und schließlich schickte ich einen Gutenachtgruß an die Einwohner Moskaus auf die weite Reise, legte mich bequem im Stuhl zurecht und versuchte zu schlafen.

Er schläft nicht schlecht, wenn er auch einige Male aufwacht. Die Schwerelosigkeit fährt fort, ihm Streiche zu spielen, und lange Zeit kann er nicht mit seinen eigenen Armen umgehen. Sobald er wegdöst, treiben sie nach oben und hängen frei in der Luft. Er ist nicht daran gewöhnt, in dieser merkwürdigen Stellung zu schlafen, und um seine Hände einigermaßen unter Kontrolle zu halten, steckt er sie unter den Gurt des Stuhls, und jetzt, erst jetzt, fällt er in tiefen Schlaf. Als er abrupt aufwacht, treiben seine Arme erneut in der Luft.

Vierhundertzehntausend Kilometer hinter mir. Wenn ich in einer direkten Linie zum Mond geflogen wäre, wäre ich schon da.

Bei der dreizehnten und vierzehnten Runde hatte ich mich völlig an die Schwerelosigkeit gewöhnt, und ich beschloß, während der wenigen freien Minuten, die ich hatte, die Erde mit meiner Konvaskamera zu fotografieren. Sie war schön, unsere Erde. Bei jeder Runde offenbarten sich neue Farben, neue Spektren und Panoramen, die man unmöglich wiedergeben kann. Ich konnte deutlich die Konturen der Kontinente, Berge und Wälder sehen, die Bänder der großen Flüsse, die glänzenden Wassermassen der weiten Meere und gewaltigen Seen. Ich machte mehrere Bilder, als ich in den Schatten der Erde eintrat und als ich wieder ins Sonnenlicht gelangte. Hast du sie gesehen? Die Grenze zwischen Licht und Dunkelheit war erstaunlich deutlich. Ich starrte auf die eine Seite des Globus, die in blendendem Sonnenlicht badete, und gleichzeitig sah ich die andere Seite in absolute Finsternis gehüllt. Zwischen den beiden lag, als trennende Abschirmung, ein flüchtiger, grauer Dämmergürtel aus kleinen Wolken, betupft mit dem Rosa der untergehenden

Sonne. Ich machte auch einige Bilder von dem sternenübersäten Himmel. Zweimal sah ich den Mond. Er war abnehmend, und seine scharfe Sichel sah von hier oben genauso aus wie von der Erde. Ich hatte den Eindruck, daß das Schiff stillstand und der Mond schnell, mit den Hörnern voran, am Ventil vorbeitrieb. Wie er so in der Dunkelheit leuchtete, schien er so nah zu sein, daß ich meinte, das Ventil öffnen, die Hand hinausstrecken, ihn aus seiner Halterung lösen und vor meinen Füßen ablegen zu können.

Während des gesamten Fluges funktionierte die Funkkommunikation ganz reibungslos. Die leichten und kompakten Funkgeräte waren von tadelloser Konstruktion. Die vielen Schiffe lagen wie ein Perlenband im Atlantik und im Stillen Ozean und hörten alle meine Signale und sendeten sie weiter. Zwei Kurzwellensender, die parallel arbeiteten, ein dritter, ein Ultrakurzwellensender, einige Halbleiter, Empfänger, in meinem Helm eingeschlossene Mikrofone und andere in den Wänden der Kabine angebrachte sensible Kopfhörer und kraftvolle Lautsprecher, alles zusammen machte es möglich, von jedem Punkt der Bahn aus all die benötigte Information zu senden und ohne Hindernisse wichtige und entscheidende Instruktionen von der Erde zu empfangen. Dank dieses kunstfertigen Systems konnte ich mich während meines Flugs unbehindert mit dem Vorsitzenden der Staatskommission, mit dem Chefkonstrukteur, mit Ärzten und Experten unterhalten. Ich hätte mir gewünscht, daß man auch mir die Möglichkeit gegeben hätte, von meiner vorschriftsmäßig und reibungslos verlaufenden Bahn aus dem Cheftheoretiker persönlich meinen Dank auszudrükken. Aber seine Arbeit war schon lange getan und abgeschlossen, und er kam nie ans Mikrofon.

Die Akustik war ausgezeichnet. Ich erkannte alle Stimmen an der Klangfarbe und an der Intonation wieder und konnte mir sogar den Gesichtsausdruck meiner Gesprächspartner vorstellen. Ich konnte mit allen Funkstationen der ganzen Welt Kontakt halten.

Der Erdentag neigt sich jetzt seinem Ende zu. Es ist an der Zeit, sich auf die Landung vorzubereiten. Und hier kommt das Kommando. Das Schiff ändert allmählich seine Richtung und dreht sich langsam im Weltraum.

Ich hege nicht die geringsten Zweifel daran, daß meine Landung erfolgreich sein wird. Ich glaube an mein Schiff und an die unfehlbare Genauigkeit in den Millionen von Berechnungen, die durchgeführt wurden und die wiederholte Male von unseren Mathematikern unter der Leitung des Chef-theoretikers kontrolliert wurden. Ja, dieser Mann ist meist schweigsam, er spricht selten, aber ich weiß, daß jedes seiner Worte unumstößlich und durchdacht ist. Nein, ich zweifle nicht!

Die Bremsraketen werden in der Nähe des Kilimandscharo gestartet. Der Schnee auf seinen Gipfeln bewegt sich schwach im Windzug.

Als der Bremsmechanismus eingeschaltet wurde, legten sich die Dinge, die in der Luft geschwebt hatten, still zu meinen Füßen nieder, als wären sie dressiert. Die Filmkamera, das Logbuch, der Stift, der Belichtungmesser. Sie spürten wohl auch, daß sie jetzt bald landen sollten und daß es jetzt wieder streng verboten war, einfach so zu schweben. Das Schiff trat in die dichten Schichten der Atmosphäre ein. Sein Wärmeschild erwärmte sich schnell und verwandelte die Luft, die auf dem Weg vorbeiströmte, in ein grelles Leuchten. Die

Luken der Ventile ließ ich offen, da ich alles sehen wollte, was da draußen geschah. Nichts wollte ich versäumen. Durch die Reibung der Atmosphäre erhitzte sich der Rahmen immer mehr. Bald umgab mich eine grelle Flamme, und meine Gedanken gingen zum Chefkonstrukteur und seinem unerschütterlichen Glauben an die technische Haut. Die schwachrosa Glut, die das Schiff umgab, vertiefte sich zu Scharlachrot, dann Lila, und schließlich zu Karmesinrot. Ich warf unbeabsichtigt einen Blick auf das Thermometer. Die Temperatur in der Kabine war noch normal, zweiundzwanzig Grad Celsius. Ich zwang mich dazu, meine Augen offenzuhalten, um die lebendige und todbringende Flamme sehen zu können, in der ich eingeschlossen war, ehrfurchtgebietend und schön. Das hitzebeständige Glas der Ventile färbte sich vor meinen Augen gelb. Aber ich wußte, daß keine Gefahr bestand. Wußtest du es? Warst du dir sicher? Der Wärmeschild des Schiffes war gewissenhaft getestet worden. Der Metallmantel widerstand der Hitze der Reibung und Geschwindigkeit zuverlässig. Schließlich verschwand die Schwerelosigkeit ganz. Die Bremskräfte drückten mich erneut mit dem mir wohlbekannten fürchterlichen Gewicht im Sessel nach unten. Es wurde heller und heller, und das Schiff bewegte sich unbeirrt auf den Landeplatz zu.

Das Bremstriebwerk funktionierte, wie es sollte, und als mich nur noch wenige Kilometer von der Erdoberfläche trennten, schaltete ich das Landesystem ein. Der Kosmonautensessel wurde aus dem Schiff katapultiert, und ein grellorangefarbener Fallschirm öffnete sich über meinem Kopf. Wolken quollen unter mir hervor. Ich fiel durch die dicken, feuchten Schichten und sah die Erde, von goldenen Stoppeln bedeckt. Ich erkannte die Wolga wieder und zwei Städte an ihren Ufern, Saratow und Engels. Alles ging also genau nach Plan. Meine Landung fand im selben Teil des Landes statt, in dem auch du nach deiner Rückkehr aus dem Weltraum gelandet warst.

Die Erde kam mir langsam, langsam entgegen. Ich sah einen Mähdrescher bei der Arbeit, abgemähte Felder mit Heuhaufen in langen Reihen, grüne Flecken von Waldgebieten und eine Viehherde, die behäbig auf einer Wiese weidete. Von oben sah ich erneut mein Schiff. Es war bereits zu Boden gefallen und vom Wind auf die andere Seite des Feldes gebracht worden, und zwischen uns erstreckte sich jetzt ein scheinbar endloser Eisenbahndamm. Auf den Schienen kam ein schwerer Güterzug herangefahren. Der Lokführer und der Heizer hatten selbstverständlich von meinem Flug gehört, und sie streckten jetzt beide ihre Köpfe aus dem Fenster der Lok. Sie deuteten auf mich. Sie schwenkten ihre Mützen. Ihre Münder formten Worte, aber der Jubel verschwand im Donnern der mächtigen Maschine und dem rhythmischen Hämmern der Schienenverbindungen. Sie hätten wohl am liebsten ihren Zug angehalten, doch Fahrpläne sind dazu da, eingehalten zu werden.

Ich wurde von einem starken, böigen Wind über die Stoppeln getragen. Die Erde war weich und milderte meinen Fall. Ein Stoß, und ich stand auf den Füßen. Schließlich, nach vielen Stunden Flug, stand ich wieder auf dem Boden meiner Kindheit. Ich nahm eine Handvoll Erde und hielt sie an mein Gesicht. Sie war weich und warm von der Augustsonne und duftete nach frischem Getreidekorn und Stroh. Ich warf einen Blick auf die Uhr. Achtzehn nach zehn Moskauer Zeit. Ich rechnete schnell aus, wie lange ich weggewesen war. Fünfundzwanzig Stunden und achtzehn Minuten. Mehr als einen ganzen Tag. Ein Tag, der mit einem Mal mein ganzes Leben rechtfertigte.

Er nimmt den Fallschirm ab und sieht sich um. Auf der Straße nähern sich in einer Staubwolke drei Männer auf einem Motorrad mit Beiwagen. Sie fahren auf ihn zu und bremsen jäh. Bist du? Ja, ich bin es. Sie umarmen ihn und küssen ihn und schütteln ihm einer nach dem anderen umständlich die Hand. Wir sind Traktorfahrer. Wir kommen von dort drüben. Vom Kollektivbetrieb. Ihre Gesichter strahlen. Jetzt kommen Menschen aus allen Richtungen über das Feld zu ihm gelaufen. Fremde helfen ihm aus dem Raumanzug und führen ihn zum Schiff. Da liegt es jetzt, ganz ruhig, sein Heim und Fahrzeug. Sie stellen sich schweigend und ehrfurchtsvoll im Kreis auf, und er geht wieder in die Kabine, holt die Filmkamera und das Logbuch und sieht sich hastig im Innern um, wo er gerade noch gesessen hat. Keine Beule, keine einzige Deformierung. Alle Instrumente und die ganze Ausrüstung sind intakt. Das Schiff ist bereit, sich wieder zu erheben. Er steigt aus, und unwillkürlich streichelt er die Metallschale der Kabine und murmelt unhörbar einige Worte. Schließlich bittet er sie, ihn zu einem Telefon zu führen.

Der Fahrtweg zu dem kleinen Armeeposten beträgt nicht viel mehr als drei Kilometer, aber innerhalb von wenigen Sekunden ist die Straße voll von Autos, Lastwagen, Fahrrädern und Motorrädern, die einen freudigen und jubelnden, in Windeseile entstandenen Konvoi bilden. Er kennt die Gegend gut. Nur ein paar Kilometer von hier ist Juri gelandet. Sie befinden sich in der Saratowregion, ganz in der Nähe von Krasnej Koot, dem Offiziellen Hauptquartier für Suche und Wiederauffinden. Und als sie jetzt die Straße entlang auf den Posten zufahren, wird das Dröhnen der Motoren über ihnen immer stärker und immer betäubender. Einige Hubschrauber schweben zu beiden Seiten der Straße, und er winkt ihren Besatzungen zu. Ein dreifaches Hurra. Die automatische Funkbake der Wostok piept unaufhörlich, und das Heulen von Düsenmotoren durchschneidet den Himmel, als das Höhenflugzeug für Such- und Rettungszwecke in knappem Abstand über den Erdboden kreischt. Ein glänzendes Düsenflugzeug mit zurückgelegten Flügeln dröhnt über ihm, und er reckt mit einem Lachen den Hals, um nach oben zu blicken, um zu sehen, wie der Pilot die Nachbrennkammer einschaltet. Mit herausschießenden Flammen und einem tiefen dumpfen Brüllen wirft sich das schlanke Flugzeug nach oben, dreht sich ein ums andere Mal, in einem phantastischen Gruß, um unser zweites bemanntes Raumschiff zu ehren, ihn willkommen zu heißen und seine Heimkehr zu feiern.

Du hast den Traum des Menschen verwirklicht, sagt Nikita Sergejewitsch Chruschtschow. Es ist noch nicht so lange her, da hielt man den Gedanken, daß ein Mann von der Erde fort und hinaus in den Weltraum fliegen würde, für einen unmöglichen Traum. Wir sind stolz darauf, daß du, ein Sohn der Sowjets, dies zustande gebracht hast. Hier, nimm meine Hand. Du bist jetzt nicht länger Kandidat für die Parteimitgliedschaft. Du kannst deine Probezeit für bestanden und beendet ansehen. Jede Minute, die du im Weltraum zugebracht hast, kann im Regelbuch als ein Jahr gerechnet werden. Du hast deutlich gezeigt, daß du ein wahrer Kommunist bist und daß du Lenins Fahne hochhalten kannst. Vom heutigen Tag an bist du Mitglied.

Ich hatte an einem Tag siebzehn Tage gelebt; im Verlauf von fünfundzwanzig Stunden und achtzehn Minuten war ich siebzehn kosmischen Sonnenaufgängen begegnet und gefolgt. Lange Zeit war das alles, was meine Gedanken erfüllte. Diese siebzehn Sonnenaufgänge im Lauf eines Tages.

Da, in der Datscha an den steilen Ufern der Wolga, sah ich Nummer drei wieder. Wir wurden von Menschen umringt. Von allen Seiten des Gartens strömten sie auf uns zu. Jetzt würde er bald an der Reihe sein, und ich wußte auch sehr genau, was mich erwartete. Auf ihre Fragen hatte ich zuerst geantwortet, daß die Ehre für die erfolgreiche Fahrt nicht nur mir gebührte, sondern ebensosehr denen, die das stolze Schiff gebaut hatten. Dann sagte ich, daß alle Ehre für diesen neuen Sieg der Partei, dem Volk und den Erbauern des Raumschiffs zukam. Aber was half es? Nummer drei und ich verbrachten den Rest des Abends allein. Wir bewunderten den breiten Lauf des großen Flusses, die blauen Länder jenseits der Wolga, die im Sonnenlicht schimmerten, und lauschten den singenden Dampfpfeifen der Schiffe.

Die folgenden Tage waren voll von Begegnungen mit Nikita Sergejewitsch Chruschtschow und anderen Führern der Kommunistischen Partei und der Regierung. Es wurde mir ein hastiges Treffen mit meinem Vater und meiner Mutter gewährt. Die Einwohner von Moskau ehrten mich wie dich mit einem gewaltigen Massenauflauf auf dem Roten Platz. Man verlieh mir den Leninorden und den Goldstern, der mich zu einem Helden der Sowjetunion machte. Meine Leistung leuchtete in großen Worten und fetten Buchstaben von den Tafeln der Wandzeitungen. Sie zündeten ein Feuerwerk in allen Farben des Regenbogens. Du erinnerst dich. Sie hatten dasselbe getan, als du zurückkehrtest. Sie tanzten und prosteten sich zu und jubelten zum Himmel empor. Das Wasser der Moskau floß ruhig unter den Brücken und weiter fort. Dann brachten sie mich hierher.

Das Hospital

Juri blickt hinaus auf den weißen Winterhimmel. Hinaus durch die schweren Eisengitter. Zu der Mauer hinüber, die den Horizont aufhält. Seine Stimme ist alles, was im Saal zu hören ist. An mir vorbei gleiten in einem hektischen Flug graue Wolken, die verschlissenen Locken eines dunklen Tags. Die Traurigkeit der herannahenden Nacht drückt widerstandslos auf mein Herz. Bis zu den Kuppeln der Kirche hinab fällt der diesige Schleier der Dämmerung. Erinnerst du dich? Er blickt mich an. Wann war unser bester Moment? Von den Wänden blättert die dünne Schicht Farbe, die den Putz bedeckt. Der Saal ist voller im Boden verankerter Betten, auf denen Männer ruhen, die weiter gereist sind als jeder andere. Wann war unser bester Moment? Ich weiß nicht. Vielleicht. Erinnerst du dich an den Herbst, als Belka und Strelka ihre Reise in unserem zweiten Raumfahrzeug machten? Das große Projekt des Siebenjahresplans stand gerade kurz vor der Vollendung. Man hatte den Bau des kraftvollen Walzenwerks Zweifünfnullnull beim Eisenwerk Magnitogorsk beendet. Man hatte die Ladung des größten Schmelzofens der Welt in Kriwoj Rog eingeleitet. Die Konstruktion der ersten Koksbatterie bei Kasach Magnetika war soeben abgeschlossen worden. Und das Eisenwerk in Temir-Tau wurde fertiggestellt, und die ersten Arbeiter gingen dort auf Schicht. Der erste Zyklonofen im Balkasch-Gruben- und Metallwerk produzierte Metall. War es da, waren wir da am glücklichsten? Und dennoch. Er verstummt.

An den Wänden entlang bewegen sich unruhig die Schatten. Wollen sprechen, haben jedoch keine Worte. Sind noch mehr als die Lebenden verurteilt zu ewigem Schweigen. Hier weilen sie nun, zwischen Schotter, Verfall und Verwahrlosung, bis zu den Tagen der Befreiung. Welche Befreiung? fragst du. Wir sprechen manchmal von ihr, nicht mehr so oft wie früher. Wir sprechen von einem Tag, von Tagen, da alles sich verändern wird, von einem Reiseweg, der, so heißt es, noch länger ist als der Weg, den wir zurückgelegt haben. Versteh mich richtig. Wir nähren keine Hoffnung und hegen keine Zuversicht. Dennoch warten wir und leben, ohne zu klagen, unsere Leben in diesen verfallenen und zerbröckelnden Sälen. Und erzählen einander und erzählen und erzählen immer wieder. Und die Schatten hören alles, was wir sagen, antworten uns aber mit hartnäckigem Schweigen.

Die kräftigen Tore dieses Gebäudes öffneten sich zunächst nur für einen Mann, für Wladimir Sergejewitsch Iljuschin, Sohn des bekannten Flugzeugkonstrukteurs. Hier lebte er zunächst allein, durchwanderte all die Säle und Korridore, nachdem er dreimal um die Erde geflogen war. Er will keinesfalls über den Flug sprechen. Will nicht darüber reden, wie er vom Kurs abgekommen ist und was dann geschah. Er liegt meist zusammengekauert in seinem Bett oder wandert rastlos zwischen den Wänden hin und her und schneidet Grimassen in unsere Richtung, als wollte er sagen, daß wir, die nach ihm hier angekommen sind, jetzt den Platz okkupierten, den er zuvor nach seinem eigenen Gutdünken hat nutzen können. Er sieht sich angespannt um, als warte er auf etwas. Beim geringsten Geräusch hebt er den Kopf und horcht. Sind sie auf der Suche nach ihm? Gilt das ihm? An den Abenden jagt er, am ganzen Körper zitternd und mit klappernden Zähnen, als hätte er starkes Fieber, durch den Saal, von einer Ecke zur anderen und zwischen den Betten hindurch. Er bleibt plötzlich stehen und blickt uns an, als wollte er uns etwas sehr Wichtiges sagen. Er macht einige vorsichtige Bewegungen mit den Lippen, scheint sich aber dann zu besinnen, daß wir ihn weder hören noch verstehen können, schüttelt dann ungeduldig den Kopf und setzt seine rastlose Wanderung fort. Aufgrund eines Antrags seines Vaters, Sergej Wladimirowitsch, darf er als einziger von uns nach draußen, wenn auch nur für kurze Zeit. Dann geht er auf dem Hof unaufhörlich an der Mauer entlang im Kreis herum, er drückt sich dagegen, singt, flucht und predigt mit unhörbaren Worten. Unser Pfleger, oder sollen wir Gefängniswärter sagen, obwohl er selbst ein Gefangener ist, Nikita, der sonst meist auf einem Lumpenhaufen im Hausflur schläft, seine ständig leergetrunkene Flasche liebkosend, steht dann am Fenster und folgt ihm unverwandt mit dem Blick.

Warst du jemals am Verzweifeln? Einmal, kurz bevor du deine Reise machtest. Wann? Es war nur ein Augenblick, ein kurzer Moment. Es war, als Walentin sein schmerzerfülltes Gebet schrie. Es war schwer, seinen Blick zu entgegnen, in seine verbrannten Augen zu sehen. Auch daß er uns darum bat, ihm zu verzeihen. In diesem Moment verlor ich den Mut. Warum sollte ihm jemand verzeihen? Weshalb sollte er denn um Verzeihung bitten? Hätten nicht wir und alle, die ihn dorthin gebracht hatten, wo er jetzt war, vor ihm auf die Knie fallen und ihn um Verzeihung bitten müssen? Da war ich am Verzweifeln. Und du? Nein. Niemals.

Zehn Tage hat er isoliert in der Druckkammer gesessen. Jetzt wird die Tür gleich geöffnet. Mit stummer Freude reißt er die Sensoren von seinem Körper ab und wäscht die Haut an den Stellen, wo sie gesessen haben, mit in Alkohol getränkter Baumwolle ab. Er wirft die Baumwolle auf die

Seite. Die fällt auf eine noch heiße Kochplatte. Er hat soeben sein Teewasser gekocht. Er wußte nicht, daß er ausgerechnet heute seine Freiheit zurückbekommen würde. In der mit Sauerstoff gesättigten Atmosphäre ist der enge Raum sogleich voller Flammen. Durch das seltsame Lichtspiel in den Ventilen wird der Kontrollant auf den Brand aufmerksam. Er stürzt zur Luke, kann sie aber nicht öffnen. Der Innendruck hält sie unnachgiebig verschlossen. Diesen Druck zu verringern, indem man die Entlüftungsventile öffnet, nimmt mehrere Minuten in Anspruch. Während dieser Minuten ist Walentin Wasiljewitsch ganz von den Flammen eingehüllt. Als sie ihn aus der Druckkammer schleifen, ist er noch bei Bewußtsein. Er schreit. Verzeiht! Es war mein Fehler! Verzeiht mir, bitte! Und er greift in seiner Verzweiflung nach dem Kragen des weißen Kittels des Kontrollanten, der schwarz wird von seinen verbrannten Händen. Verzeiht! Kein anderer trägt die Schuld daran. Verzeiht mir! Acht Stunden dauern seine Qualen, bevor er stirbt.

Du und ich, wir sind die einzigen, die allein sind. Hast du einmal darüber nachgedacht? Andrian und Pawel gehen immer Arm in Arm. Und Waleri und Walentina ebenso. Boris, Konstantin und Wladimir sind wie zusammengenäht. Alexej und Pawel Iwanowitsch auch. Wanja ist allein. Ja, Wanja ist einsamer als jeder andere. Aber er sitzt ständig mit dem Gesicht in den Händen da und ist wohl anders als wir alle.

Die Schatten bewegen sich unruhig über die Wände. Ihre Gesichter haben ihre Züge verloren, schon seit langem jetzt, und sind vom Vergessen ausgewischt und zu undeutlichen Ovalen geworden. Vom Vergessen? Oder von dem, der sie am liebsten vergessen würde? Sie sehen aus, als wären sie mit Bleistift gezeichnet und dann ausradiert, mit Kautschuk jedoch, der die alte Schwärze nicht richtig zu tilgen vermag. Lautlos flüstern ihre Stimmen. Alexej Ledowski, November 1957. Serenti Schiborin, Februar 1958. Andrej Mitkow, Januar 1959. Piotr Dolgow, elfter Oktober 1960. Mein Fahrzeug explodierte schon beim Abschuß. Ich kam nie von der Erde los.

Liegt es daran, daß nur du und ich hier allein sind? Erzählen wir uns deshalb immer dieselben Geschichten, Geschichten, die wir schon unzählige Male erzählt haben? Er lächelt. Vielleicht.

Meine erste Uniform war die eines Eisenhüttenarbeiters. Mein erster Chef war ein langer, kräftig gebauter Mann mit herabhängendem Schnurrbart und Muskeln aus Stahl. Ich vergesse nie seine ersten Worte, die er an mich und meine Kameraden richtete. Gewöhnt euch daran, mit dem Feuer umzugehen. Das Feuer ist stark, und Wasser ist stärker als das Feuer, die Erde ist stärker als Wasser, der Mensch aber ist am stärksten. Am ersten Tag setzte der Vorarbeiter mich an eine Maschine, die Patentverschlüsse für Feldflaschen herstellte. Ich machte die Verschlüsse, setzte Scharnierstangen ein, setzte sie auf die Flaschen und plazierte diese auf einem Fließband. Nach der ersten Schicht kommt der Vorarbeiter und bleibt an meinem Platz stehen und schlägt sich mit der Hand gegen die Stirn. Er sagt zu mir, daß ich einen großen Fehler gemacht habe. Staucht mich zusammen, wie nur ein Vorarbeiter es kann. Es zeigt sich, daß ich auf allen Feldflaschen, die durch meine Hände gegangen sind, die Scharnierstangen falsch herum eingesetzt habe.

Ich erinnere mich, wie Vater mir erzählte, daß die Elemente an der Erde zehren. Das ist meine erste Erinnerung. Ich war mit ihm hinausgegangen, um den geflochtenen Zaun auszubessern. Stöcke und Stangen, die von der Kälte und vom Schnee zerbrochen waren, sollten durch neue ersetzt werden. Die Elstern sollen nicht hindurchfliegen können. Neue Weidenruten mußten biegsam gemacht werden, das war meine Arbeit. Die Weidenrute in das offene Feuer halten, bis sie beinahe zu brennen anfing. Vater sprach davon, daß die hohen Berge bald verschwinden würden. Diese Berge, von denen man sagte, daß sie ewig sind, seien, so sagte er, vergänglich und würden mit jedem Tag kleiner. Der Tag würde kommen, an dem sie ganz abgetragen seien. Der Fluß führte sie mit sich fort zum Meer, und sie würden bald dem Erdboden gleich sein. Das sei sicher. Das würde allmählich geschehen. Wind, Regen, Schnee und Frost greifen die Erde an. Deshalb müßten wir auch unseren geflochtenen Zaun ausbessern. Auch diesen griffen die Elemente an. Bald würde alles fort sein. Es zehrt an der Erde, sagte Vater, unaufhörlich, sie nimmt ab und wird immer kleiner.

Die Schatten bewegen sich unruhig und geben Laute von sich. Iwan Kaschur, 27. September 1960. Alexis Graitsew, 28. November 1960. Gennadi Michailow, 4. Februar 1961. Sie lauschten meinem letzten Herzschlag und meinem letzten Atemzug an einem Punkt außerhalb der Atmosphäre. Wasiljewitsch Tsawadowski. Ich habe mein Datum vergessen, aber es war der Sommer 1962. Wir haben unsere Namen vergessen, aber wir erinnern uns noch an unser Datum, 14. Oktober 1961. Unsere Kapsel wurde durch Ausströmungen vom Sonnenrand aus dem Kurs getragen, und wir setzten unseren Flug in den interplanetaren Weltraum hinein fort. Ich höre euch nicht. Die Batterien. Sie sind defekt. Es ist dunkel hier drinnen. Die Instrumente zeigen nichts mehr an. Der Sauerstoff. Genossen. Könnt ihr etwas hören? Ich höre euch nicht. Ich kann nicht. Versucht, mich zu verstehen. Es ist so einsam. Entsetzlich einsam. Genossen. Sind wir zurückgekommen? Ich bin hier. Alexej Belokonjew, 15. Mai 1962.

Sag, sind es die Schatten, die wir fürchten? Die Stimmen derer, deren Porträts wir nur ahnten, deren suchende Blicke wir hinter geschlossenen Türen dort im Kosmodrom fühlten. Zum Raum der Märtyrer, flüsterte einer, bekommt ihr nie Zutritt. Wenn ihr einen Wunsch frei habt, dann wünscht euch, daß euren Porträts niemals ein Platz an diesen Wänden gegeben wird.

Jetzt warten wir. Andrian und Pawel ritzen mit dem Löffelstiel in die Wand, wie nahe ihre Bahnen sich gekommen sind. Falke, hörst du mich? Ja, Goldener Adler, ich höre dich klar und deutlich. Wiederhole. Ich sehe dich als sehr kleinen Mond. Was machst du? Ich drehe hastig den Kopf hin und her. Dies ist mein vierter Tag im Weltraum. Um zu messen, wie meine Augen sich bewegen, haben sie kleine Silberelektroden in den äußersten Augenwinkeln angebracht. Wie sie glänzen! Du? Schau, hier ist eine Flasche mit normalem Luftdruck und zu zwei Dritteln gefüllt mit Wasser. Wenn ich sie schüttle, teilt sich die Luft in Hunderte von kleinen Blasen, die sich dann langsam zu einer einzigen großen Blase vereinigen. Schön! Waleri und Walentina stehen vor der gegenüberliegenden Wand. Habicht, bist du da? Ja, Möwe, ich bin hier. Habicht, bist du da? Ja, Möwe, ich bin hier. Habicht, bist du da? Boris, Konstantin und Wladimir stehen in der einen Ecke dicht beieinander. Sardinenbüchse, sagen sie. Genau, Sardinenbüchse. Wir waren eine Woche lang Puppen, bevor wir Menschen wurden. Da flogen wir mit Kosmos 47. Wir drei. Wir drei. Wir drei. Und das Polinominstrument. Ich führe es gerne vor. Ich auch. Ich auch. Eine Serie von im voraus festgelegten Augenbewegungen. So! In einer festgelegten Sequenz, vor und nach zehn Kopfdrehungen. Hin und her. Hin und her. Wird vom Elektrookulogramm aufgezeichnet. Das periodische Öffnen und Schließen der Augen. So! Wie Blinzeln, aber viel langsamer. Wird vom Elektroenzephalogramm aufgezeichnet. Rhythmischer Druck mit der Hand mit konstanter Kraft eine Minute lang. Auf das Auge? Wird von einem Dynamographen aufgezeichnet. Vom Dynamographen. Dann Messung der Bewegungskoordination. Wie? Schreibe diese vier komplexen Spiralformen ab und danach vier Sechsen in einer Reihe und dann deine Unterschrift mit zunächst geöffneten, dann geschlossenen Augen. Deine Resultate werden vom elektromagnetischen Umwandler registriert. Schau, da ist er! Ach, da steht er ja! Alexej und Pawel Iwanowitsch gehen Arm in Arm im Saal herum. Schlagen einander auf den Rücken und lachen. Weißt du noch, Ljescha, als Kosmos 57 deinen Spaziergang simulieren sollte. Da sahen wir aber mal ein paar rote Ohren! Sie explodierte in beinahe exakt einhundertachtzig Stücke. Sie raste auf der völlig falschen Bahn in die Atmosphäre. Zu früh begonnener Wiedereintritt. Dadurch war das Selbstzerstörungssystem in Gang gesetzt worden. Wie lange dauerte es, bis sie feststellten, was passiert war? Als die Telemetrie untersucht wurde, enthüllte sie einen Fehler der Bodenkontrolle. Als die Antworten kamen, konnte man es nicht glauben! Es war der Überwacher einer der Bodenstationen. War es nicht so? Am Meßpunkt Nummer sechs bei Jelitsowo in Kamtschatka! War er es? Nun, dieser Überwacher hatte ein Kommando geschickt. Order Nummer zweiundvierzig, Luft in die Luftschleuse einführen. Aus Zufall und entgegen der geltenden Vorschriften hatte ein anderer Überwacher. Ja, genau, er, der in einer der Reservestationen saß, auf der IP sieben bei Kljutschi in Ussurisk. Genau, der. Er schickte im selben Moment dieselbe verschlüsselte Order. Kannst du dir das vorstellen! Exakt im selben Moment! Diese zwei Kommandos wurden von Kosmos 57 gleichzeitig empfangen und gingen ineinander über und wurden dadurch zu einem ganz anderen und neuen Kommando. Wurden zu Order Nummer fünf. Wie war denn das möglich? Keiner weiß es. Jedenfalls wurden diese zwei Kommandos zu einem einzigen, sie wurden zu der Order, sofort mit dem Wiedereintritt zu beginnen. Was geschah dann mit diesen Überwachern? Du sagst es. Sie wurden jedenfalls vor unserer Reise ausgewechselt.

Du und ich. Sie lachen. Du wolltest schon vor der festgesetzten Uhrzeit los. Du konntest es nicht erwarten. Weißt du noch? Ich mußte dich festhalten. Pawel Iwanowitsch greift nach Alexej und hält ihn an seinem verschlissenen Hemd fest. Ein Zeitplan ist ein Zeitplan, sagte ich, und als Befehlshaber trage ich die Verantwortung dafür, daß er bis aufs I-Tüpfelchen eingehalten wird. Alexej reißt sich scherzhaft los und macht ein paar Schwimmzüge in der Luft. Ich schwamm in die Luftschleuse hinein, und du hast darauf geachtet, daß die Luke hinter mir ordentlich verschlossen und die vor mir geöffnet wurde. Hallo! Hörst du mich? Jetzt ist ein Vakuum in der Luftschleuse. Jetzt ist es hier luftleer. Du, der du dort gewesen bist! Erzähl es noch einmal.

Ein blendendes Sonnenlicht füllte die Luftschleuse, als würde jemand da draußen stehen und schweißen. Ich lehnte mich hinaus und mußte mich beherrschen, um mich nicht sofort hinauszuwerfen. Ich werfe mich hinaus! riefst du. Jetzt werfe ich mich hinaus! Nicht so schnell, antwortete ich. Warte! Sie sind einen Moment still und lauschen. Ich hielt auf dem Weg durch die Luke inne und wartete. Der Weg ins Vakuum des Universums lag offen vor mir. Und du batest mich zu warten! Da stelltest du wirklich meine Geduld auf die Probe. Du hattest keine Geduld! Es gab nichts auf die Probe zu stellen! Du weißt, auch meine Aufgabe verpflichtete. Ich war dein Monitor, wenn man so will, ich sollte deine Werte überwachen und mußte zuerst deinen

Puls und deine Atmung kontrollieren, feststellen, daß sie normal waren und dich solange zurückhalten. Warte! Warte! Sie schweigen wieder. Bis ich dir Order geben konnte, das Schiff zu verlassen und dich ins All zu begeben. Jetzt kannst du hinaus! Endlich! Endlich war alles bereit, und ich konnte hinaustreten in die unbekannte Landschaft. Die grenzenlose Weite des Alls lag in all ihrer unbeschreiblichen, gewaltigen Schönheit ausgebreitet vor mir. Ich sah zur Erde und hätte am liebsten die Augen geschlossen. Was siehst du? Sie segelte majestätisch vor meinen Augen dahin, als wäre sie eine platte Scheibe an einer Schnur. Wie ist es da draußen? Trotz des kräftigen Lichtfilters auf meinem Visier sah ich erleuchtete Wolken, die azurfarbene Oberfläche des Schwarzen Meers, den Rand der Küstenlinie, den Kaukasus und den Hafen von Noworossiisk. Siehst du den Hafen? Alexej blickt in die Ferne. Der Augenblick war gekommen. Ich kletterte vollends aus der Luke, stieß mich weich von ihr ab und bewegte mich weiter und weiter vom Schiff weg. Er bewegt sich ruhig und langsam. Ich spürte jede deiner Bewegungen. Ich spürte, wie du dich abstießest, und hörte den Stahlring an deinem Stiefel, als er an der Seite des Schiffs kratzte. Und als du deine Hand über das Fahrzeug führtest, hörte ich etwas wie das schwache Rascheln von trockenem Laub. Als ich mich vom Schiff abstieß, fühlte es sich an, als würde es in die entgegengesetzte Richtung wegtreiben. Den Gesetzen der Mechanik zufolge mußte es so sein. Aber das Gefühl war mir unbekannt und fremd. Es fühlte sich an, als säße man auf einer Schaukel. Du am einen Ende und ich am anderen. Die Sicherheitsleine, die mich mit dem Schiff verband, streckte sich zu voller Länge, ich konnte mich nicht weiter davon wegbewegen. Ich sah den ganzen Rumpf des Schiffes vor mir, schwebend im bodenlos tiefen Raum. Die Welt, die wir bewohnen. Er tritt in der Luft umher. Im Weltraum schwimmen ist überhaupt nicht wie im Wasser schwimmen. Da fühlt man das Wasser um den Körper strömen, fühlt den Widerstand des Elements. Im Weltraum kann man treiben, wie man will. Ich streckte meine Arme und Beine aus und schwebte. Und es ist einfacher, im Weltraum zu treiben. Es gibt ausreichend Platz, man kann sich in alle Richtungen bewegen. Und man atmet leichter, ohne Anstrengung, sogar leichter als auf der Erde. Du atmetest wie sonst. Mit jedem Atemzug, mit jeder Bewegung kam ich dem entscheidenden Schluß näher, daß der Mensch tatsächlich im All leben und arbeiten kann. Er hält inne und blickt durch das schwere Gitter des Fensters hinaus. Ich sah das Universum in seiner ganzen Großartigkeit. Das stete Licht der Sterne vor einem dunkelvioletten Hintergrund, der langsam in das Samtschwarz des bodenlos tiefen Himmels überging. Der Anblick der Erde. Ich sah große, grüne Landschaften vor mir treiben. Ich konnte die Wolga, den Ural, den Ob und den Jenisej wiedererkennen, ganz so, als würde ich über einer riesigen, bunten Landkarte schwimmen, die auf dem Grund eines Sees ausgelegt war. Ich verfolgte wachsam alles, was du tatest, auf dem Bildschirm. Das Bild war klar und licht, und ich konnte alle Details deines Raumanzugs erkennen. Ich kontrollierte die ganze Zeit deinen Puls und deine Atmung. Selbst bei den schwierigsten Operationen, die du durchführtest, überstieg dein Puls nie einhundertfünfunddreißig Schläge in der Minute. Ich wollte länger da draußen bleiben. Ich spürte nichts von der gefühlsmäßigen Barriere, von der wir gelesen hatten. Ich befand mich nie vor der Schwelle, die angeblich unüberwindbar war für den Mann, der dem Abgrund des Weltraums ins Auge blickte. Wo war sie? Ich spürte nichts davon und erinnerte mich erst viel später daran. Ich rief dich hinein. Zeit, hereinzukommen! Du wolltest da draußen bleiben. Ich mußte eins ums andere Mal wiederholen, daß es Zeit für dich war, zurückzukehren. Als ich zurück in die Luftschleuse gehen sollte, war mein Anzug so aufgeplustert, daß ich in der Luke steckenblieb. Das letzte, was ich sah, war der Jenisejfluß. Du! rief ich dir zu. Du hast es getan! Wir umarmten einander und wollten uns nicht mehr loslassen. Du ruhtest dich einen kurzen Moment aus, bevor du dich setztest und all deine Eindrücke in das Logbuch schriebst. Eine und eine halbe Stunde war ich da draußen in der ungeheuren Weite. Hallo! Diamant zwei hat all seine Aufträge im All ausgeführt! Alles zur Zufriedenheit! Mit mehr als zufriedenstellendem Ergebnis! Wir verstießen gegen unsere Schlafvorschriften und waren lange wach. Lange.

Da kam schließlich die Order zur Rückkehr; Order zum Wiedereintritt in die irdische Atmosphäre. Pst! Warte jetzt. Was ist das denn? Du entdeckst eine Funktionsuntauglichkeit im automatischen System. Sie setzen sich nebeneinander auf eines der im Boden verankerten Betten des Saals. Wir müssen zu manueller Kontrolle übergehen.

Sie fliegen über den Landeplatz hinweg und daran vorbei. Landen weit entfernt zwischen zwei großen Fichten; in tiefem Schnee, bis zu drei Meter hoch. Spuren von Füchsen und Hasen laufen in tiefblauen Reihen quer über das dicke Weiß. Sie kriechen vorsichtig aus der Kapsel und erblicken zu ihrem Erstaunen und Entsetzen nicht die platte Baumlosigkeit der Kasachstansteppe, sondern einen dichten und verschneiten Wald zwischen hohen Bergen. Sie sind jetzt weit von ihren Rettungstruppen entfernt. Noch wissen sie nicht, wo sie sich befinden, aber sie sind im Ural, dreitausend Kilometer ab vom Kurs.

Sie waren um die Mittagszeit gelandet, und der Rest des Tages verging, ohne daß ein Flugzeug am Himmel sichtbar wurde. Immer noch in ihre Raumanzüge gekleidet, das war die einzige Möglichkeit, um uns warm zu halten, sammelten sie Reisig und Späne zusammen und bauten ein kleines Feuer, kurz bevor die Dunkelheit einsetzte. Die Wärme war flüchtig. Als wir am Feuer sitzen, erblickt Alexej herumstreichende Schatten zwischen den Bäumen. Ein Rudel Wölfe wurde von ihrem Spätwinterhunger zu ihnen getrieben, der stärker war als ihre angeborene Angst vor dem Feuer. Wir mußten zurück in die Woßchodkapsel fliehen, wo wir die Nacht zubrachten. Und wie viele Nächte mehr?

Sie hören ein Suchflugzeug, und das ansteigende und abfallende Geräusch sagt ihnen, daß es irgendwo über ihnen kreist. Ihr Notsignal ist empfangen worden. Rettung ist unterwegs. Einige Stunden später fliegt ein Hubschrauber knapp über ihnen ein, kann aber in dem dichten Wald nicht landen und verschwindet wieder. Dann ist es erneut vollkommen still.

In der Morgendämmerung nähert sich eine Skipatrouille atemlos der Kapsel. Hallo! Der Rettungshubschrauber ist auf einer Lichtung ein paar Kilometer entfernt gelandet. Warum seid ihr so still? Sie müssen ungewachste Skier anlegen und sich eilig zur Lichtung begeben.

Nun ist ihre Raumfahrt zu Ende.

Alexej geht zum Fenster vor und lehnt die Stirn an das kalte Gitter. Ich sah das Universum in seiner Großartigkeit. Wir verstummen alle. In den Kosmos zu blicken verzauberte mich in solchem Ausmaß, daß es in meinem Bewußtsein keinen Platz für andere Erfahrungen gab. Auch jetzt nicht. Auch Juri hat seine Augen auf den kleinen Flecken Himmel geheftet, den wir jetzt sehen können. Er schweigt und ist in Gedanken versunken. Nun wendet er sich zu mir um. Erinnerst du dich, als wir in der Schwerelosigkeit schliefen, als wir schliefen im Dunkel des Universums. Wenn wir da träumten, träumten wir von Bäumen, Flüssen und Gras. Wovon träumen wir jetzt?

Während wir warten, stimmt Juri unser Kosmonautenlied an. Einer nach dem anderen fallen wir ein. Alle außer Wanja, der mit dem Gesicht in den Händen dasitzt. Auf fernen Planeten werden wir unsere Spuren im staubigen, staubigen Boden hinterlassen.

Warten

April. Mai. Bruchlandung von Lunik 5 auf dem Mond. Juni. Lunik 6 verpaßt den Mond um einhundertsechzigtausend Kilometer und sendet Fotografien zurück. Juli. Proton 1 in Umlaufbahn. Nutzlast 18,5 Tonnen. Zond 3 fliegt am Mond vorbei und sendet Fotografien zurück. August. September. Oktober. Bruchlandung von Lunik 7 auf dem Mond. November. Kosmos 96 wird in die Kreisbahn um die Venus gebracht. Dezember. Bruchlandung von Lunik 8 auf dem Mond. Januar. Lunik 9 landet auf dem Mond im Ozean der Stürme. Sendet drei Tage lang Fotografien zurück. Februar. Gregori Gregorjewitsch Neljubow wirft sich auf der abgelegenen Flugbasis, zu der sie ihn geschickt haben, vor den Zug. Venera 2 passiert die Venus in einem Abstand von fünfundzwanzigtausend Kilometern. Keine Daten werden zurückgesendet. März. Venera 3 schlägt auf der Venus nieder, als erstes Raumfahrzeug, das die Oberfläche eines anderen Planeten erreicht. Keine Daten werden zurückgesendet. Lunik 10 in Kreisbahn um den Mond. Sendet drei Monate lang Daten zurück. April. Lunik. Scheitert. Mai. Juni. Juli. August. Lunik 11 sendet nahezu fünf Monate lang Daten. September. Lunik. Scheitert. Oktober. Lunik 12 fotografiert den Mond. Kartographische Erfassung von Landeplätzen. November. Dezember. Lunik 13 landet auf dem Mond. Fotografiert die Landschaft und nimmt Vermessungen des Erdenmonds vor. Hier werden sie ihn landen lassen. Januar. Februar. Kosmos 140. März. Kosmos 146. Erster Proton mit einem L-1-zirkumlunaren Fahrzeug in Erdumlaufbahn. Unbemannt. Acht Tage. April. Kosmos 154. Zweiter Proton mit L-1 zwei Tage lang in Erdumlaufbahn. Sie holen Wladimir Michailowitsch.

Er schreit. Seine Stimme gellt durch den Saal. Ich werde nicht zurückkehren! Ich werde niemals zurückkehren dürfen! Juri! Laß es nicht zu, daß sie dich auch holen! Juri! Ein uniformierter Mann mit einer Brust aus Medaillen nähert sich uns und hält uns ein goldenes Zigarettenetui mit eingravierten Buchstaben entgegen. Genossen. Er bläst eine Wolke von nebelgrauem Rauch aus. Dies wird das Spektakulärste. Dies wird alles überstrahlen. Ich weiß, ihr seid ungeduldig. Aber ihr könnt beruhigt sein, bald werdet auch ihr zu neuen Heldentaten gerufen werden. Er salutiert und wendet sich zackig um, schwankt und verschwindet. Wir hören, wie Wladimirs Weinen und Schreien auf dem Weg durch die gewundenen und langen Korridore erstirbt. Das glänzende schwarze Auto startet hastig und verschwindet durch die hohen Gittertore. Nikita spuckt auf den Boden, er geht und legt sich auf seinen Lumpenhaufen. Einer von uns ist fort.

Abschied nehmen und unverwandt hoch in den klarblauen Himmel blicken, bis zur letzten Sekunde, da der schwarze Rauch ihn für immer vernichtet hat. Leb wohl. Weine nicht. Ich weine nicht. Grüße alle, die ich kenne, und sage ihnen, daß meine letzten Gedanken bei ihnen waren. Wieviel Zeit habe ich noch? Ich bin dreizehn Runden um die Erde geflogen. Richte ihnen das aus. Bald erstirbt meine Stimme. Hörst du mich? Weine nicht.

Er schlägt in der Nähe von Orenburg mit der Kraft eines drei Tonnen schweren Meteoriten auf. Seine Kapsel wird zerquetscht, zerfetzt und gestaucht, und seine Bremsraketen explodieren und gießen Feuer über das, was vom Wrack übrig ist. Rettungstruppen werfen einige Handvoll Erde auf die schwach glimmende Glut. Wie sie leuchtet! Nein, sie finden nichts von mir. Ich bin fort. Ich werde euch nie vergessen. Danke, Genosse Juri Alexejewitsch Gagarin. Nächstes Mal bist du dran.

Die Abreise

Die Mondatmosphäre hat eine so geringe Dichte, daß sie nicht zum Bremsen der Rakete genutzt werden kann. Bremsraketen sind folglich das einzige Mittel, um eine weiche Landung zustande zu bekommen. Ohne Zweifel wird die Mondatmosphäre dabei vorübergehend von Verbrennungsgasen verunreinigt. Man muß auch damit rechnen, daß die Mondoberfläche bei einer weichen Landung unter der Rakete birst und von dem heißen Gasstrahl aus dem Mundstück der Bremsmotoren zum Schmelzen gebracht wird. Eine Analyse der Zusammensetzung und geologischen Struktur des Mondbodens am Landeplatz selbst wird daher keine verwertbaren Erkenntnisse über den übrigen Felsenmantel des Mondes liefern.

Das Studium des Mondes wird am Anfang einiger neuer Wissenschaften stehen. Parallel zu den traditionellen Studien in Geographie werden wir an der Entwicklung von Selenographie, Selenophysik und Selenochemie teilhaben.

Die klimatischen Bedingungen schränken die Wahl des Treibstoffs ein, da dieser für mehr oder weniger langfristige Lagerung vorgesehen ist. Anwendung von flüssigem Treibstoff mit niedrigem Siedepunkt sowie von flüssigem Sauerstoff oder flüssigem Fluor ist völlig ausgeschlossen oder zumindest auf die Fälle beschränkt, in denen die Rakete nur einen sehr kurzen Aufenthalt hat, und zwar auf den unbeleuchteten Teilen des Mondes.

Der Kosmonaut muß auf dem Mond gegen Vakuum, Sonneneinstrahlung und kosmische Strahlung, gegen Meteoriten und Mikrometeoriten geschützt werden. Sogar in den Polarregionen des Mondes wird es schwierig sein, ihn hinreichend vor den hohen Temperaturen am Tag und der starken Kälte in der Nacht zu schützen.

Die Berechnungen. Bahn, Bahngeschwindigkeit, Umlaufzeit, Landung. Nimm in die Gleichung die zwei Komma sechs Sekunden auf, die die Funksignale brauchen, um durch den Weltraum zu reisen. Die Gravitationskraft ein Sechstel. Die Meteoritenschwärme, die Anzahl Treffer pro Quadratmeter und Sekunde und ihre Energien. Die Sonnenaktivität, magnetische Stürme, Strahlung von Funkwellen in Zentimeter- wie in Meterwellenlängen.

Es versteht sich von selbst, daß all diese Berechnungen abhängig sind von der Entwicklung und vom Bau neuer und leistungsstarker Mathematikmaschinen. Die Konstruktion eines Raumschiffs, die Rohstoffe für den Rumpf und die inneren Teile, die Form vom Pilotensessel bis hin zum kleinsten Ventil, alles wird von unserer neuen Wissenschaft, der Kybernetik, mit der Hilfe ihres neuen Werkzeugs, den Mathematikmaschinen, berechnet. Aber wer macht denn all das, fragt ihr. Der wissenschaftliche Rat für Kybernetik stellt die Probleme zusammen. Am Institut für Abstrakte Mathematik werden die ersten Gedanken gedacht. Danach gehen diese weiter an das Institut für Automation und Telemechanik, wo sie in die Praxis umgesetzt werden. Hallo, ihr da! Könnt ihr unseren Lesern etwas von den Problemen erzählen, die ihr bearbeitet, und davon, wie ihr eure neuen glänzenden Mathematikmaschinen anwendet. Selbstverständlich. Es ist eigentlich recht einfach. Ohne die Mathematikmaschinen würde ein Mensch viele Jahre brauchen, um solche Berechnungen durchzuführen, wie diese sie in wenigen

Minuten schaffen. Und ihre Genauigkeit kann auf einfache Weise an der großen Zahl der Probleme beurteilt werden, die sie gelöst haben, und der Anzahl Satelliten, die erfolgreich hochgesandt, in Erdumlaufbahnen geschickt und wieder heruntergeholt wurden. Ein Fehler von nur einigen Zehntelsekunden bei der Geschwindigkeit einer Rakete würde beispielsweise bedeuten, daß ein Raumschiff sein Ziel gänzlich, um vielleicht Tausende von Kilometern, verfehlt. Und jetzt habt ihr eine kraftvolle Maschine zu eurer Verfügung. Ja, das stimmt. Der projektierte bemannte Mondflug wird ungefähr fünfunddreißig Stunden Flugzeit in Anspruch nehmen. Eine neue Mathematikmaschine, wir nennen sie Ural-2, berechnet die Bahn und ihre möglichen Deviationen in weniger als dreißig Sekunden und hat in dieser Zeit mehr als dreihunderttausend Operationen durchgeführt. Ural-2 ist vermutlich die effektivste Mathematikmaschine in Rußland. Ihr gewaltiges Chassis füllt eine zehn Meter breite Wand und dominiert den Schauplatz im Startkontrollraum.

Aber wie sollte der Raumanzug heißen, in dem unser Heldenkosmonaut auf dem Mond umherwandern würde? Sehen Sie, ein Problem von großer Bedeutung. Die Arbeit wurde vorübergehend niedergelegt, während die Ingenieure in Nachschlagewerken blätterten. Ein Name sagte dem einen zu, einem anderen aber nicht. Ein Name war schön, wurde dem Anzug aber nicht gerecht. Ein anderer wurde ihm gerecht, war aber nicht schön. Tage vergehen. Da liest einer der Konstrukteure des Anzugs aus Zufall während seiner Mittagspause ein gerade erschienenes Buch von Alexej Markow. Ja, da ist er. In einem Liebesgedicht. Diese Zeilen. Ich würde über Ozeane und Berge reisen, um deine Hand zu berühren, aber zu deinem und meinem Unglück stellte sich heraus, daß du ein gezähmter Falke warst. Der Anzug soll Jagdfalke heißen. Und schön ist er, mit seinem orangefarbenen Revers an den Ärmeln. Und schwer, wird aber auf dem Mond nicht viel wiegen.

Er geht freiwillig und ohne Aufforderung. Er sieht die Spiegelung der Türöffnung im Fenster, sieht, wie die Tür geöffnet wird, und dreht sich sofort um. Die uniformierten Männer sagen nichts. Nicken nur stumm, und er nickt zurück. Sie verlassen den Schlafsaal und gehen in den Hausflur. Dumpfe Tritte und Nikitas gedämpfte Schreie. Weil wir die ersten Einsamen waren, gönnen sie uns fünf ungestörte Minuten. Wir stehen einen Augenblick still da und sehen einander an. So, mein Bruder, jetzt werde ich mich auf die Reise begeben. Wir haben viele gemeinsame Momente gehabt und viele Erfahrungen geteilt, die uns allein gehören. Du und ich und kein anderer sonst. Sie werden uns nie trennen können. Ich nicke. Hier habe ich ja doch nichts mehr zu suchen. Da draußen liegt das All und wartet darauf, durchkreuzt zu werden. Deshalb werde ich gehorsam mit ihnen gehen, ohne Handschellen und ohne Zwangsjacke. Ich werde selbst in meinen neuen Raumanzug steigen und die Hand noch einmal zum Gruß heben, auch wenn der Beton jetzt leer, verlassen und zersprungen vor mir liegt. Vielleicht hat das Gras der Steppe Wurzeln in seine Risse geschlagen. Vielleicht zirpt dort jetzt eine Grille wie damals. Wir sehen uns wieder, Kamerad. Ich habe keine Zweifel daran. Er umarmt mich und geht fort, ohne sich umzublicken.

Später taste ich in der Tasche meines Hemdes. Zwischen meinen Fingern fühle ich etwas Glänzendes und Kaltes. Eine sechseckige Plakette, darauf Hammer und Sichel in einem Kranz unter einem Stern.

Ich bin allein. Wanja, schau mich an. Heb den Kopf aus deinen Händen. Schau her, Wanja. Ich habe vom Abendessen ein Brot für dich aufgehoben. Nimm es, es ist nahrhaft und füllt den Magen.

Nikita kommt und stellt sich neben das Bett, auf dem wir sitzen. Zond 4. Er sieht mich starr an. Sie gaben ihm Zond 4, bekamen aber dann keinen Kontakt. Er schnüffelt nach dem Brot. Seine Nägel sind heruntergekaut, und er kann nicht länger aufrecht stehen. Zond 4. Er wiederholt das und humpelt dann zurück zu seinem Lumpenhaufen.

Wanja, hast du gehört? Sie gaben ihm Zond 4. Es kam also, wie wir es geahnt, wie wir es uns irgendwie gewünscht haben. Nun, Wanja, jetzt sind wir dran, du und ich. Wir werden Gefährten und Reisekameraden sein. Erheb dich, Wanja. Stell dich aufrecht hin und schau zum Himmel. Siehst du den hellen Flecken da über der Mauer? Sag, sehnst du dich nicht zurück?

Im Meer der Träume ruht er. Dort, wohin die Strahlen der Sonne sich nicht zu strecken vermögen. Im Schatten. Ruht dort, den Rücken an ein paar Steine gelehnt. Wo er die Erde nicht mehr sehen kann, sondern hinausblickt in die grenzenlose Weite, hinaus in den bodenlos tiefen Weltraum.

Der Flug

Wanja! Schau! Was wir für Mauern hielten, waren Weidenzäune. Verwittert und so löchrig, daß die Elstern hindurchfliegen können. Sie wurden von deinem Vater und deiner Mutter hochgezogen. Schau, wie die Linien deines Gesichts sich in ihren spiegelt. Wanja! Was wir für unser Gefängnis hielten, war nur eine Scheune im Wald. Die Gitter waren der Schatten der Äste des mächtigen Baums, unter dem sie liegt. Ohne Kraftanstrengung, ohne Mühe, können wir jetzt hinausgehen auf das offene und weite Feld. Siehst du, Wanja. Wer kommt da daher, die Hände auf dem Bauch? Genosse! Erinnerst du dich an mich? Ich bin Anatoli Tokoff. Ein Jahr nachdem du geholt worden warst, erreichte ich zwölf G in der Zentrifuge, und meine Eingeweide wurden in Fetzen gerissen. Alter Junge! Genosse! Natürlich erinnere ich mich an dich. Ich hätte über dich gesprochen, aber dein Name war unter jenen, die nicht genannt werden durften. Da hinter der Bergkuppe liegt das Kosmodrom. Hörst du, Wanja! Wir sind die ganze Zeit so nahe gewesen und haben es nicht gewußt. Laß uns nun zusammen über die Kuppe gehen, Anatoli. Hier, gib auf die Grasbüschel acht. Mach keinen falschen Tritt. Nimm meinen Mantel und halt ihn an den Bauch gedrückt, und du wirst sehen, daß es besser geht. Ich bin froh, dich zu sehen, und noch froher bin ich, die alte Steppe zu sehen. Da glänzt es! Ist es, was ich zu sehen glaube? Wanja, siehst du, wie der Sonnenstrahl zuerst die Spitze der Rakete erreicht! Anatoli! Genosse, dort oben ruht Lunik 15. Ja, das erstaunt mich nicht. Nun gut, Lunik 15 ist ein Name so gut wie jeder andere. Und ein Fahrzeug so gut wie jedes andere. Das bezweifle ich nicht. All diese Gesichtslosen. Kennst du sie? Sie sind alle, jeder einzelne von ihnen,

Kosmonaut Nummer null. Sie haben auf dich gewartet und wollen jetzt bestimmt deine Hand drücken, bevor du dich auf den Weg machst. Danke, Genossen! Laßt mich ein paar Worte sagen, bevor wir weitergehen. Eure Entbehrungen und Opfer waren mir keineswegs unbekannt. Zwölfhundert gute Soldaten. So sagten wir. Zwölfhundert gute Soldaten sind in die Bresche gegangen. Und hier seid ihr jetzt. Genossen! Endlich darf ich euch einen Gruß von all jenen überbringen, denen ihr geholfen habt, und meinen eigenen warmen Dank anfügen, für alles, was ihr getan habt. Ohne euch wären meine und die Reisen meiner Genossen ohne Zweifel unmöglich gewesen. Sie wollen euch ein letztes Mal helfen. Ist das wahr? Hörst du das, Wanja? Sie werden uns in unserem Streben beistehen. Ich kann ihnen nicht genug danken. Ohne Hilfe hätten wir ganz sicher einen schweren Tag vor uns gehabt. Alles ist für euch hergerichtet. Werden wir erwartet? Ja, das kann man sagen. Ihr werdet seit langer Zeit erwartet, und wir haben jeden Tag den Waldrand mit dem Feldstecher abgesucht, um zu sehen, wann ihr endlich kommt. Noch einmal danke. Hier sind euere Anzüge. Bitte sehr, steigt hinein. Wanja, du kannst in dem Anzug reisen, den du immer getragen hast. Kannst du das nicht? Er hat doch wohl keinen Riß bekommen? Nein, das glaube ich nicht. Der Glasglobus mit ausgestanzten Sternen. Halt ihn fest, Wanja! Verlier ihn nicht, was du auch tust. Der ist unsere Landkarte und leitet uns. Sind die Vorräte aufgefüllt? Ja, mit neuen Tuben und frischem Quellwasser. Alles steht seit langem für euch bereit. Hier entlang. Der Aerodromaufzug! Du alter, quietschender Freund. Haben sie deine Lager immer noch nicht geölt? Bitte sehr, nehmt jetzt in der Kabine Platz. Lebt wohl! Ich erhebe meine Hand ein letztes Mal. Ich widme meinen Flug euch allen, Genossen! Kosmonauten mit der Zahl Null. Auf Wiedersehen. Schau jetzt her,

Wanja. Setz dich in den Sessel. Ich lege mich hier auf den Boden. Endlich bin ich nach Hause zurückgekehrt. Ich bin zu Hause! Wanja, siehst du! Alles ist mir wohlbekannt und vertraut. Alle Gerüche, alle Lichter und Kontrolltafeln. Kümmere dich nicht um irgendwelche Kontrollen. Unsere Bahn wird gerade sein wie ein Strich und muß nicht auf irgendeine Lage eingestellt werden. So. Bald werden sie zu zählen beginnen. Hörst du? Zehn. Jetzt beginnen sie. Wanja, spürst du es? Das Dröhnen der Motoren vibriert im Körper. Tut es das nicht auch bei dir? Fühlst du, wie das Gewicht dich hinabdrückt? Hab keine Angst. Bald werden wir das erste Geschenk des Kosmos erhalten, die Schwerelosigkeit. Sieh mich an, Wanja. Jetzt begeben wir uns auf die Reise. Siehst du jetzt, wie deine Arme sich von den Armstützen lösen. Spürst du, wie der Körper nicht länger vom Gewicht des Lebens hinabgedrückt wird. Jetzt reisen wir, Wanja. Hinaus, an unseren stahlglänzenden Erdsatelliten vorbei. Elektron. Proton. Kosmos. Siehst du, wie sie hinter uns verschwinden. Und unsere alte Welt. Wie schnell wir dich doch hinter uns lassen. Dieses Mal, um nie wieder zurückzukehren. Lebt wohl! Das Licht, Wanja, siehst du das Licht? All diese Sonnenaufgänge jetzt, als wären sie zusammengeschmolzen zu einem einzigen.

Epilog

Das Zirpen der Grille dröhnt im Erdboden. Jemand ruft seinen Namen. Er hebt das Gesicht aus dem Schnee. Ein Berg ragt vor ihm auf. Felsen schneiden nach oben und ineinander. Nie hat er grüneres Moos gesehen. Er steht auf. Irgendwo hört er, wie die Brandung sich an Klippen bricht. Schnee rinnt wie Sand aus seinem Raumanzug. Er wendet sich um. Vor ihm öffnet es sich, hin zu einem fernen Horizont. So, hier liegt es. Hier hat es gewartet. Die Wellen werden ihrer ewigen Arbeit nie überdrüssig, unaufhörlich rollen sie an den Strand. Das Wasser ist klar, durchscheinend wie Kristall und von hellgrüner Farbe. Weiter draußen treibt ein dunkler Streifen, noch weiter draußen ein Band von dunkelstem Azur, dann ein großes Feld Grün, wie ein Feld mit jungem Weizen, und in der Mitte des Blickfelds ein schmales und hellblaues Band, das langsam mit dem Himmel verschmilzt. Dieses leuchtende Blau, sind das Eisberge, die sich gegen den Horizont abzeichnen? Das ungewohnte Licht spielt seinen Augen Streiche. Ihm ist heiß. Er beginnt, den Raumanzug auszuziehen. Jemand ruft ihm zum wiederholten Mal etwas zu. Da ist er, hinter dem Findling, der sich aus dem Gletscher gelöst hat. Er nickt zum Meer hin und lächelt. Ein warmer Wind ergreift seinen Raumanzug und treibt ihn den Abhang hoch. Er geht hinunter zum Wasser. Der feinkörnige Sand kitzelt seine Füße. Er wirft einen Blick zum Himmel. Irgendwo dort draußen gingen unsere Raumschiffe in ihren Bahnen. Die Erde war da eine andere und die Wolken nichts als unbewegliche weiße Flecken davor, stecknadelkopfgroß. Er blickt auf das Meer. In der Ferne wird das Licht stärker und blendet ihn. Der Eisberg verschwindet über dem Horizont. So, da ist es. Da hat es gewartet. Er lächelt und stellt sich in die Brandung. Was hältst du von einem Bad? Juri Alexejewitsch steht neben ihm, legt die Hand auf seine Schulter. Auch er blickt hinaus auf den fünften Ozean. Na, was sagst du?

Inhalt

Louise Erdrich

Der Club der singenden Metzger

Roman
Aus dem Amerikanischen übersetzt
von Renate Orth-Guttmann
suhrkamp taschenbuch 3750
506 Seiten

Als der junge Metzgermeister Fidelis Waldvogel aus dem Ersten Weltkrieg heimkehrt, heiratet er Eva, die schwangere Verlobte seines gefallenen Freundes. Die kleine Familie wandert Anfang der zwanziger Jahre nach Amerika aus, um dort ihr Glück zu suchen. In North Dakota gründet Fidelis nicht nur ein Geschäft, sondern auch einen Gesangverein. Eva sorgt mit Geschick und Energie dafür, daß die Metzgerei Waldvogel der immer größer werdenden Familie ein sicheres Auskommen schafft. Eines Tages lernt sie die Artistin Delphine kennen und findet in ihr eine Seelenverwandte. Zwischen den beiden entwickelt sich eine wunderbare Freundschaft – bis Eva schwer erkrankt.

»Eine fast im Flüsterton erzählte Geschichte voller kleiner und großer Gefühle. Was folgt, wird Sie süchtig machen … ein Meisterwerk.« *Cosmopolitan*

»Liebes- und Lebensgeschichte voll eigenwilliger Figuren, poetisch und fesselnd.« *Elle*

»Meisterlich erzählt.« *New York Times*

NF 543/1/1.06

Marie Hermanson

Das unbeschriebene Blatt

Roman
Aus dem Schwedischen von Regine Elsässer
suhrkamp taschenbuch 3626
236 Seiten

Ein Zufall bringt den gealterten Pechvogel Reine mit der fettleibigen Angela zusammen. Und während sie sich einer Kuchenorgie hingibt, erzählt Reine zum ersten Mal einer Person sein Leben – Angela erzählt nichts von sich, doch Reine genügt es, daß sie seinen Bericht in ihrem gewaltigen Inneren verwahrt.
Angelas Lethargie und Unwissenheit faszinieren Reine. Er liebt das Gefühl, sie formen und durch sie zum ersten Mal auch sich selbst lieben zu können. Sie heiraten, und als ihnen nach der Geburt ihres Sohnes Bjarne auch noch ein kleines Erbe zufällt, scheint es Reine, als habe er doch endlich das große Los gezogen.
Doch dann wird Bjarne plötzlich sehr krank. Und Reine wird schmerzhaft bewußt, daß er mit seinem Kind auch Angela verlieren würde. Er beschließt, nicht mehr nur Passagier seines Lebens zu sein, sondern das Steuer selbst in die Hand zu nehmen, und heckt in seiner Verzweiflung einen tollkühnen Plan aus …

NF 524/1/6.05

Robert Menasse

Die Vertreibung aus der Hölle

Roman
suhrkamp taschenbuch 3493
496 Seiten

Bei einem Klassentreffen, 25 Jahre nach dem Abitur, herrscht fröhliche Selbstzufriedenheit – bis Viktor seine Schulkollegen mit der Nazi-Vergangenheit ihrer Lehrer konfrontiert. Es kommt zu einem Eklat.
Viktor Abravanel, geboren 1955 in Wien, stammt aus einer Familie von Nazi-Opfern. Bei einem Spinoza-Kongreß soll er einen Vortrag halten über das Thema »Wer war Spinozas Lehrer?«. Diese Arbeit und die damit verbundenen Recherchen mögen ihn auf die Idee gebracht haben, beim Klassentreffen die Frage zu stellen: »Wer waren *unsere* Lehrer?«
Der Lehrer von Baruch Spinoza war der Rabbiner Samuel Manasseh ben Israel, geboren 1604 in Lissabon, der vor der Inquisition nach Amsterdam flüchtete. Die Rekonstruktion dieser Biographie und Viktors Erinnerungen an seine Schüler- und Studentenzeit zeigen verblüffende Parallelen.

»Robert Menasse, über dessen Verwandtschaft mit dem berühmten Rabbi spekuliert werden darf, ist der Rembrandt unter den deutschsprachigen Schriftstellern. Im Großformat pinselt er das Leben des Rabbis und seines vielleicht letzten Wiener Nachkommen. Das Porträt der beiden jüdischen Gelehrten, das dabei entsteht, ist ein Glücksfall literarischer Ahnenforschung.« *Die Zeit*

NF 416/1/2.04

Carlos Ruiz Zafón

Der Schatten des Windes

Roman
Aus dem Spanischen von Peter Schwaar
suhrkamp taschenbuch 3800
544 Seiten

Als sich der zehnjährige Daniel Sempere, der allein mit seinem Vater im grauen Barcelona der Franco-Ära aufwächst, auf dem geheimen »Friedhof der Vergessenen Bücher« ein Buch aussuchen darf, greift er nach einem verstaubten Exemplar von *Der Schatten des Windes*. Daniel ist fasziniert von dem Buch und macht sich auf die Suche nach seinem Autor, einem gewissen Julián Carax, von dem keiner zu wissen scheint, ob er noch lebt oder was ihm widerfahren ist. Mit den Jahren gerät Daniel immer mehr in den Bann dieser mysteriösen Gestalt, und die Menschen, denen er begegnet, und die Frauen, in die er sich verliebt, scheinen nur Figuren in einem Spiel, dessen Regeln er nicht kennt. So stürzt er mitten in die Handlung seines Lieblingsromans, und es ist, als ob sich die vergangene Geschichte in seinem eigenen Leben wiederhole, das von dem Schatten furchtbarer Ereignisse verdunkelt zu werden droht.

»Ich warne Sie! Sie müssen von ganzem Herzen romantisch sein – aber wenn Sie es sind, ist dieses Buch eine großartige Lektüre.« *Stephen King*

NF 534/1/9.05